Kerstin Garde

Die traumhafte Konditorei im Löwensteg

Ostsee-Liebesroman

Lübbe

NACHHALTIG PRODUZIERT

Die Bastei Lübbe AG verfolgt eine nachhaltige Buchproduktion. Wir verwenden Papiere aus nachhaltiger Forstwirtschaft und verzichten darauf, Bücher einzeln in Folie zu verpacken. Wir stellen unsere Bücher in Deutschland und Europa (EU) her und arbeiten mit den Druckereien kontinuierlich an einer positiven Ökobilanz.

FSC www.fsc.org MIX Papier | Fördert gute Waldnutzung FSC® C014496

Vollständige Taschenbuchausgabe
der bei Bastei Lübbe erschienenen E-Book-Ausgabe

Umschlaggestaltung: Maria Seidel, atelier-seidel.de
Umschlagmotiv: © iStock/Getty Images Plus: phatthanit_r | STILLFX | Acnakelsy | urfinguss | naropano | ShaunWilkinson| ogs

Satz: 3w+p GmbH, Rimpar
Gesetzt aus der Adobe Caslon Pro
Druck und Verarbeitung: GGP Media GmbH, Pößneck

Printed in Germany
ISBN 978-3-404-19354-7

5 4 3 2 1

Sie finden uns im Internet unter luebbe.de
Bitte beachten Sie auch: lesejury.de

1. Kapitel

Sommer 2008

Angestrengt trat ich auf die Bremse. Mein Fahrrad kam sofort zum Stehen. Mit einem tiefen Atemzug sog ich die Luft in meine Lungen. Wieso war ich denn nach der kurzen Strecke schon außer Atem? Ich musste wirklich mehr für meine Kondition tun. Leichter gesagt als getan, denn eine Sportskanone war ich nicht gerade. Aber immerhin war ich am Ziel. Ich schob das Rad zu einem Fahrradständer, schloss es dort ab und blickte die Trave entlang, die in der Ferne in die Ostsee mündete. Das Wasser schimmerte so dunkel wie der Himmel über mir, der in nachtschwarzen Samt gehüllt war.

Ein paar vereinzelte Sterne funkelten in der Ferne, und die Geräuschkulisse von Travemündes geschäftiger Touristenmeile Vorderreihe drang zu mir herüber. Unweit entfernt saßen Leute vor Restaurants oder Bars, lachten und hörten Musik. Jeder schien gut gelaunt, denn es war Wochenende. Einfach mal alles hinter sich lassen, den Abend genießen. Das wollte ich auch, aber ich war zu aufgeregt, um mich zu entspannen. Und das hatte einen Grund …

Ich wischte mir über die Stirn. Zu allem Überfluss war ich auch noch ein bisschen verschwitzt, aber das schob ich auf die sommerlichen Temperaturen, hatten wir doch Anfang Juni. Man konnte inzwischen ohne Jacke auf die Straße, selbst abends.

Ich tupfte mir die Stirn mit einem Taschentuch ab, ließ es in meiner Hosentasche verschwinden und schnappte mir den Tortenbehälter aus dem Fahrradkorb, in dem sich die beste

Torte befand, die ich je gebacken hatte. Tante Agnes hatte mir dafür Zutaten und einen kleinen Platz in der Backstube ihrer Konditorei zur Verfügung gestellt, in der ich auch häufig im Ladengeschäft aushalf. Ich war ehrlich stolz auf die Sahne-Erdbeer-Komposition mit selbst gemachtem Biskuitboden, der so leicht und luftig war, dass er eigentlich mitsamt der Box vor mir hätte schweben müssen.

Zügig lief ich zur Prinzenbrücke hinunter, wo bereits bunte Lichter blinkten und Musik zu hören war.

Leo hatte weder Kosten noch Mühen gescheut, es an ihrem Geburtstag so richtig krachen zu lassen.

»Man wird nur einmal achtzehn«, hatte sie schon Wochen vorher gesagt und dann dieses Partyboot gemietet. Wobei Boot mächtig untertrieben war, wie ich nun feststellte. Denn an der Prinzenbrücke lag eine echte Jacht! Mit schmalen, hoch aufragenden Masten, an denen sich jedoch kein Segel befand. An die fünfzehn Meter lang war das Schiff.

Leo hätte die Feier auch in der Pension ihrer Mutter veranstalten können, wie sonst auch. Immerhin verfügte das Haus Zum Löwen über einen eigenen Partykeller. Aber Leo hatte gemeint, dass dies ein ganz besonderer Geburtstag sei, den sie auf besondere Weise verbringen wolle. Eben auf dem Wasser.

Natürlich waren die Mädchen aus meiner Clique davon total begeistert gewesen. Die ungleichen Schwestern Stella und Emili-e, nicht Emily, worauf sie bestand, hatten in jeder großen Pause der letzten vier Wochen kaum ein anderes Thema gekannt.

»Dann brauchst du aber einen DJ. Und der muss verdammt gut auflegen können!«, hatte Stella gesagt. »Und zwar die richtige Musik«, hatte Emilie betont, die gerade in einer Phase war, in der sie dicken Kajal unter den Augen trug und nur Nightwish hörte.

Mir war zu dem Zeitpunkt, als die Party noch in der Planungsphase gewesen war, eine ganz andere Frage durch den Kopf gegangen, nämlich, wen Leo alles einladen würde. Uns drei, das war ja selbstverständlich, waren wir doch ein eingeschworenes Team, die besten Freundinnen der Welt. Aber an unserer Schule gab es auch ein paar coole Jungs, ganz besonders Manuel war mir da eingefallen, der eine Klasse über uns war. Dass ich ihn echt gern hatte, war ein offenes Geheimnis, daher hatte Leo mir auch versprochen, dass sie alles daransetzen würde, dass er kam. Und nun stellte sich die Frage, ob er heute hier sein würde.

Ich blickte den Steg hinunter, an dessen Ende sich das Schiff befand. Mit klopfendem Herzen erinnerte ich mich an mein Vorhaben, heute Abend mit Manuel ins Gespräch zu kommen, wenn er denn da war. Für die meisten klang das sicher gar nicht allzu kompliziert, für mich war es eine Mammutaufgabe. Ich war nicht unbedingt das, was man extrovertiert nannte. Es kostete mich einiges an Überwindung, jemanden anzusprechen, den ich noch nicht gut kannte. Insbesondere, wenn dieser Jemand Manuel war. Aber ich wollte auf keinen Fall kneifen! Dass ich allerdings so aufgeregt war, dass mir das Herz gegen die Innenseite meiner Brust hämmerte, hätte mir niemand angesehen. Nach außen wirkte ich immer fröhlich und gut gelaunt, innen drin sah es anders aus. Aber das sollte niemand wissen.

Ich ging weiter, ließ meinen Blick schweifen. Bunte Lichterketten blinkten über dem Deck, Leute tanzten zu *Human* von den Killers, und einer von denen, die besonders abrockten, war tatsächlich Manuel. Ich hielt inne, guckte noch mal hin, um ganz sicherzugehen, aber ja, er war es. Ich erkannte ihn an seiner Statur und seinen etwas längeren Haaren, die mir sehr gefielen, wie eigentlich alles an ihm.

Oh Mann, er war also tatsächlich gekommen. Bestimmt hatte ihn die Aussicht, auf einem Partyboot zu feiern, überzeugt. Wann hatte man dazu schon Gelegenheit?

Ich betrat das Boot. Meine Knie wurden ganz weich, und ich klammerte mich an meinem Tortenbehälter fest.

Seine Freunde kannte ich gar nicht, sie gingen nicht auf unsere Schule. Einer von den Jungs machte sogar den »Robotertanz«, ein anderer, der ein wenig größer war, lehnte lässig an der Reling und schaute zu. Ob ich mal hingehen sollte? Einfach so? Bevor ich aber irgendetwas sagen oder tun konnte, stand plötzlich Leo vor mir.

»Nova! Da bist du ja!«, freute sie sich.

»Happy Birthday, Süße«, sagte ich und drückte sie mit einem Arm an mich, während ich mit der anderen Hand die Torte balancierte.

»Danke! Er ist übrigens da«, raunte sie mir dabei zu. Aber das hatte ich ja schon selbst bemerkt.

»Ich weiß …«, entgegnete ich heiser, ließ sie wieder los und drückte ihr den Erdbeer-Sahne-Kuchen in die Hand, bevor der mir noch runterfiel.

»Selbst gemacht. Nicht von Tante Agnes«, betonte ich. Meine Tante war ausgebildete Konditormeisterin, mit ihren Torten konnte ich nicht konkurrieren. Aber diese hier war mir richtig gut gelungen. Mit einer Achtzehn aus Sahne in der Mitte.

»Wow, die Torte sieht ja toll aus«, meinte Leo und musterte das Sahnegebilde unter dem durchscheinenden Deckel.

»Ich stell sie auf den Buffettisch in die Pantry, ja? Sodass sich jeder was nehmen kann«, schlug sie dann vor.

»Super!«, entgegnete ich. »Aber was ist eine Pantry?«

Leo hielt inne, drehte sich noch mal zu mir um. »Im Grunde Küche und Aufenthaltsraum zugleich«, erklärte sie und grinste über meine zweifellos beeindruckte Miene. Sie kannte sich ja wirklich aus. »Hat mir alles der Besitzer erklärt.«

Schon war Leo wieder weg. Ich blickte ihr hinterher. Sie war sehr sportlich mit ihrem frechen Pixie Cut, noch dazu durchtrainiert. Ich war ein bisschen neidisch. Nicht auf ihre Figur, mit meinen paar Pfündchen zu viel war ich eigentlich zufrieden. Aber ihr Selbstbewusstsein – das hätte ich gerne gehabt.

Jetzt stand ich etwas verloren herum. Nervös knetete ich die Hände, schaute mich an Deck um, wen ich kannte, und fing einen etwas abfälligen Blick von Manuels Kumpel auf, was mich entmutigte. Aber leider wurde ich oft so angesehen, ganz besonders von Jungs. Ich war eines dieser Mädchen, die man fast immer übersah, oder aber mit fiesen Blicken musterte. Klar, ich wusste, dass ich kein Topmodel war, aber manchmal taten solche Blicke echt weh. Rasch wandte ich den Kopf und erblickte Stella und Emilie an der Reling gegenüber.

Ich hob die Hand und eilte auf sie zu, weil mein Plan, Manuel anzusprechen, sich nun doch wieder völlig abwegig anfühlte.

»Abend«, sagte ich zu den beiden Schwestern und fand es wieder einmal faszinierend, wie verschieden sie aussahen: Stella, die Ältere, war groß und hatte lange, dunkelblonde Haare, die sie meist zu einem Zopf gebunden trug. Ihr herzförmiges Gesicht mit den dunklen Augen wirkte stets freundlich. Em war beinahe das Gegenteil von ihr, sehr zierlich, drei Jahre jünger und trug dicken Kajal unter den Augen, der farblich perfekt zu ihren glatten, dunklen Haaren passte. Sie hatte eine kühlere Ausstrahlung, war aber ein sehr herzlicher Mensch, wenn man sie näher kannte. Ein wenig verkopft im Gegensatz zu ihrer älteren Schwester.

Eigentlich war es für eine Vierzehnjährige ziemlich spät, aber Stella hatte gewiss wie immer das Okay von Oma Hilde, die die beiden großzog, bekommen, dass sie zusammen ausgehen durften, wenn Stella auf Em aufpasste und kein Alkohol getrunken wurde. Außerdem wuselten Leos Eltern an Deck herum, da die meisten an Bord noch minderjährig waren, wie ich mit meinen siebzehn ja auch.

»Hallo, Nova«, grüßte mich Stella lächelnd. »Schon gesehen? Manuel ist an Bord«, erklärte sie zwinkernd.

Oh ja, und schon flatterte mir wieder das Herz in der Brust.

»Du weißt noch, was du dir vorgenommen hast?«, erinnerte mich Em.

Ihn anzusprechen und einfach mal mutig zu sein? Als könnte ich das vergessen. Ich merkte nur, dass mich der Mut immer mehr verließ.

Wir linsten alle drei zu Manuel, der sich gerade mit einer Blondine aus der Parallelklasse unterhielt.

»Ich … warte noch auf den richtigen Zeitpunkt«, murmelte ich. Aber ob der kommen würde, war ich mir nicht sicher.

Etwas später verriet mir Leo, dass Manuel gerade am Buffet in der Pantry war und meinen Kuchen aß.

»Das wäre jetzt die perfekte Gelegenheit, ins Gespräch zu kommen, oder?«, meinte Leo. Und damit hatte sie mehr als recht. Ich wollte es mir selbst beweisen, dass ich kein Hasenfuß war. Augen zu und durch!

»Ist er allein?«

Sie nickte. Das würde es leichter machen.

Ich wusste, wenn ich es jetzt nicht versuchte, würde ich es wohl niemals schaffen. Also straffte ich die Schultern, eilte unter Deck, wo sich das Buffet laut Leo befand, und entdeckte ihn mit einem kleinen Teller in der Hand, auf dem tatsächlich ein Stück von der Torte lag, auf die ich so stolz war. Vorsichtig schob er sich mit einer Kuchengabel einen Bissen in den Mund.

»Hey, Manuel!«, sagte ich ein wenig atemlos. Verdammt, mein Herz pochte so heftig, ich war sicher, er konnte es hören.

»Kennen wir uns?«, entgegnete er. Klar, ich war ihm noch nie aufgefallen. Das überraschte mich wenig.

»Ich bin Nova. Aus der Klasse unter dir. Linden-Gymnasium.«

»Ach, richtig.«

Man musste es entschuldigen, er war erst letztes Jahr an unsere Schule gekommen, da konnte man sich nicht alle Namen und Gesichter merken, schon gar nicht die der Schülerinnen und Schüler anderer Klassen. Er hingegen war mir gleich aufgefallen.

»Schmeckt's?«, brannte ich zu erfahren.

Er wog den Kopf hin und her, schaute sich um, als suchte er nach jemandem, der ihn aus dieser Situation befreien konnte, was mir wieder etwas Mut nahm. Er gab sich nicht mal die Mühe zu verbergen, dass er schnell wieder weg wollte.

»Die hab ich gemacht«, verkündete ich rasch, um das Gespräch ein bisschen in Fahrt zu bringen.

Überrascht hob er eine Braue. »Jetzt weiß ich, wer du bist! Deine Tante leitet doch diese kleine traditionelle Konditorei, oder?« Aus seinem Mund klang es irgendwie von oben herab, dieses ›klein‹ und ›traditionell‹. Aber immerhin wusste er das. Und das konnte ja nur bedeuten, dass ich doch nicht völlig unauffällig war.

»Ja, schon, aber die hab ich gemacht, nicht Tante Agnes«, erklärte ich, bevor er das noch falsch verstand. Mit einer Torte meiner Tante hätte ich mich ja auch schwerlich brüsten können. »Das ist nämlich mein Traum. Kuchen backen, Konditorin werden«, redete ich aufgeregt drauflos, ohne Punkt und Komma. Meine Familie bestand schon seit Generationen aus Zuckerbäckerinnen und Zuckerbäckern, worauf ich stolz war. »Ich backe einfach total gerne … aber diese Torte ist mein Meisterwerk …« Ich hatte mir alle Mühe gegeben, und meiner Meinung nach hatte es sich auch gelohnt.

Er nickte langsam, stocherte in der Sahne herum. Ich beobachtete seine Mundwinkel genau, hielt den Atem an, als sie zuckten, bis sie sich schließlich nach unten senkten.

»Meisterwerk, ja? Da musst du wohl noch ein bisschen üben«, haute er raus und versetzte mir mit seinen wenigen Worten einen Stich ins Herz.

»Wie meinst du das?«, fragte ich aufgeregt, vielleicht hatte ich ihn ja nur falsch verstanden. Obwohl es da kaum was falsch zu verstehen gab.

»Na ja ... um ehrlich zu sein, scheinst du mir eher wie jemand, der lieber die Torten deiner Tante isst, anstatt selbst Talent für die Backstube zu haben, oder? Und das schmeckt man eben auch.«

Autsch.

»Ich bin nur ehrlich«, erklärte er.

Der Mund blieb mir offen stehen. Hatte er das eben wirklich gesagt? Einfach so? Gesagt, dass ich verfressen UND eine miese Tortenbäckerin war?

Er stellte den Teller auf dem Tisch ab, die Torte war zermatscht, nur wenige Bissen hatte er gegessen. »Um ehrlich zu sein, es schmeckt widerlich.«

Noch ein Schlag, diesmal in die Magengrube. Ich starrte den Mistkerl perplex an. Hätten wir im Boxring gestanden, wäre ich spätestens jetzt zu Boden gegangen. K.o. Leider war ich überhaupt nicht schlagfertig, daher fiel mir auch keine Erwiderung ein, außer Gestammel, das ich mir zum Glück aber verkniff. Ich merkte nur, wie mir die Tränen in die Augen schossen. Krampfhaft versuchte ich, sie zurückzudrängen, die fröhliche Nova-Maske auf mein Gesicht zu pressen, was aber diesmal nicht gelang.

»Das sehe ich anders«, erklang plötzlich eine Stimme hinter mir. Manuel und ich drehten uns zu einem Typen um, der aus einer Ecke heraustrat, in der er fast unsichtbar gewesen war. Wie lange er da wohl gestanden und alles mit angehört hatte?

Ich kannte ihn nicht, was bedeutete, dass er nicht auf unserer Schule war, aber ich bildete mir ein, dass er einer der

Jungs vorhin an Deck gewesen war, die mit Manuel abgehangen hatten. Der große Typ, der sich an die Reling gelehnt hatte. Er überragte uns beide. In den Händen hielt er einen Pappteller, auf dem sich ein Stück meiner Torte befand.

»Ach ja? Wie siehst du es denn, Nathan?«, fragte Manuel genervt.

Nathan, wunderte ich mich. Wie in Lessings *Nathan der Weise*, den wir gerade erst im Deutsch-Leistungskurs durchgenommen hatten?

Er schob sich demonstrativ ein riesiges Stück Sahne in den Mund, die er sich sichtlich auf der Zunge zergehen ließ, er rollte sogar genussvoll mit den Augen, dann sah er mich direkt an, und zwar anerkennend und freundlich. »Sie schmeckt ausgezeichnet. Die beste Torte, die ich seit Langem gegessen habe.«

Seit Langem? Oh Mann, das ging runter wie Öl … Ich freute mich unglaublich, das zu hören, aber nach Manuels unerwarteten Angriffen war ich nicht sicher, ob Nathan das ernst meinte. Immerhin gehörten sie zur selben Clique, und es war gut möglich, dass sie mich einfach gemeinsam veralbern wollten, war ich doch ein dankbares Ziel. Wegen meines Gewichts, das aus irgendeinem Grund andere Menschen viel mehr zu stören schien als mich selbst, war ich schon früher oft gehänselt worden. Und Kuchen und Dicksein – das erzeugte eben schnell ein gewisses Bild bei oberflächlichen Personen.

»Quatsch, erzähl doch nichts«, brachte Manuel hervor und lachte gehässig.

Nathan aß in Ruhe sein Stück Torte auf. Langsam und mit einem genussvollen Lächeln auf den Lippen.

»Aber ja doch, ich glaube ich nehme noch ein Stück.«

Tatsächlich schnappte er sich noch etwas. Mir dämmerte, dass sein Lob ernst gemeint war.

»Alter, ich hab dich nicht mitgenommen, damit du hier

Torte frisst«, ächzte Manuel. Wieso es ihm so sehr gegen den Strich ging, dass jemand mein Backwerk mochte, verstand ich nicht. Vielleicht nahm er es persönlich, wenn jemand seine Meinung infrage stellte. Als dürfte man von dieser nicht abweichen. Dass Nathan es dennoch tat, fand ich großartig.

»Ich kann nicht anders, die ist zu gut. Einfach … köstlich.«

»Sie ist zum Kotzen!«, wurde Manuel lauter, und da bemerkte ich es zum ersten Mal. Eine Fahne stieg mir entgegen. Ich hustete leise. Manuel und seine Kumpels mussten etwas Härteres aufs Schiff geschmuggelt haben, als das, was hier ausgeschenkt wurde.

»Ein Gedicht! Du solltest deinen Traum unbedingt weiterverfolgen.« Nathan schaute mich aufmunternd an.

»Lächerlich! Ich hätte dich gar nicht mitnehmen sollen«, schnauzte Manuel ihn an und gab Nathan einen leichten Schubs, der diesen aber nicht mal ins Wanken brachte.

»Jetzt krieg dich ein, du hast zu viel getrunken«, meinte Nathan gelassen.

»Und wenn schon! Das ändert nichts daran, dass das die mieseste Torte aller Zeiten ist.«

»He, wo bleibt ihr denn?«, fragte plötzlich der Typ, der den Robotertanz gemacht hatte, und lugte in die Pantry. »Wollt ihr hier Wurzeln schlagen oder was?«

»Ganz bestimmt nicht«, meinte Manuel und zog an mir vorbei, stieß an meine Schulter, dann war er weg. Nathan aber blieb noch einen Moment.

»Alles okay?«, fragte er, während ich mir zerknirscht die Schulter rieb.

Ich nickte. »Geht schon.« Das war gelogen. Ich kämpfte immer noch mit den Tränen.

»Lass dich nicht unterkriegen, deine Torte ist wirklich gut«, versicherte er mir erneut und lächelte mich an. Wer war dieser Typ nur? Wo kam er her?

»Manuel fühlt sich groß, wenn er andere runtermachen kann. Auf so was reagiere ich allergisch.«

Was sollte ich da erst sagen?

»Nathan, kommst du?«, rief der Robotertänzer.

»Bin gleich da.«

Wieder sah er mich an. Mir fiel auf, dass er schöne Augen hatte. Ganz sanft und freundlich. Als würde er wirklich mich sehen.

»Kann ich dich allein lassen?«, fragte er besorgt.

Ich hätte gerne noch länger mit ihm geredet. Aber sein Kumpel drängte. Also nickte ich.

Nathan schenkte mir noch ein Lächeln und verließ die Pantry. Allein stand ich nun vor dem kleinen Buffet. Das zermatschte Stück Torte, das Manuel achtlos auf dem Tisch abgestellt hatte, vor mir. Ich griff nach dem Pappteller und warf ihn mitsamt der Torte in den Mülleimer, versuchte, mich an Nathans freundlichen Worten zu erfreuen. Aber das war leichter gesagt als getan. Es tat verdammt weh, was Manuel gesagt hatte, noch immer fühlte ich diesen Knoten im Magen. Konditorin zu werden, war mein Traum, schon immer. Ich hatte nicht viele Talente, aber backen konnte ich. Zumindest hatte ich das bis eben angenommen.

Die fröhliche Nova-Maske fiel. Ich spürte, wie etwas Heißes über meine Wangen rann. Da kam Leo herein. »Nanu, wo ist denn Manuel?«, wunderte sie sich. Ich konnte nicht anders. Ich wollte mich ja zusammenreißen. Aber in dem Moment platzte alles aus mir raus.

Leo zog mich in die Arme. »Oh nein, Nova, was ist denn nur passiert?«

Schluchzend erzählte ich ihr alles, versuchte noch, Manuel zu entschuldigen, obwohl er so mies gewesen war. Aber Leo fasste mich bei den Schultern.

»Ich erlaube das nicht«, raunte sie mir ins Ohr.

»Auf meiner Geburtstagsparty macht niemand meine beste Freundin runter«, erklärte sie und sah mir dann fest in die Augen. »Und auch sonst nirgends!«, betonte sie mit einem Blick, der mir Angst gemacht hätte, wäre sie sauer auf mich gewesen. »Ich werfe ihn sofort von Bord. Eigenhändig.« Schon ließ sie von mir ab und stieg die Treppe hoch.

»Warte … nicht …«, versuchte ich, sie aufzuhalten. Ich wollte einfach nicht, dass das noch eskalierte. Am Ende ruinierte es ihre Party. Also rannte ich Leo nach, kam aber zu spät. Sie machte bereits kurzen Prozess, verwies Manuel des Schiffs.

»Ich will dich hier nicht länger haben!«, rief sie so laut, dass es über das ganze Deck hallte.

»Was ist denn mit Leo los?«, wunderten sich Stella und Em, die sich an meine Seite gesellten.

»Sie ist sauer auf Manuel, weil er mich beleidigt hat.« Ich beobachtete staunend, wie Leo sich für mich ins Zeug legte.

»Was? Was hat der gesagt?«

»Dass … ich nicht backen kann und … zu viel esse.«

Sofort stellten sich Em und Stella zu Leo. »Niemand macht eine von uns runter!«, sagte Stella entschlossen. Und ich spürte Wärme in der Brust aufsteigen, weil ich so tolle beste Freundinnen hatte. Erneut brannte etwas in meinen Augen, diesmal aber vor Glück.

»Schon gut, ihr Hühner, dann geh ich halt. Hier war ja eh nichts los«, verkündete Manuel abfällig und verließ lässig das Schiff, seine Freunde folgten ihm, darunter auch Nathan, der mir noch einen letzten Blick zuwarf. Er hätte eigentlich bleiben können, dachte ich. Er war keiner dieser Idioten. Aber offenbar zog er es vor, mit seinen Freunden abzuhängen, oder er wollte auf den angetrunkenen Manuel aufpassen.

Kaum waren Manuel und seine Kumpels von Bord, applaudierten die restlichen Gäste, weil der Störenfried endlich in seine Schranken verwiesen worden war. Mir wurde klar, dass eigentlich niemand von unserer Schule Manuel so richtig mochte, weil er ein Arsch war. Nur die Blondine rannte ihm noch hinterher.

Leo, Stella und Em kamen zu mir und umarmten mich. »Wir halten doch zusammen oder nicht? Für immer«, meinte Leo.

Es tat gut, solche Freundinnen zu haben.

»Gib nichts auf diesen Doofkopp, der hat keine Ahnung«, meinte Leo noch. »Und jetzt will ich auch was von der Torte!«

Aber Manuels Worte hatten dennoch einen Keil tief in meine Brust getrieben …

2. Kapitel

Manuels Worte waren mir für den Rest des Abends nicht mehr aus dem Kopf gegangen, was mir die Party ziemlich verleidet hatte. Auch die halbe Nacht hatte ich mir deswegen um die Ohren geschlagen, mich von einer Seite meines Gästebetts zur anderen gerollt und mich gefragt, ob er vielleicht doch recht hatte? In den Sommerferien arbeitete ich immer für ein paar Wochen bei Tante Agnes im Ladengeschäft der Konditorei, um an der Kasse zu bedienen. Manchmal übernachtete ich auch bei meiner Tante. Meine Eltern und ich lebten eigentlich in Niendorf, einer kleinen Ortschaft nordwestlich von Lübeck-Travemünde. Aber wenn es sich anbot, blieb ich direkt hier, bei Tante Agnes im Löwensteg, wo auch meine drei besten Freundinnen lebten. Nach der Party war der Heimweg zu Agnes deutlich kürzer gewesen. Deswegen lag ich nun in meinem Bett in dem kleinen Gästezimmer unter dem Dach, das ganz und gar mein Reich war, in dem ich mich einrichten konnte, wie es mir gefiel.

Aber Schlaf konnte ich jetzt nicht mehr finden, die Morgensonne ging gerade auf, ihre ersten Strahlen kitzelten mich bereits durchs Fenster im Gesicht. Rastlos erhob ich mich, machte mir einen Kaffee in der Küche und schleppte mich anschließend ins Wohnzimmer, wo ich mich auf die Couch fallen ließ. Um acht Uhr machte der Laden auf, dann würde ich hinter der Theke stehen. Jetzt war es kurz vor fünf Uhr, und ich fühlte mich alles andere als fit, könnte eigentlich noch etwas weiterschlafen. Ob ich mich noch mal hinlegte?

»Morgen«, meldete sich ein zartes Stimmchen aus dem

Sessel gegenüber zu Wort und erschreckte mich doch fast zu Tode.

»Agnes!«, keuchte ich.

Jetzt war ich hellwach.

Meine Tante war ein sehr zarter Mensch, mit leiser Stimme und in ihrer Erscheinung unauffällig. Dass sie in ihrem Sessel gesessen hatte, hätte ich gar nicht mitbekommen, hätte sie nichts gesagt.

Tante Agnes war eine Meisterin ihres Fachs, sie machte die wunderschönsten Törtchen und Kuchen, fruchtigsten Gebäcke und leckersten Teigtaschen, die man sich nur vorstellen konnte. Jedes ein Unikat, jedes wunderschön anzusehen, mit köstlichen Details verziert, sodass es nicht nur ein Gaumen-, sondern auch ein Augenschmaus war. Ihr Tagewerk begann um fünf Uhr in der Früh, also gleich. Agnes war mein großes Vorbild, ich wünschte nichts mehr, als dass ich backen könnte wie sie.

»Ich wollte dich nicht erschrecken. Warum bist du denn schon so früh wach?«, fragte sie lächelnd.

»Ich konnte nicht schlafen.« Ich führte meine Tasse zu meinen Lippen.

»War bestimmt eine aufregende Party.« Agnes nahm auch einen Schluck aus ihrer Tasse Kaffee.

Daran wollte ich am liebsten nicht mehr denken.

»Ach … lass uns doch über etwas anderes reden.« Nachdem ich mir schon die Nacht deswegen um die Ohren geschlagen hatte, wollte ich es nun gut sein lassen.

»Du meinst, weil da auch dieser Junge war?«, hakte sie schmunzelnd nach. Eigentlich war Agnes doch sonst nicht so neugierig, sondern ganz im Gegenteil, sehr zurückhaltend. Und woher wusste sie überhaupt, dass ich Manuel mochte … gemocht hatte … was auch immer?

»Ich war doch auch mal in deinem Alter«, sagte sie und

verriet dadurch zugleich, dass sie einfach ins Blaue geraten hatte. »Was ist passiert?«

Sie sah mich eindringlich an, und ich ahnte, sie erwartete nun eine Teenie-Herzschmerzgeschichte.

Mir kannst du es doch sagen, schien ihr Blick zu verheißen.

»Also schön«, eröffnete ich und erzählte ihr die ganze Geschichte. Dabei konnte ich beobachten, wie sich der sanfte Schimmer in ihren Augen zusehends mehr in ein Funkeln verwandelte.

»Und nun hat dich dieser dumme Junge verunsichert, und du zweifelst an deinen Fähigkeiten«, schlussfolgerte sie.

Ich nickte.

»Das musst du nicht, Nova. Wirklich nicht. Und du weißt auch wieso, nicht wahr?« Agnes erhob sich, ging zu dem alten Wandschrank hinüber, öffnete das obere Schubfach und holte ein altes Album hervor. Eines, das ich von früher kannte, aber seit Jahren nicht gesehen hatte. Dann setzte sie sich mit diesem neben mich. »Kannst du dich daran erinnern? Das hast du dir früher immer so gerne angesehen, als du noch klein warst.«

Ich nickte. Das alte Album mit den Familienfotos hatte ich sehr geliebt, doch inzwischen fast vergessen. Nun schlug mir der Staub entgegen, und zum ersten Mal fiel mir bewusst auf, wie alt der Einband war.

»Du hast früher gesagt, es sei besser als jedes Märchenbuch.«

Gleich das erste Bild zeigte die Konditorei hier im Löwensteg. Es war eine Schwarz-Weiß-Aufnahme, ein wenig vergilbt. Es nach all den Jahren wieder anzusehen, war so wohltuend wie eine heiße Milch mit Honig vor dem Schlafengehen.

Trotzdem, oder vielleicht gerade deswegen, erfasste mich der Zauber der Vergangenheit sofort.

Kleine, runde Tischchen mit verschnörkelten Beinen standen vor der Konditorei, über deren Eingangstür die Lettern *Fräulein Zucker* hingen. Ein gänzlich anderer Name als der, den die Konditorei heute trug. Jetzt hieß sie nämlich Bei Agnes, was Gemütlichkeit ausstrahlte. Das Fräulein Zucker hingegen erinnerte mich ein wenig an einen dieser alten amerikanischen Bonbonläden, in denen die Verkäufer Schiffsmützchen trugen und eigenartig altmodische Kleidung, die meist gestreift war. Tatsächlich entdeckte ich in dem Moment ein kleines Regal im Schaufenster des Fräulein Zucker, in dem sich Bonbons befanden. Sie waren natürlich auch in Schwarz-Weiß, aber ich stellte sie mir knallig bunt vor. Es sah noch genauso aus, wie ich es in Erinnerung hatte. Und genau wie früher lag eine gewisse Magie über diesem Album und seinen Bildern aus älteren Tagen.

Agnes seufzte und blätterte weiter. »Ich schaue es mir immer wieder gerne an. Es hilft mir, mich zu erinnern, wo ich herkomme und was ich kann. Denn weißt du, als ich in deinem Alter war und mein Vater Kunibert, dein Opa, mir sagte, dass ich eines Tages die Konditorei leiten würde, fühlte ich einen mächtigen Druck auf den Schultern.«

Genau wie ich.

Sie nickte mir zu, als hätte sie in dem Moment meine Gedanken gelesen. Wir waren uns sehr ähnlich.

»Ich habe mich immer gefragt, ob ich gut genug sein würde, ob meine Torten und Kuchen den Leuten schmecken würden.« Sie lächelte, strich mit den Fingerspitzen über das nächste Bild. Auf diesem sah man das Geschäft aus der Perspektive vom heutigen Edelrestaurant Dreizack, also mit Blick über die Kreuzung. Ein alter Aufsteller stand auf der Straße. *Frische Erdbeertörtchen, 70 Pfennige das Stück.*

Was für Preise!, ging es mir durch den Kopf. Ein weiteres Bild zeigte unsere Familie vor dem hinreißenden kleinen Laden. Opa Kunibert und Oma Sophia trugen ihre Arbeitskleidung, verschränkten entschlossen die Arme vor der Brust und wirkten eigenartig ernst und zugleich sehr stolz auf ihre Arbeit.

»Wir haben alle mit Zweifeln zu kämpfen. Das Foto hier stammt übrigens aus dem Jahr 1955. Zwei Jahre zuvor hat dein Großvater das Haus gekauft, um sich selbständig zu machen. Bis dahin hatte er in einer Bäckerei als Angestellter gearbeitet. Sophia und Kunibert waren für ihre Zeit sehr modern. Sophia wurde Teil der Geschäftsleitung, Kunibert war der Meinung, dass sie das besser konnte als er. Sie haben alles zusammen aufgezogen, alle Entscheidungen gemeinsam getroffen. Nach den schrecklichen Folgen des Kriegs begann eine Zeit des Aufbaus, das hatten sie schnell erkannt und für sich genutzt. Das Haus selbst ist natürlich noch etwas älter, aber nicht viel. Ich glaube, es war eines jener Gebäude, die wiederaufgebaut werden mussten, und wenn ich mich nicht täusche, ist es sogar eines der ältesten hier im Löwensteg, von Oma Hildes Trödelladen gegenüber abgesehen.«

Ich nickte fasziniert. Das alles hatte etwas Märchenhaftes an sich. Und eine Sogwirkung, der man sich nicht entziehen konnte. Eine Welt, in der es nur um Süßes und Gebäck ging.

»Das ist wirklich schön«, murmelte ich und strich vorsichtig mit einer Hand über die alten Seiten, die schwarz statt weiß waren, anders als bei heutigen Fotoalben. Außerdem steckten die Bilder unter einer Art Klebefolie, die sie schützte.

Agnes lächelte. »Dennoch war es natürlich auch ein unternehmerisches Risiko, ein eigenes Geschäft zu gründen. Das war damals nicht anders. Und dann machte gegenüber an der heutigen Kurgartenstraße noch eine zweite Konditorei auf, das Kuchen & Meer von der betuchten Familie Mertens.« Sie blätterte weiter. »Es war ein Kampf ums Überleben, da sich beide Geschäfte auch noch denselben Innenhof teilten. Ein ständiges Werben um die Gunst der Kundschaft und Großaufträge. Für unsere Familie ging es um alles oder nichts.«

Nun konnte man Fotos von unserem Innenhof sehen. Auch hier standen Tische und Stühle, vergnügten sich Gäste in altmodischer Kleidung im 50er-Jahre-Stil mit Kaffee und Kuchen. Vom Haus der Familie Mertens war jedoch nur der Schatten zu erkennen, der sich unheilvoll in Richtung unserer Tische erstreckte. Wie bei jeder märchenhaften Geschichte gab es eben auch dunkle Wolken, die das Glück trübten.

»Kunibert hatte einen Haufen Schulden aufnehmen müssen, um das Geschäft aufbauen zu können. Es stand fest, wenn das Fräulein Zucker sich nicht bewähren würde, würde es seinen Ruin bedeuten. Und diese reichen Unternehmer hatten genügend Geld, um Kunibert und Sophia das Leben schwer zu machen. Sie beauftragten große Werbeagenturen, um noch größere Kampagnen zu starten: riesige Plakate überall in der Stadt und Werbeseiten in Magazinen und Zeitungen. Es sah nicht gut aus für uns, denn die Maßnahmen zeigten Wirkung. Schnell füllten sich die Tische gegenüber, die unseren blieben leer. Das Aus stand kurz bevor, aber dann ist deiner Oma die Idee im Schlaf gekommen.« Agnes' Augen blitzten vor Vergnügen.

»Im Schlaf, wirklich?«

Sie nickte, blätterte weiter und deutete auf ein Foto, auf dem Oma Sophia mit einem Blech voll süßer kleiner Kuchen-Pralinen zu sehen war. Jede sah ein bisschen anders aus, manche waren mit dunkler Schokolade überzogen, manche mit Gelee verziert. Aber sie alle wirkten wie kleine Kunstwerke und hatten die Form winziger Schiffchen.

»Dies sind ihre berühmten Ostseeträume aus feinstem Lübecker Marzipan«, erklärte Agnes stolz. »Deine Großmutter hat das Rezept im Traum gesehen und es dann tatsächlich ausprobiert. Noch heute sind die Ostseeträume unser Verkaufsschlager. Als sie damals eingeführt wurden, hat es nicht lange gedauert, bis sich das Blatt gewendet hat. Die Kundschaft kam nun zu uns statt zum Kuchen & Meer, jeder wollte die kleinen süßen Köstlichkeiten probieren. Und wie sie einem auf der Zunge zergangen sind! Sie waren nicht so süß, dass man Zahnschmerzen davon bekam. Nein, deine Oma hatte genau die richtige Mischung gefunden, die die Leute liebten. Das hat damals alles verändert. Selbst der damalige Bürgermeister ist einmal die Woche in unser Geschäft gekommen, um eine Tüte Ostseeträume zu kaufen.«

Ein glückliches Lächeln zeichnete sich auf dem Gesicht meiner Tante ab. Ich merkte ihr an, wie stolz sie auf Sophia und ihre umwerfende Idee mit den Kuchenpralinen war.

»Die Ostseeträume haben ihren Namen übrigens, weil Sophia die Ostsee so geliebt hat. Ich finde auch, dass der Name perfekt ist. Jeder wollte die schiffchenförmigen Mini-Törtchen haben.« Agnes lachte. »Deswegen hat deine Großmutter das Rezept auch geheim gehalten. Sie fürchtete, dass andere Konditoren es kopieren und die Kundschaft weglocken würden. Letztlich konnten wir uns behaupten, und die Mertens mussten das Geschäft gegenüber schließen.« Agnes lehnte sich in ihrem Sessel zurück, wärmte ihre Hände an ihrer Tasse und schaute in die Ferne. »Was ich dir sagen will, ist, dass eine Situation manchmal ausweglos erscheint, sie es aber mitnichten ist. Es war ein Spiel wie David gegen Goliath. Nun sieh dir an, was aus uns geworden ist: Uns gibt es noch heute.«

»Das Kuchen & Meer aber auch.«

»Aber nicht hier in Travemünde. Allerdings hast du recht, die Familie Mertens war trotzdem noch sehr erfolgreich. Sie haben eine zweite Konditorei im Zentrum der Stadt eröffnet, die dann sehr gut lief. Und wie du weißt, folgten danach weitere Filialen, sie haben eine Konditor-Kette gegründet und sind zum Konditor Nummer Eins aufgestiegen. Und heute haben sie drei Geschäfte allein in Lübeck und noch ein paar weitere außerhalb. Aber hierher nach Travemünde trauen sie sich nicht mehr.« Agnes wurde nicht müde zu betonen, dass die Kette das Backhandwerk verraten hatte, produzierten sie doch Massenware. Außerdem hatten sie den Untergang vieler kleiner Geschäfte zu verantworten. Damals wie heute.

»Wenn du das Geschäft hier eines Tages übernimmst, werde ich dir das geheime Rezept für die Ostseeträume beibringen«, erklärte Agnes feierlich. »So hat es Sophia bei mir gehandhabt, und so sollst du es mit deinen Erben handhaben.«

Ich nickte, fühlte mich von der Feierlichkeit angesteckt. Mit so einem fantastischen Rezept konnte nichts schiefgehen.

»Wenn ich etwas mit Bestimmtheit sagen kann, dann, dass du auf jeden Fall das Zeug zur Konditorin hast. Du solltest dich nicht von so einem dummen Jungen, der noch grün hinter den Ohren ist, verunsichern lassen. Denn sieh dir an, was Sophia geschafft hat. Ohne sie gäbe es unser Geschäft heute nicht mehr. Der Beruf des Zuckerbäckers und der Zuckerbäckerin liegt uns im Blut. Man braucht Geschick und Kreativität. Beides hast du. Das weiß ich genau.«

»Danke, Agnes, lieb von dir, dass du das sagst.«

»Ich sage das nicht einfach nur so. Es ist die Wahrheit. Du hast ja deine Großmutter leider nicht mehr kennengelernt, denn Kunibert und sie gingen viel zu früh von uns. Aber ich habe viele ihrer Kuchen und Torten gegessen. Eins verrate ich dir: Wann immer ich etwas von deinen Werken probiert habe, war es mir, als hätte meine Mutter Sophia sie persönlich gebacken. Da ist diese Note, die nur ihre Kuchen aufgewiesen haben. Bei dir bemerke ich sie auch.«

Ich machte große Augen.

»Es ist wahr!«, versprach mir Agnes und kreuzte zur Bestärkung die Finger. »Du hast viel mit deiner Großmutter gemeinsam.«

»Ach, Tante Agnes, danke.« Ich drückte sie im Überschwang an mich, bereit, noch etwas länger an meinen Traum zu glauben.

»Nichts zu danken. Ich sage nur, wie es ist.« Agnes zwinkerte mir zu.

3. Kapitel

Neun Jahre später

Ich nahm die Schüssel mit der Sahne aus dem Kühlschrank, um sie mit einem Schneebesen steif zu schlagen. Heute wollte Tante Agnes zu Besuch kommen. Und wenn Tante Agnes kam, gab es immer Kuchen. Dieser war auch schon fertig. Eine schöne Himbeer-Johannisbeer-Torte. Zweistöckig. Mein Biskuitboden konnte sich sehen lassen, leichter und luftiger ging es nicht. Ich hatte viel dazugelernt.

Mein Blick glitt zur Wanduhr, ein bisschen Zeit hatte ich noch, ehe meine Tante hier aufschlagen wollte. Noch etwas passierte stets, wenn Tante Agnes kam: Es bedeutete immer auch, dass die Nostalgie Einzug hielt.

Denn mit Agnes brachte ich nicht nur die Familien-Konditorei in Verbindung, sondern auch den Löwensteg, die Sommer an der Trave und meine drei besten Freundinnen. Ich dachte daran, dass Leo und Stella nach dem Abi in die Welt hinausgewollt hatten. Genauso wie ich. Nur Em hatte Travemünde treu bleiben wollen.

Wir anderen aber hatten unser Zuhause verlassen, um uns zu verwirklichen. Leo hatte eine Ausbildung zur Musicaldarstellerin in London absolviert. Niemand hatte eine schönere Stimme als sie. Dennoch hatte sie nur wenige Engagements bekommen. Jetzt lebte sie in Hamburg und gab Gesangsunterricht, erwartete ihr erstes Kind. Stella hingegen hatte in Berlin studiert, war jedoch vor ein paar Monaten nach Travemünde zurückgekehrt, weil Oma Hilde gestorben war und Em und sie den alten Trödelladen geerbt hatten. Gemeinsam hatten die Schwestern ihn auf Vordermann gebracht.

Ich hatte nach dem Abi eine Ausbildungsstelle an einer renommierten Konditorei-Schule in Bremen bekommen und meinen Abschluss gemacht. Seitdem durfte ich mich offiziell Konditorin nennen, war in die Fußstapfen meiner Familie getreten und lebte immer noch in der Hansestadt an der Weser.

Ich wusste nun, was ich konnte, und ich liebte meinen Job. Jede von uns führte ihr eigenes Leben, und in Momenten wie diesen, in denen mir das bewusst wurde, vermisste ich meine Freundinnen besonders, und auch die unbeschwerte Zeit, in der wir uns täglich gesehen hatten. Doch wir hatten uns eine Sache geschworen: uns nie aus den Augen zu verlieren und uns mindestens einmal im Jahr zu treffen.

Ich rührte kräftig mit dem Schneebesen um, bis die Sahne fester wurde, denn mein Handmixer war ausgefallen, machte dann eine kleine Pause und öffnete das Fenster, um auf den Hof zu blicken. Die Sonne strahlte mir entgegen. Ein paar Nachbarn hatten sich unten auf die Wiese gelegt, um sich zu sonnen. Abends grillten sie öfter. Inzwischen lebte ich seit einer gefühlten Ewigkeit in dieser Wohnung in Bremen. Mein Zuhause war sie selbst jetzt noch nicht geworden, aber sie war ein Ort zum Wohlfühlen.

Allerdings war sie derzeit auch die einzige Wirkungsstätte für mein Handwerk. Vor drei Monaten hatte mir meine Chefin, in deren Konditorei ich nach der Ausbildung angefangen hatte, leider gekündigt, weil sie ihren Laden aufgeben musste. Vor zwei Tagen hatte ich meinen letzten Arbeitstag gehabt und war nun offiziell auf Jobsuche. Ich fand es schade, denn ich hatte mich gut mit ihr verstanden, aber manchmal funkte das Schicksal eben dazwischen. Doch das war nicht alles. Nova Böhme machte keine halben Sachen. Nicht nur mein Job war weg. Mein Freund Lucas war es auch. Und das fast zeitgleich. Es schien, als wäre in den letzten drei Monaten mehr passiert als in all den Jahren, die ich nun schon von zu Hause weg war.

Mein Blick glitt zu den bunten Magneten am Kühlschrank, die eigentlich ihm gehörten. Lucas hatte sie vergessen, als er seine Sachen gepackt hatte und ausgezogen war, jetzt erinnerten sie mich jeden Tag an ihn. Wegwerfen konnte ich sie nicht, obwohl ich es gewesen war, die ihn vor die Tür gesetzt hatte. Dennoch tat es jedes Mal ein bisschen weh, sie zu sehen. Vermisste ich ihn etwa?

Seufzend schloss ich wieder das Fenster. Entschied, die Sahne noch mal kräftig zu schlagen. Mit etwas zu viel Schwung im Arm spritzte das süße Gemisch über den hohen Rand der Schüssel hinweg auf die Arbeitsfläche, wo es sich im Kuhfleckenmuster verteilte. Seufzend schnappte ich mir ein Tuch, um das Malheur wegzuwischen. Wenn sich doch nur alle Probleme so leicht beseitigen ließen.

Wieder glitt mein Blick zu den Magneten.

Ich hatte gehofft, das mit uns wäre für die Ewigkeit. Doch es hatte nur zwei Jahre gehalten, davon hatten wir gerade mal zwei Monate zusammengelebt. Ich hatte gedacht, Lucas wäre die Liebe meines Lebens. Ein Mann, mit dem ich mich blind verstand, der mich nahm, wie ich war – eben die kleine Nova mit den Pausbäckchen, die kein Model war und es nie sein würde, aber trotzdem jemand, mit dem man Pferde stehlen konnte. Meine vorherigen Partner hatten früher oder später angefangen, an mir herumzunörgeln, sie hatten mich verändern wollen, was mir jedes Mal das Gefühl gegeben hatte, ich sei nicht gut genug. Aber Lucas war anders gewesen. Zumindest am Anfang unserer Beziehung, die bei einem Rettungseinsatz begonnen hatte.

Ich wusste es noch genau. Meine Chefin hatte sich so schwer die Hand am Ofen verbrannt, dass ich sofort einen Krankenwagen bestellen musste, und einer der Sanitäter, die sie untersuchten, war Lucas. Unsere Blicke trafen sich, und es funkte sofort zwischen uns. Etwas Derartiges hatte ich nie zuvor erlebt. Nicht auf diese Weise.

Ich seufzte.

Einen Tag später kam er noch mal in den Laden, um sich nach meiner Chefin zu erkundigen und nach meiner Nummer zu fragen. Ich gab sie ihm mit klopfendem Herzen.

Der Rest war Geschichte. Sogar eine recht schöne. Wir waren ausgegangen, hatten uns verliebt, und ich hatte das Gefühl gehabt, er würde zu mir stehen, egal was kommen möge.

Aber nachdem wir dieses Jahr zusammengezogen waren, war alles anders geworden.

Man lernt einen Menschen eben erst dann richtig kennen, mitsamt all seinen Eigenarten, wenn man ihn nicht nur in den Honeymoon-Momenten erlebt.

Lucas hatte einen ziemlich ausgeprägten Gesundheitssinn an den Tag gelegt, den ich bei unseren Dates nie bemerkt hatte. Schnell war klar geworden, dass er einem kaum noch Luft zum Atmen ließ, weil er über nichts anderes mehr reden und nachdenken wollte, als eben über Gesundheit und Gesundheitserhaltung. Jeden Tag Sport, am besten mehrmals, sodass es auf mich schon wieder ungesund wirkte. Er verweigerte Speisen, wenn auch nur ein Gramm zu viel Zucker enthalten war.

Damit nicht genug. Es ging nicht nur um seine Gesundheit, sondern auch um die seiner Mitmenschen, bei denen er ähnlich strenge Maßstäbe ansetzte wie bei sich selbst. Beim Zusammenleben wurde folglich auch mein Gewicht plötzlich zum Thema. Etwas, das ihn zuvor nicht gekümmert hatte.

»Du musst abnehmen!«, war die Devise, obwohl ich selbst mit meinem Körper zufrieden war. Ich hatte mäßiges Übergewicht, mochte meine Rundungen, weil sie zu mir gehörten, meine Hausärztin war mit mir zufrieden. Tatsächlich machten meistens andere Menschen ein Problem daraus. Solche, die vielleicht mit sich selbst unzufrieden waren. Fortan bestand er auf einen Ernährungsplan, was ja nicht verkehrt war, nur eben die Art, in der er mich belehrte, stieß mir auf. Als hätte ich gar kein Mitspracherecht oder als müsste ich viel an mir ändern, ehe ich akzeptabel wäre. Das erinnerte mich schmerzlich an meine vorherigen Partner, die genauso gewesen waren. Immer war etwas an mir verkehrt gewesen, immer hatte ich an mir arbeiten müssen. Irgendwann fragte ich mich, warum Lucas überhaupt mit mir zusammen war, wenn er mich doch so schrecklich fand? Denn dass er etwas an mir auszusetzen hatte, wurde immer offensichtlicher, schließlich sollte ich mich ja komplett verbiegen für ihn. Keine Ahnung, warum ich mir das überhaupt hatte gefallen lassen. Vielleicht weil ich den alten Lucas so sehr geliebt hatte und ihn unbedingt zurückhaben wollte. Weil ich mir vielleicht auch eingeredet hatte, dass er, eben dieser alte einfühlsame Lucas, zurückkommen würde, wenn ich mich an seine Spielregeln hielt.

Aber dann hatte ich zufällig herausgefunden, dass es noch viel mehr Spielregeln gab, als mir bewusst gewesen war. Ich erinnerte mich genau, wie ich nach einem harten Arbeitstag in der Konditorei mit dem Bus heimfahren wollte, aber ausgerechnet an dem Tag ein Fahrerstreik war. Also lief ich nach Hause, allzu weit war unsere Wohnung nicht entfernt. Dabei kam ich an Lucas' Fitness-Studio vorbei und sah durch das Fenster etwas, das mir endgültig das Herz zerriss.

Er trainierte nicht nur, er trainierte mit ihr, dieser wunderschönen, gertenschlanken Trainerin in den knappen Sportklamotten. Und er berührte sie zärtlich, küsste sie … selbst jetzt musste ich schlucken, wenn ich nur daran dachte. Es war solch ein Schock, denn nie im Leben hätte ich damit gerechnet, dass Lucas mich betrog.

Ich hatte nur vage Erinnerungen an diesen Moment, in dem ich in das Studio gestürmt war.

»Pack deine Sachen und zieh aus!«, sagte ich, ganz ruhig und kontrolliert, aber so entschlossen wie nie zuvor in meinem Leben. Lucas war fast von seinem Spinningrad gefallen, so sehr hatte es ihn erschreckt, dass ich ihn erwischt hatte.

Er hatte gar nicht versucht, irgendetwas zu kitten. Ich hätte es eh nicht zugelassen. Denn das war der berühmte Tropfen gewesen, der das Fass zum Überlaufen gebracht hatte. Ich hatte ihn nicht mehr sehen wollen, nie mehr. Und als er schließlich weg gewesen war mit seinen ganzen Sportsachen, seiner Waage und den Gesundheitsratgebern, hatte ich endlich wieder frei atmen können.

»Er war einfach nicht der Richtige«, hatte Stella neulich am Telefon gemeint, als wir nochmal darüber geredet hatten. Aber das war gar nicht der Punkt. Ich war es gewöhnt, dass manche Leute mich schief ansahen, weil ich mich auch mit ein paar Kilos zu viel mochte, was für manche offenbar unverständlich war. Sie sahen es dann als ihre Pflicht an, mich darauf hinzuweisen, dass ich mich besser unwohl oder nicht hübsch fühlen sollte. Meist hatte ich dann die fröhliche Nova-Maske aufgesetzt, getan, als würde es mich nicht berühren, obwohl es das getan hatte. Dass Lucas sich in diese Riege eingereiht hatte, hatte mir das Herz gebrochen. Dass er mich durch ein fitteres Model ausgetauscht hatte, umso mehr. Ich war zu dem Schluss gekommen, dass die Sache mit der Liebe Unsinn war. Ganz langsam, fast schon heimlich, hatte sich dieser Gedanke in meinen Kopf geschlichen und sich dann dort breit gemacht.

Sie existierte nicht, die Liebe. Nicht für mich zumindest, ich stand mit ihr auf Kriegsfuß. Vielleicht war sie etwas für perfekte Menschen in perfekten Momenten. Ich war aber nicht perfekt. Ich musste es auch nicht sein. Ich bemerkte mein Spiegelbild in der metallenen Schüssel, sah eine junge Frau mit blonden Haaren, die durch die Verzerrung noch etwas breiter wirkte, als sie war, die aber zufrieden war und die fröhliche Nova-Maske gar nicht mehr brauchte. Ich warf sie gedanklich weg. Die neue Nova sah die Dinge anders.

»Ich glaube nicht mehr an die Liebe«, hatte ich Stella geantwortet, was meine gute Freundin ziemlich geschockt hatte. Ich erinnerte mich noch, wie sie rumgedruckst hatte.

»Ist das nicht ein bisschen zu hart, Nova?«

Das fand ich nicht. Für mich war klar geworden, dass ich mich a) für niemanden mehr verbiegen würde, entweder man nahm mich, wie ich war, oder man ließ es bleiben und b) die Liebe und ich uns so gut wie Feuer und Wasser verstanden. Das war schade, aber ein Fakt. Manche Dinge konnte man nicht zusammenbringen.

Ich wollte mich daher ganz auf das konzentrieren, was mir wichtig war. Backen! Süße Leckereien kreieren. Den Menschen mit fein dekorierten Törtchen ein Lächeln ins Gesicht zaubern. Nur ohne Job war das nicht zu machen.

Ich hatte mir daher eine Frist von zwei Wochen gesetzt, in denen ich eine neue Stelle finden wollte, bevor ich tatsächlich staatliche Unterstützung in Anspruch nehmen wollte.

»Na, warte mal ab, ich hab da eine Lösung«, hatte mir Tante Agnes kürzlich offeriert. Aber als ich um Details gebeten hatte, hatte sie gesagt, dass sie das nur mit mir persönlich besprechen könne und zu mir nach Bremen kommen würde. Und für heute hatte sich meine Tante nun angekündigt, ohne mir Näheres zu verraten. Es hatte geheimnisvoll geklungen, und ich hasste Geheimnisse. Aber ich liebte Agnes und freute mich auf ihren Besuch. Und jetzt stand ich also in der Küche, um die Sahne für Agnes' Besuch zu schlagen. Bei genauerer Betrachtung hatte ich diese inzwischen genug malträtiert.

Fast gleichzeitig klingelte es. Tante Agnes war überpünktlich. Ich ließ sie ein, umarmte sie herzlich. Sanft nahm sie mein Gesicht in ihre Hände. »Wie schön, dich zu sehen, meine Liebe«, sagte sie mit ihrer leisen Stimme, die kaum mehr als ein Hauchen war.

Erneut drückten wir uns.

»Komm rein, ich hab Torte gemacht.«

»Ja, das weiß ich doch«, erklärte Agnes und zwinkerte. Klar, was sollte es bei einer leidenschaftlichen Konditorin anderes zum Nachmittagstee geben?

Ich nahm ihr die Strickjacke ab, hängte sie auf und führte sie dann ins Wohnzimmer, wo ich alles gedeckt hatte. Ich bot ihr einen Platz auf der Couch an.

»Kaffee oder Tee?«

»Tee, bitte.«

Sie hielt mir die Tasse hin, ich goss ihr ein. Dann holte ich den Kuchen und die Sahne und nahm auch Platz. Ich atmete tief ein. Gerade strahlte die Sommersonne durchs Fenster, flutete das Wohnzimmer, was für Wohlfühlatmosphäre sorgte.

»Die Torte sieht köstlich aus«, sagte Agnes vergnüglich, und ihre Augen funkelten. Ich wusste, sie wollte am liebsten sofort ein Stück probieren. Aber mir lag etwas anderes auf der Zunge.

»Du warst ja sehr geheimnisvoll neulich am Telefon«, eröffnete ich das Gespräch, weil ich einfach neugierig war, was sie besprechen wollte.

Agnes lächelte mich mit ihren von kleinen Fältchen umkränzten Augen an. Sie griff nach ihrer Tasse, nippte am Tee und deutete dann auf die Torte.

»Wir wollen erst essen, ja?« Erneut funkelten ihre Augen wie zwei Sterne.

Ich nickte. Na schön. Vorsichtig hob ich ein Stück von der Torte mit dem Kuchenheber heraus und legte es auf ihrem Teller ab.

»Himbeer-Johannisbeer«, erkannte sie. »Die ist für die Jahreszeit perfekt.«

Ich lächelte. Da sprach die Fachfrau.

Agnes probierte ein Stück, und es schien, als ginge die Sonne in ihrem Gesicht auf. Es tat ehrlich gut, dass es ihr so schmeckte. Die Rückschläge der letzten Zeit hatten mir etwas Kraft geraubt. Aber die gewann ich zurück, wenn Agnes auf diese Weise lächelte, denn es zeigte, dass ich nicht verkehrt war, konnte ich doch etwas sehr Wertvolles: mit meinen Backwaren andere zum Lächeln bringen.

»Die ist dir gelungen«, lobte sie auch schon.

»Danke«, freute ich mich.

Agnes zelebrierte den Moment, genoss den Kuchen, ohne ein weiteres Wort zu verlieren. Doch ich sah ihr mit jedem Bissen an, dass es ihr ein Hochgenuss war. Ein Gefühl von Ruhe und Ausgeglichenheit strahlte sie aus, und das ging auch auf mich über. Sie machte alles ganz langsam. Wie in Zeitlupe führte sie die Kuchengabel zu ihrem Tortenstück, teilte vorsichtig mit dieser einen Bissen ab, nahm ihn dann auf und führte ihn gemächlich zu ihrem Mund, um ihn zu probieren. Seufzend ließ sie es sich auf der Zunge zergehen, schloss die Augen und wiederholte den Vorgang, bis das Stück Kuchen aufgegessen war und nur wenige Krümel übrig geblieben waren.

Förmlich tupfte sie sich dann den Mund mit einer Serviette ab. »Eine wirklich gute Torte. Du hast einiges dazugelernt.«

»Danke, Tante Agnes. Aber nun … will ich den Grund für deinen Besuch wissen. Natürlich freue ich mich immer, wenn du hier bist. Aber du sagtest, du hättest vielleicht eine Lösung für mein Jobproblem.«

Sie lächelte. »Schon gut, ich will dir sagen, warum ich heute gekommen bin. Ich möchte dir nämlich ein Angebot machen. Deine Mama hat mir ja schon verraten, dass du derzeit auf Jobsuche bist …«

Ich hatte es fast geahnt, sie wollte mich fragen, ob ich in unserer Familienkonditorei Bei Agnes anfangen wollte. Und das konnte ich mir sogar richtig gut vorstellen, wir beide in der Konditorei im Löwensteg, wie früher …

Ich müsste die Wohnung aufgeben, aber das wäre wohl zu verschmerzen. Und je mehr ich darüber nachdachte, desto besser gefiel mir die Idee, als Tante und Nichte gemeinsam eine Konditorei zu führen.

»... ich habe mir überlegt, dir das Geschäft zu überschreiben.«

»Was?«, entwich es mir. Ich brauchte einen Moment, ehe ich die unerwartete Wendung begreifen konnte.

Agnes wollte mir keinen Job anbieten. Sie wollte, dass ich die Konditorei übernahm? Jetzt war ich baff.

Ich meine, natürlich wusste ich, dass ich ihre Erbin und es somit vorgesehen war, dass ich den Laden eines Tages leitete. So war es immer schon geplant gewesen. Aber dass sie ihn mir jetzt überschreiben wollte ... plötzlich überkamen mich ein schlimmer Verdacht und große Sorge. War Agnes krank? Wollte sie alles regeln, bevor ... ich wollte es nicht zu Ende denken.

»Dir geht es gut?«, fragte ich aufgewühlt.

Zu meinem Erstaunen lachte Agnes und winkte ab. »Aber ja. Mach dir da keine Gedanken. Das ist nicht der Grund, warum ich dir das Angebot mache.« Ihr liebevolles Lächeln verriet, dass sie andere Beweggründe haben musste. »Ich weiß, ich weiß, Kind. Das kommt alles ein bisschen plötzlich, nicht wahr?«

Ja, das konnte man so sagen.

»Aber vielleicht ist das auch gut so. Lass mich dir also erklären, warum ich mich zu dem Schritt entschlossen habe. Und sei auch versichert, dass ich nicht böse bin, falls du das Angebot ablehnst. Es ist ja nun wirklich sehr überfallartig. Falls du also nicht kannst, stelle ich jemanden ein, der das Bei Agnes leitet.«

Ablehnen? Mein eigenes Geschäft ... mit fast siebenundzwanzig. Das wäre doch ein Traum, nur musste ich das alles erst mal verarbeiten.

4. Kapitel

»Na, ist der erste Schrecken verklungen?«, fragte meine Tante in ihrer leisen Stimme und beugte sich gespannt vor, ihre Augen leuchteten schalkhaft. Sie plante irgendetwas, und ich war sicher, ich würde gleich erfahren, was.

Ich nickte also langsam.

»Du weißt ja, in unserer Familie ist es Tradition, dass der oder die Erstgeborene die Geschäftsleitung der Konditorei übernimmt. Und da ich keine eigenen Kinder habe, bist du diejenige, die in meine Fußstapfen treten soll. Sofern du es möchtest.«

Ich war immer noch erstaunt. Und ich verstand auch nicht, was Agnes zu diesem Schritt trieb. Denn das Bei Agnes war der Lebenstraum meiner Tante. Sie liebte den Laden, das Backen, dass sie das plötzlich einfach aufgab, kam ziemlich unerwartet. Mit Mitte sechzig dachten die meisten zwar schon an den Ruhestand, aber doch nicht meine Tante! Sie war das blühende Leben, voller Eifer und eben auch eine leidenschaftliche Zuckerbäckerin, die doch nicht einfach so ihren geliebten Job an den Nagel hängen würde? Was war also passiert?

»Ich sehe dir an, du hältst mein Angebot immer noch für einen schlechten Scherz. Aber das ist es nicht.«

Ich schüttelte den Kopf. »Für einen Scherz halte ich es nicht. Ich verstehe nur nicht, warum du das Geschäft so plötzlich aufgeben möchtest.«

»Manchmal«, sagte sie geheimnisvoll, »wirft uns das Schicksal aus der Bahn. Du hast es ja gerade selbst erlebt mit deinem Lucas. Und du hast entschieden, dass es nicht mehr passt.«

Auch das hatte Mama ihr also erzählt. Ich nickte.

»Bei mir ist es ähnlich. Auch mir hat das Schicksal gezeigt, dass ich im Trott gefangen bin. Aber dass es auch andere Möglichkeiten gibt. Es geht nämlich um die Liebe meines Lebens«, fing Agnes an. Ich horchte überrascht auf. Damit hatte ich nicht gerechnet. Agnes war immer Single gewesen, seit ich sie kannte. Nie hatte sie von Herzklopfen gesprochen oder davon, dass sie jemanden vermisste. Und nun gab es plötzlich eine Liebe, die ihr Leben bestimmte, die nichts mit Kuchen zu tun hatte?

»Ich weiß, Nova, im Augenblick gewinnst du diesen Worten nichts ab«, sagte Agnes. »Aber Jerrik ist anders.« War das der Name des Mannes, um den es ging?

»Jerrik also.«

Sie lächelte.

»Wie hast du ihn denn kennengelernt? Und wo steckt er?«, hakte ich neugierig nach. »Stammt er auch aus Lübeck?«

»Nein«, erwiderte sie lachend. »Als ich noch ganz jung war, war ich viel auf Reisen«, fuhr sie fort. »Ich habe mich in Dänemark verliebt und noch mehr in Jerrik. Ich bin ihm in Sonderburg begegnet, wo wir uns in die Arme gestolpert sind.« Ein Lächeln trat auf ihre Lippen, doch es erstarb und ließ mich vermuten, dass etwas Schlimmes passiert war. »Wir haben eine wundervolle Zeit verbracht, Nova. Ausflüge an die Küste, Nächte unter dem Sternenhimmel. Aber wie das so ist mit der Liebe, haben wir uns nach meinem Urlaub sehr schnell aus den Augen verloren. Doch ich konnte ihn nie vergessen. Ein bisschen, als wäre ein Teil von ihm immer bei mir geblieben. Es war eine aufregende Zeit«, erklärte sie, und es war für mich sehr ungewöhnlich, dass meine zurückhaltende Tante plötzlich so offen darüber sprach. Ihr Blick ging in die Ferne. »Solche Gefühle erlebt man nur einmal im Leben, das lass dir gesagt sein«, erklärte sie weiter. »Nur hatte es nicht sollen sein … doch vor einem Jahr habe ich einen Brief bekommen. Er war von ihm. Auch er hat unsere Liebe nicht vergessen können, meine Adresse ausfindig gemacht und Kontakt gesucht.«

Das war ja unglaublich! Demnach musste ihm meine Tante ebenso viel bedeuten. Trotz all der Zeit, die inzwischen vergangen war.

Nun lächelte sie wieder, und dieses Lächeln ließ ihr Gesicht jugendlich und frisch erscheinen. Ich konnte mir gut vorstellen, wie Agnes als junge Frau ausgesehen hatte.

»Ich habe ihm natürlich zurückgeschrieben, und so ging es hin und her. Ich habe erfahren, wie sein Leben verlaufen ist. Er hat geheiratet, aber keine Kinder, seine Frau ist inzwischen verstorben …« Sie seufzte. »Es ist komisch. Für mich war er bis zu diesem Brief immer noch dieser junge Mann mit den strahlenden Augen. Doch nachdem ich seine Zeilen gelesen hatte, hat er sich in den gereiften Menschen verwandelt, der er nun tatsächlich ist.« Sie verschränkte die schlanken Arme, als versuchte sie, sich an sich selbst festzuhalten. »Das gibt einem zu denken, erinnert einen daran, wie viel Zeit vergangen ist.«

Ich nickte, das konnte ich mir gut vorstellen.

»Zuerst wusste ich gar nicht, was ich jetzt empfand. Er war anders und doch derselbe.«

Das musste in der Tat verwirrend für sie gewesen sein.

»Ich habe ihn neu kennengelernt, und wir haben uns sofort wieder so gut verstanden wie damals. Telefoniert haben wir auch. Ich hatte ziemliches Herzklopfen, als ich zuerst seine Stimme gehört habe.« Tante Agnes wirkte mit einem Mal direkt schüchtern. »Aber … es war auch ein gutes Gefühl. Ich habe es sehr genossen. Er ebenfalls. Vielleicht ist es albern, doch irgendwann hatte ich das Gefühl, dass gar nicht so viel Zeit vergangen war seit jenem Urlaub damals. Und dann hat er mich plötzlich gefragt, ob wir uns treffen könnten.« Ein rötlicher Schimmer zog sich über die Wangen meiner Tante.

»Von alldem hast du uns nie was erzählt. Ich meine, du hattest jetzt sogar wieder Kontakt zu ihm.«

»Ich wusste doch nicht, wo es hinführen würde, und erst recht nicht, was ich ihm sagen sollte …« Sie lachte. »Jerrik hat eine Ostsee-Kreuzfahrt vorgeschlagen. Die Vorstellung hat mir gefallen. Er und ich, das Meer, die Küsten Skandinaviens. Es ist mir vorgekommen wie eine zweite Chance, die uns das Schicksal offeriert hat. Wir hatten einiges verpasst, unsere eigenen Leben gelebt, aber nun konnten wir wieder zusammen sein. Ich habe versprochen, es mir zu überlegen.« Sie senkte den Blick. »Dann kam kürzlich wieder ein Brief von ihm. Aber er war in fremder Handschrift geschrieben. Die Zeilen waren von ihm, nur hatte eine Krankenschwester sie für ihn geschrieben«, fuhr Agnes fort. »Anders als sonst war das Schreiben auch auf Dänisch statt auf Deutsch. Vermutlich, weil diese Frau kein Deutsch spricht. Ich hatte daher ein bisschen Mühe, es zu verstehen, denn mein Dänisch ist inzwischen etwas eingerostet.«

»Was hat sie denn nur geschrieben?« In meinem Kopf spielten sich bereits Szenarien ab, die alle kein schönes Ende nahmen.

»Jerrik hatte einen Schlaganfall.« Agnes schluckte sichtlich, Tränen standen ihr plötzlich in den Augen.

Ich erhob mich von meinem Stuhl und setzte mich neben sie auf die Couch, legte einen Arm um ihre Schulter. »Oh nein«, hauchte ich und reichte ihr ein Taschentuch, in das sie sich schnäuzte.

»Er ist … am Leben«, erklärte sie, was mich aufatmen ließ. »Aber so ein schlimmer Schicksalsschlag hat natürlich Folgen. Im Kopf ist er noch fit, nur kann er die Beine nicht mehr bewegen und die Arme und Hände nur grobmotorisch. Auch kann er nicht gut sprechen, aber immerhin ein wenig.« Sie atmete tief ein.

»Das tut mir sehr leid, Agnes.« Ich strich ihr über die Schulter.

»Er ist zwar auf dem Weg der Besserung, aber braucht nun häusliche Pflege. Sein Geschäft, einen kleinen Kiosk im unteren Geschoss seines Hauses, kann er nicht mehr führen. Und auch sonst ist niemand da, der sich um ihn kümmert, außer die Krankenschwester, die einmal am Tag kommt.« Agnes hielt einen Moment inne, sah mich bedeutsam an. »Weißt du, Nova, ich fühle mich vom Schicksal verhöhnt, weil ich mich gerade dazu entschieden hatte, die Reise mit ihm zu machen. Das Leben ist doch so kurz. Und wenn es einem die Hand reicht, einem eine Chance offeriert, dann sollte man sie doch auch annehmen, nicht wahr?«

»Sicher.«

»Ich habe nächtelang wach gelegen, mich gefragt, was ich tun soll, was ich wirklich will. Hin und her habe ich überlegt und mich schließlich entschieden, dass ich für ihn da sein will. Ich weiß, das klingt vielleicht unvernünftig. Aber er ist die Liebe meines Lebens. Das spüre ich. Also bin ich hingefahren.«

»Was, wirklich? Wann war das denn?«

Es kamen immer mehr Überraschungen ans Licht.

»Vor ein paar Wochen erst. Ich habe den Laden so lange dicht gemacht, was ich sonst ja nie tue.« Agnes hatte, seit sie das Familiengeschäft leitete, so gut wie nie Urlaub gemacht. Mama und Papa hatten erfolglos versucht, sie dazu zu ermuntern, aber Agnes hatte stets gesagt, dass doch für eine Konditorei immer irgendwie Hochsaison sei.

»Diesmal musste alles sehr schnell gehen. Ich musste ihn sehen, mir ein Bild seiner Lage machen.«

»Verstehe.«

»Er lebt in einem kleinen Haus in Sonderburg. Der Kiosk befindet sich im Erdgeschoss. Es ist sehr schön dort, Nova. Sehr friedlich und ruhig. Als wir uns getroffen, uns wiedergesehen haben, war es wie früher. Ich wusste nicht, was ich erwartet hatte, aber es überkamen mich dieselben innigen Gefühle wie damals.« Sie lächelte wieder. »Wir haben eine Woche zusammen verbracht, ich habe ihm geholfen, wo ich nur konnte. Und dann habe ich mich entschieden, dass ich das immer tun will. Für ihn da sein. Wie er für mich da sein will, in dem Maß, das ihm möglich ist. Denn auch er fühlt noch immer dasselbe für mich.«

»Willst du mir gerade sagen, dass du zu ihm ziehen willst?«, fragte ich überrascht.

»Ich kann ihn jetzt nicht im Stich lassen.« Es klang, als wäre die Entscheidung bereits gefallen. »Ich werde mich um ihn kümmern«, fuhr Agnes fort. »Ich werde ihm bei den alltäglichen Dingen helfen und seinen Kiosk übernehmen. Das haben wir schon besprochen.«

Soweit waren die Planungen also bereits. Ich war nicht sicher, ob ich das für vernünftig hielt.

»Ich muss es einfach tun. Wenn ich das nicht mache und wir uns wieder aus den Augen verlieren oder Schlimmeres, werde ich es ewig bereuen.«

Ich erkannte meine Tante kaum wieder. Die sonst so ruhige, bedachte Agnes schien voller Emotion. »Deine Mama hält mich für eine Närrin. Sie denkt, ich gebe mein Leben auf, um für einen Mann da zu sein, den ich kaum kenne. Vielleicht hat sie recht. Vielleicht bin ich wirklich eine Närrin, vielleicht mache ich einen Fehler. Nur spüre ich, dass er und ich zusammengehören. Kannst du mich denn zumindest ein bisschen verstehen?«

Ich musste gar nicht so lange darüber nachdenken und nickte. Vielmehr war ich beeindruckt, zu welchem Schritt meine Tante bereit war. Vielleicht gab es doch eine Ausnahme von der Regel, dass Liebe nur eine Illusion war. Denn wenn es eine Liebe gab, die echt war, so war es offensichtlich die von meiner Tante und Jerrik. Diese kleine Urlaubsliebe von damals war für sie von so großer Bedeutung, dass sie bis zum heutigen Tag anhielt. Womöglich hatte sie sich deswegen auch nie mehr neu verliebt. Es war, wie sie eben sagte: Jerrik war die Liebe ihres Lebens.

»Ich habe es immer bereut, dass ich damals nicht nach Dänemark gezogen bin. Alle hatten mir davon abgeraten. Und letztlich habe ich in Lübeck das beste Leben gehabt, das man sich nur vorstellen kann, bei uns im Löwensteg, wo wir alle eine Familie sind.« Sie lächelte dankbar. »Aber nun ist es an der Zeit, einen neuen Weg einzuschlagen. Doch bevor ich nach Dänemark abreisen kann, muss ich klären, was aus dem Bei Agnes wird.«

»Das willst du also wirklich aufgeben?«

»Das war immer so vorgesehen, Kind.« Sie strich mir mit ihrer zarten Hand über die Wange. »Ich bin doch auch nicht mehr die Jüngste«, sagte sie lächelnd. »Ich liebe das Bei Agnes sehr. Aber die Arbeit dort wächst mir auch allmählich über den Kopf. In Jerriks Kiosk werde ich noch ein paar schöne Arbeitsjahre haben, bevor ich ganz in den Ruhestand gehe«, sagte sie.

Ich nickte langsam. Ihre Geschichte ergriff mich. Ließ mich an meiner harten Sicht auf die Liebe zweifeln.

»Und wo willst du wohnen?«

»Er hat eine kleine Dachkammer in seinem Haus, dort ziehe ich ein. Ich sehe dir an, du hältst das alles für überstürzt. Doch mir kommt es vor, als hätte ich mit dieser Entscheidung viel zu lange gewartet, eigentlich ein Leben lang.«

Nein, das war nicht meine Sicht. »Wenn es dich glücklich macht, Tante Agnes, stehe ich doch hinter dir.« Ich drückte ihre Hand.

»Danke«, raunte sie mir zu.

»Jetzt kommt es auf dich an, Nova. Das Bei Agnes kann zum Bei Nova werden. Das Geschäft und das Haus würden dir gehören. Ich regle alles mit dem Notar, sobald du mir das Okay gibst«, erklärte sie gutherzig.

Es war ihr ernst. Mein Herz klopfte.

Es war immer mein Traum gewesen, eine eigene Konditorei zu leiten. Ein eigenes Haus, ein eigenes Geschäft. Das waren doch gute Gründe für einen Neuanfang. Was überlegte ich also lange? Ich wusste inzwischen, was ich konnte, ich wusste, was ich wollte, ich würde das Familiengeschäft weiterführen. Dieses Angebot meiner Tante kam genau zur rechten Zeit, fast, als hätte es nur auf mich gewartet.

»Ja«, sagte ich aufgekratzt und nickte heftig. »Ich nehme dein Angebot an, Agnes. Sehr gerne sogar!«

5. Kapitel

Zwei Wochen später hievte ich die letzte gepackte Kiste in den gemieteten Transporter. Ich hatte unglaubliches Glück gehabt und einen Nachmieter gefunden, der einen Großteil meiner Möbel übernehmen wollte, für die er mir sogar einen Obolus gezahlt hatte. Mit dem Vermieter war auch alles geklärt, sodass ich aus dem Vertrag rasch und ohne Komplikationen herausgekommen war.

Ich selbst hatte nur ein paar wenige Möbel mithilfe von ein paar Freunden verladen, die meisten wollte ich von Agnes übernehmen. Ich kannte ihre Einrichtung und liebte ihren altmodischen Vintage-Stil sehr. Meine Tante hatte ihrerseits bereits eine Umzugsfirma beauftragt, einen Teil ihrer Habe nach Sonderburg zu bringen. Ich konnte noch immer nicht glauben, dass ein neuer Teil meines Lebens vor mir lag. Ein eigenes Geschäft, doch nicht irgendeines, sondern die Konditorei, in der ich viele Sommer verbracht hatte, in der ich meine Liebe zum Backen entdeckt hatte und die schon seit Generationen meiner Familie gehörte.

Ich hatte mich von meinen Bremer Freunden verabschiedet und nun ging es zurück nach Travemünde. Ich freute mich darauf.

Mit einem guten Gefühl lenkte ich den Transporter auf die Autobahn und fuhr in einem angenehmen Tempo Richtung Lübeck. Aus dem Radio drang *Safe and Sound* von Capital City, während die Landschaft an mir vorbeirauschte.

Die Wolken schienen mich auf meinem Weg zu begleiten, zogen gemächlich über den Himmel, als wollten sie mich im Auge behalten.

Oder als ahnten sie, dass etwas nicht stimmte. Gut eine Stunde vor Lübeck fiel es mir dann auch auf: Die Anzeige im Armaturenbrett verriet, dass der Motor überhitzte und zwar zusehends mehr. Allerdings hatte ich keine Ahnung, was die Ursache war. Und dann kam auch noch Rauch aus der Motorhaube, was mich nur noch mehr besorgte.

Irritiert lenkte ich den Transporter auf den nächsten Rastplatz, um die Motorhaube zu öffnen und die Wärme entweichen zu lassen, bevor das Fahrzeug noch mitten auf der Strecke liegen blieb. Ich hatte zwar den Führerschein, aber kein eigenes Auto, war also eher Gelegenheitsfahrerin und noch nie in eine echte Pannensituation geraten.

Ich spürte, wie mir das Herz vor Aufregung bis zum Hals schlug. Immerhin stand ich nun im Nirgendwo zwischen Bremen und Lübeck mit meiner ganzen Habe und wusste nicht, was los war.

Rasch hatte ich das Mobiltelefon in der Hand, um die Nummer meines Transport-Vermieters zu suchen und nachzufragen, was ich nun tun musste. Es hatte doch geheißen, das Fahrzeug sei vorher geprüft worden. Das sah mir nun anders aus. Aber mit prompter Hilfe war nicht zu rechnen, ich landete in der Warteschleife.

Ich war genervt von der Wartemelodie, der Situation, eigentlich von allem, lief vor der offenen Motorhaube hin und her und fluchte die ganze Zeit »So ein Mist … so ein Mist …«

»Kann ich helfen?«, fragte plötzlich ein Mann hinter mir, und ich wandte mich hoffnungsvoll um. Alles wäre besser, als länger dieser Wartemelodie zuhören zu müssen, die alle zehn Sekunden von einer computergenerierten Frauenstimme unterbrochen wurde, die einem sagte, dass sich der nächste freie Mitarbeiter um einen kümmern werde.

»Können Sie das denn?«, fragte ich und stockte, als ich in ein markantes Gesicht sah, das mir bekannt vorkam.

Ich konnte den Mann nicht zuordnen. Doch der sanfte

Blick und das schlanke Antlitz ließen keinen Zweifel zu, dass wir uns schon mal begegnet waren. Sicher nur kurz, eine dieser Sekunden-Begegnungen, die einem jedoch im Gedächtnis blieben. Er musterte mich, als ginge es ihm genauso, als würde auch er mich kennen, was mich in meiner Annahme bestärkte. Seine vollen Lippen formten sich zu einem Lächeln, das immer größer wurde.

»Nova, nicht wahr?«, sagte er plötzlich.

Wow, dachte ich. Der Mann hatte ein gutes Gedächtnis.

»Richtig, und du bist?«

Er lachte leise. »Nathan.«

Aber natürlich! Auf dem Boot damals, der Geburtstag von Leo. Endlich machte es klick!

Vor mir stand der junge Mann, der meine Torte gemocht und mich aufs Blut verteidigt hatte.

Was für ein unglaublicher Zufall, dass wir uns hier wiedertrafen. Er musste wohl ein Schutzengel oder so etwas sein, denn er kam zum zweiten Mal genau in dem Moment zu Hilfe, als ich diese benötigte.

»Nathan«, wiederholte ich und freute mich ehrlich, ihn wiederzusehen.

Schwungvoll reichte er mir nun die Hand, schüttelte sie. Er hatte einen angenehm kräftigen Händedruck.

»Nova, wie du schon weißt«, sagte ich grinsend.

»Ein seltener, aber sehr schöner Name«, meinte er und verkniff sich zum Glück den naheliegenden Super-Nova-Witz, auf den jeder früher oder später kam.

Nathan stemmte die Hände in die Seite und musterte nun den Transporter.

»Was ist denn überhaupt passiert?«, fragte er und nickte zur offen stehenden Motorhaube. Ich schilderte ihm, was geschehen war. Inzwischen dampfte es nicht mehr, was ich als gutes Zeichen ansah. Aber irgendwoher musste das Problem gekommen sein. Wenn ich jetzt einfach weiterfuhr, würde es sicher wieder auftreten.

Nathan nickte nachdenklich und kratzte sich sein markantes Kinn. »Ich habe einen Verdacht, was passiert sein könnte. Soll ich mir den Wagen mal ansehen?«, schlug er vor.

»Ja, also, wenn du das kannst … «

»Kein Ding«, versicherte er.

Plötzlich meldete sich mein Transporter-Vermieter am anderen Ende der Leitung, da mein Handy noch an meinem Ohr klemmte, und verlangte meine Aufmerksamkeit. Ich gab Nathan rasch ein Zeichen, noch zu warten.

Ich schilderte ein weiteres Mal, was geschehen war, um dann recht flott wieder in der Warteschleife zu landen, mit den Worten: »Einen Moment Geduld, ich verbinde Sie weiter.«

»Ist das Ihr Ernst?«, rief ich verärgert. Wie lange wollte man mich denn noch warten lassen?

Nathan deutete mir an aufzulegen. Was ich auch tat, denn ich fühlte mich nun wirklich veralbert.

»Du musst keine zwei Stunden in der Leitung warten, ich kümmere mich darum, das kriegen wir ganz schnell wieder hin«, sagte er zuversichtlich und krempelte sich die Ärmel hoch.

»Na schön …« Einen Versuch war es wert.

Schon fing er an, hier und da nachzusehen, an dieser oder jener Leitung zu ruckeln.

Ich war ehrlich dankbar über diese schicksalhafte Begegnung, immerhin gab es jetzt eine Chance, dass ich bald weiterfahren konnte, ohne dass der Motor in Flammen aufging und ich auf halber Strecke mitten auf der Autobahn stehen blieb.

»Ah, da haben wir ja den Übeltäter«, verkündete er in Rekordzeit und lugte unter der Haube zu mir hervor.

Obwohl ich den jungen Mann von damals wiedererkannte,

hatte er sich doch verändert. Ich ertappte mich bei dem Gedanken, dass er ziemlich attraktiv war.

»Wie ich es mir dachte.«

»Was ist es denn?«, fragte ich und steckte mein Handy in die Hosentasche.

»Ein kleines Leck in der Leitung, aus dem Kühlmittel austritt. So was hatte ich auch schon mal. Was du mir geschildert hast, hat mich daran erinnert.«

Na, die Firma hatte den Wagen ja super geprüft …

»Woher kommt das?«

»Vielleicht war es ein Marderbiss. Den kann man schon mal übersehen, wenn er sehr unauffällig ist.«

Nathan hatte ihn jedoch nicht übersehen. Und was machte ich jetzt? Brauchte ich einen neuen Schlauch?

»Das kann ich flicken«, sagte er jedoch.

»Wirklich?«

»Klar, das ist keine große Sache.« Er wirkte so hilfsbereit und freundlich, dass ich mich unweigerlich fragte, wie so jemand eigentlich mit Manuel hatte befreundet sein können. Die waren doch wie Feuer und Wasser gewesen. Und schon hatte ich genau das laut gesagt, weil ich mir viel zu spät auf die Zunge gebissen hatte.

»Manuel? Das war der Tortenhasser, oder?«

»Ja, genau«, wunderte ich mich. »Ich dachte, ihr wärt Kumpels gewesen.« Wieso fragte er also mich, wer das noch gleich gewesen war?

Nathan schüttelte den Kopf. »Einer seiner Kumpels hat mich damals gefragt, ob ich mit zum Partyboot kommen wollte. Weil ich nichts anderes vorhatte, hab ich zugesagt. Aber es schnell bereut. Die Jungs fand ich total unreif.«

Ich überlegte, wie alt Nathan sein mochte. Er wirkte jugendlich, trotz des Dreitagebarts, aber seine Züge verrieten mir, dass er drei bis vier Jahre älter war als ich.

»Das war auch das letzte Mal, dass ich mit diesem Manuel zu tun hatte. Der ging gar nicht.«

Schön, dass da noch jemand meiner Meinung war.

Nathan deutete hinter sich. »Ich hole mal die Sachen zum Flicken.«

Schon lief er zu seinem eigenen Wagen rüber, der nahe der Raststätte parkte.

Es dauerte gar nicht lange, da kam Nathan mit Isolierband und einem Kanister zurück. »Hier habe ich Wasser, mit dem können wir das Kühlmittel nachfüllen. Ist zwar nicht optimal, aber es wird gehen.«

Ich nickte langsam. Er kannte sich wohl aus. Wieder machte er sich an dem Transporter zu schaffen. Nach einer halben Stunde war die Sache erledigt. Zufrieden klappte er die Motorhaube wieder runter und säuberte sich die Hände mit einem Taschentuch.

»Danke«, sagte ich ehrlich beeindruckt. Vermutlich würde ich ohne ihn immer noch in der Warteschleife hängen.

»Nichts zu danken. Ich habe ja auch was wiedergutzumachen.« Er schaute mich aus seinen samtenen Augen an, als könnte er tief in mein Inneres blicken.

»Was wiedergutzumachen?«, murmelte ich ein bisschen durcheinander, weil sein Blick mich ablenkte. Ich hatte noch nie jemanden mit so warmen Augen gesehen.

»Na ja, da wir gerade über Manuel gesprochen haben. Was er damals auf dem Boot abgezogen hat mit dir … Ich hab noch oft dran denken müssen«, gab er zu meinem Erstaunen zu. Ich war es nämlich nicht gewöhnt, dass ich attraktiven Männern allzu sehr in Erinnerung blieb.

»Ich hätte Manuel mehr in seine Schranken verweisen sollen. Er war ein Arsch, nicht nur zu dir, das hab ich später noch oft gesagt bekommen von anderen Leuten, die mehr mit ihm zu tun hatten als ich.«

»Das war er wohl. Aber du musst dir doch keine Vorwürfe

machen. Immerhin hast du mir doch beigestanden und sogar mein Tortenstück aufgegessen.«

»Zwei«, erinnerte er mich.

Wieder sah er mich sanft an. Verlegen blickte ich zur Seite, strich mir eine Strähne hinters Ohr.

»Eines muss ich wissen, Nova. Sag mir bitte, dass du trotz allem Konditorin geworden bist.«

»Was?« Erstaunt sah ich ihn wieder an.

»Das war doch dein Traum«, wusste er noch ganz genau.

Ich nickte ihm zu, woraufhin die Sorge aus seinen braunen Augen schwand.

»Ich bin nach dem Abi nach Bremen gezogen und kehre nun nach Travemünde zurück, hab zuvor eine Ausbildung zur Konditorin absolviert. Auch in Bremen«, fügte ich hinzu.

Nathan atmete auf.

»War dir das jetzt echt wichtig?«

»War es. Und es freut mich, dass Manuel dir deinen Traum nicht zerstören konnte. Alles andere hätte ich traurig gefunden.«

Ja, mein Traum war alive and kicking. Wenn auch schon alles andere irgendwie schiefgegangen war. Ich musste nur einen Wimpernschlag lang an Lucas denken, schon sank meine Stimmung in den Keller.

»Aber so wirklich glücklich siehst du nicht aus«, fiel es auch Nathan auf. »Was wohl nicht nur am Marderschaden liegt, oder?«

»Ach … ich habe 'ne harte Zeit hinter mir.« Job weg, vom Freund getrennt. Ich winkte ab, er schien mich dennoch zu verstehen. Außerdem schöpfte ich Motivation aus dem Gedanken, dass es jetzt nach Hause und somit bergauf ging. Ich kehrte ans Meer zurück, zwar nicht nach Niendorf, wo ich mit meinen Eltern gelebt hatte, aber in die Straße, in der ich bei Tante Agnes einen Großteil meiner Kindheit und Jugend verbracht hatte. Das allein füllte mich mit Energie. Doch einen

Extra-Schub Motivation verschaffte mir der Gedanke an meinen eigenen Laden, in dem ich mich verwirklichen, neue Rezepte ausprobieren konnte.

»Und selbst?«, fragte ich.

»Oh … ich habe gerade einen alten Kumpel in Hoisdorf besucht.«

»Ich meinte es etwas Allgemeiner«, sagte ich schmunzelnd.

»Da gibt es nicht viel zu erzählen. Ich …«

Plötzlich klingelte sein Handy und unterbrach das Gespräch. Er richtete sich auf, zog das Mobiltelefon aus der Hosentasche und warf einen Blick aufs Display.

»Sorry, da muss ich rangehen. Mein alter Herr …«

»Kein Problem.«

»Damit solltest du zumindest bis nach Lübeck kommen«, sagte er und klopfte mit der freien Hand auf die Haube wie auf Holz.

»Vielen Dank, ehrlich. Was schulde ich dir für deine Dienste?«

»Gar nichts«, sagte er und lachte, hielt sich dann das Handy ans Ohr. »Einen Moment bitte«, sagte er zur Person am anderen Ende der Leitung, ehe er sich wieder mir zuwandte. »Ich hab mich gefreut, dich wiederzusehen. Ehrlich, das war schön. Besonders, da ich nun weiß, dass du deinen Traum doch gelebt hast.«

»Danke. Ich fand es auch schön«, musste ich zugeben.

»Vielleicht sieht man sich ja mal«, meinte er noch, hob die Hand und wandte sich dann seinem Telefonat zu. Mit dem leeren Kanister unterm Arm kehrte er zu seinem Wagen zurück.

Ich hingegen setzte mich hinters Steuer und informierte Agnes, dass ich mich verspäten würde. Aus dem Augenwinkel sah ich, wie Nathan in sein Auto stieg und davonfuhr. Wäre tatsächlich schön, ihn wiederzusehen. Allerdings hatte ich nicht mal seine Nummer, und er meine auch nicht.

6. Kapitel

Die Strecke von Bremen nach Lübeck war nicht lang, aber irgendwie war es mir trotzdem gelungen, auf den letzten Kilometern noch in einen Stau zu geraten, der sich in zwei Stunden keinen Millimeter weiterbewegt hatte.

Es war heiß und stickig, ich kurbelte das Fenster weit herunter, beobachtete die Leute vor mir, die ungeduldig aus ihren Wagen stiegen und zwischen diesen hin und her liefen. Irgendjemand hupte immer wieder, als hätte das Aussicht auf Erfolg oder würde die Lage ändern.

Ich war froh, mir einen Proviantbeutel mitgenommen zu haben, und fischte nach der Flasche Mineralwasser.

Als ich schließlich am frühen Abend den Transporter durch Travemünde lenkte, fühlte ich mich gerädert. Das war zumindest so lange der Fall, bis ich die beiden steinernen Löwenköpfe an den Häusern rechts und links neben der Straße erblickte, die den Eingang zum Unteren Löwensteg markierten.

Sie schienen mich willkommen heißen zu wollen. Ein Gefühl von Nostalgie überkam mich, das mich schlagartig wachrüttelte.

Mit dieser Straße, die parallel zur bekannten Kurgartenstraße und dem Touristenmagneten Vorderreihe an der Trave verlief, verband ich die schönsten Erinnerungen aus Kindheit und Jugend. Ich sah meine Freundinnen und mich hier ein Eis schlecken oder Rollschuh laufen.

Ein Bild von Ems aufgeschlagenem Knie tauchte vor meinem geistigen Auge auf, weil sie mit ihren Skates gestürzt war. Sie hatte geweint, und wir anderen drei hatten sie nach Hause gebracht, was umständlich, aber auch lustig gewesen war. Jedenfalls hatte Em am Schluss wieder gelacht.

Langsam lenkte ich den Wagen durch die Straße, bemerkte die vielen teuren Geschäfte, die typisch waren für den südlichen Teil des Löwenstegs. Boutiquen, edle Restaurants und Bars, ein Juweliergeschäft. Entsprechend vornehm sah auch die Kundschaft aus, die hier mit schicken kleinen Einkaufstütchen auf den Bürgersteigen flanierte.

Dann kam ich am Restaurant Dreizack vorbei, der vermutlich besten Adresse der ganzen Straße, worauf sich dessen Besitzer so einiges einbildete.

Von hier aus war es nur ein Katzensprung bis zum Oberen Löwensteg, auf dem es etwas gemütlicher zuging. Hier fand man eher traditionelle und rustikale Geschäfte, Imbisse, den Trödelladen von Oma Hilde, den nun meine Freundinnen Stella und Emilie führten, sowie die idyllische Pension Zum Löwen mit dem gleichnamigen Gasthaus von Leos Mama Gundi.

Ich fuhr mit einem warmen Gefühl in der Brust über die Rosenkreuzung und parkte schließlich vor Tante Agnes' Konditorei, die von außen gediegen anmutete, aber in den Schaufenstern lagen die schönsten bunten Leckereien aus, die einem das Wasser im Munde zusammenlaufen ließen. Vor dem Geschäft standen ein paar Tische und Stühle, direkt auf der Straße, überdacht von einer Marquise. Über der Eingangstür entdeckte ich in dicken Lettern *Bei Agnes.* Hinter dem Schriftzug war ein aufgemaltes Stück Kuchen zu sehen. Betrat man das Geschäft, kam man direkt in den Ladenbereich. Nahe des Eingangs fanden sich weitere Tische und Stühle, an denen stets Gäste saßen und Kuchen aßen. Im hinteren Teil des Ladens war die Kuchentheke, an der es immer nach Sahne und frischem Teig roch.

Einen Moment lang hielt ich inne, legte die Hände entspannt auf dem Lenkrad ab und genoss einfach nur den Anblick und das Gefühl des Ankommens. Manchmal gab es diese Momente, in denen man klar sah. Und dies war so einer. Hier gehörte ich hin, schien er mir zu sagen. Damals nach dem Abi hatte ich raus gewollt aus dem Gewohnten, hatte die Welt sehen wollen. Weiter als bis nach Bremen war ich jedoch nicht gekommen. Die Zeit dort war schön gewesen. Aber das hier war mein Zuhause.

Meine Anwesenheit wurde schnell bemerkt. Aus dem Trödelladen traten zwei Frauen, die mir zuwinkten und auf mich zukamen. Stella und Em. Sie sahen aus wie damals, nur wie ältere Versionen ihrer selbst. Stella trug ihre dunkelblonden Haare immer noch zu einem Zopf gebunden, und Ems Haare flossen in altbekannter Manier wie ein dunkler Wasserfall über ihre Schultern. Mein Herz klopfte vor Glück. Es war ja erst wenige Monate her, seit wir uns zuletzt gesehen hatten, auch noch aus traurigem Anlass, nämlich bei Oma Hildes Beerdigung.

Eine dritte Frau folgte ihnen, sie trug eine Latzhose, ihre dunkelblonden Locken waren zu einem tiefen Zopf gebunden. Das war Mandy, Emilies Lebenspartnerin.

Ich stieg aus, lief ihnen entgegen und konnte es nicht erwarten, sie an mich zu drücken, weswegen ich noch einen Schritt zulegte. Es war ein gutes Gefühl, wieder hier zu sein, und die Aussicht zu bleiben, machte dieses Glück erst vollkommen.

»Nova! Endlich!«, rief Em.

»Ihr glaubt nicht, wie gut das gerade tut«, sagte ich und umarmte jede meiner Freundinnen innig. Diese Menschen bedeuteten mir alles. Sie waren wie Schwestern für mich. Ich würde alles für sie tun.

»Dito«, meinte Stella lachend.

»Hab ich es euch nicht gesagt?«, meinte Em plötzlich und zwinkerte mir zu. »Wir kehren alle in den Löwensteg zurück.

Erst Stella vor ein paar Monaten, nun du, bald ist unser Quartett wieder vollständig.«

Mandy räusperte sich.

»Oh, entschuldige, wir haben ja einen Neuzugang in der Gang, somit wären wir dann ein Quintett, wenn Leo auch hier wäre. Und ich bin mir sicher, dass das so kommen wird, ich hab's im Gefühl«, erläuterte Em.

Und vielleicht hatte sie damit recht. Nach und nach schien uns das Schicksal hierher zurückzuführen, an die wunderbare Ostsee. Selbst ein Stück weit vom Strand entfernt konnte man das Salz in der Luft schmecken.

Da kam ein junger Mann mit dunklen Haaren aus dem kleinen Trödelladen und hielt auf uns zu. »Sorry, musste noch etwas erledigen. Bin dann soweit, wir können loslegen!«

Es war Sam, Stellas Freund, den sie auf überaus romantische Weise kennengelernt hatte. Es hatte mit Missverständnissen und den Sternen zu tun gehabt, was wohl kaum eine passendere Geschichte sein konnte für jemanden, der Stella hieß. Und dass sie sich auch noch ausgerechnet in einen Astronomen verliebt hatte, rundete die Sache ab.

»Habt ihr mich abgepasst?«, fragte ich.

»Na klar. Wir wollen dir doch beim Reintragen deiner Kisten helfen«, erklärte Em und schmiegte sich an Mandy, die den Arm um Ems Schulter legte.

»Das ist super, vielen Dank«, freute ich mich.

Agnes hatte nun auch gemerkt, dass ich da war, und trat in ihrer Uniform, die aus Schürze und Häubchen bestand, aus der Konditorei. In ihrer sanften Art eilte sie auf mich zu, breitete die Arme sacht aus wie ein zarter Vogel und schloss mich darin ein. »Liebes, da bist du ja endlich!«, meinte sie leise. »Wie ärgerlich, dass du so schlecht durchgekommen bist.« Ein Küsschen landete auf meiner Stirn, dann strich sie mir über die Schultern. »Ich freue mich so, dich zu sehen. Wie gut, dass dir dieser junge Mann mit dem Kühlmittel geholfen hat.«

»Junger Mann mit Kühlmittel?«, hörte ich Stella neugierig hinter mir nachhaken.

Ich drückte Agnes fest an mich.

»Das werdet ihr mir nicht glauben«, erklärte ich. »Ich hatte eine Panne zwischen Bremen und Lübeck. Und der Mann, der mir dann half, war auch damals auf Leos achtzehntem Geburtstag.«

»Was, echt?«, kam es gleichzeitig über Ems und Stellas Lippen.

»Das ist ja ein unglaublicher Zufall, oder?«, fügte Mandy hinzu.

Ich nickte. »Ich hab es auch kaum geglaubt. Ohne ihn würde ich vermutlich noch auf dem Rastplatz stehen und in der Warteschleife hängen.«

»So so«, meinte Stella und grinste breit. »Das scheint ja ein sehr netter Mann gewesen zu sein …«

Ich schüttelte amüsiert den Kopf. Netter Mann? Klar war er nett gewesen, aber mehr auch nicht. Wohin Stellas Gedanken drifteten. Im Augenblick wollte ich mich nur aufs Hier und Jetzt und auf die Übernahme des Geschäfts konzentrieren.

»Und ihr seid auch alle hier draußen?«, wunderte sich meine Tante aufgrund der kleinen Versammlung vor ihrem Laden.

»Wir helfen Nova beim Tragen ihrer Kisten«, erklärte Em.

»Ach … da packe ich natürlich auch mit an. Aber ich brauche noch ein halbes Stündchen, bevor ich mich euch anschließen kann. Tut mir so leid, Liebes, aber kurz vor Feierabend ist an den Wochenenden immer viel los. Und Lotta hat schon Feierabend.«

»Agnes, ich bitte dich …« Meine Tante war alles, nur nicht kräftig gebaut. Ich wollte ihr nicht zumuten, meine Kisten in die Wohnetage hochschleppen zu müssen.

»Nein, nein, ich helfe natürlich«, beharrte Agnes und war

schon wieder auf dem Sprung. »Weiß deine Mama schon, dass du hier bist?«, rief sie mir an der Eingangstür zum Ladengeschäft noch zu.

»Noch nicht.« Ich wollte mich morgen in Niendorf sehen lassen.

»Ruf sie gleich an. Du weißt doch, wie sie ist. Ich bin gleich bei euch, nur ein paar Minuten noch«, versprach Agnes und eilte ins Geschäft zurück.

»Ich schicke ihr eine SMS«, rief ich ihr nach und tippte rasch was ins Handy ein.

»Sie ist so lieb«, meinte Em.

Ich nickte und steckte das Handy wieder weg.

»Und siehst du ihn wieder?«, hakte Mandy nach.

»Wen?«

»Den Kühlmittel-Mann«, sagte Stella.

»Leute, erstens war es kein Kühlmittel, sondern Wasser, zweitens habe ich seine Nummer gar nicht und drittens muss ich erst mal mein Leben auf die Reihe bringen. Ich hab einiges um die Ohren. Packen wir es an«, sagte ich und spuckte mir sinnbildlich in die Hände. Die Kisten schleppten sich ja nicht von selbst ins Haus. Das sahen meine Freunde ein.

Ich lief um den Transporter herum und klappte die Ladefläche auf, auf der sich meine Umzugskartons und ein paar Möbel stapelten.

»Da haben wir ja gut zu tun«, meinte Stella mit einem Blick in den Transporter.

»Ich bin doch auch noch da!«, verkündete plötzlich Gundi Andresen von der Pension und Gaststätte Zum Löwen, die mit erhobenem Arm zu uns rüber schlenderte. Sie war eine kräftige große Frau, die zupacken konnte. Aber als Erstes packte sie mich, um mich an sich zu drücken. »Nova, toll, dass du hier bist!«

»Danke, liebe Gundi!«, ächzte ich unter ihrem festen Griff,

bis sie mich wieder losließ. »Also, können wir dann?«, schlug ich vor und klatschte in die Hände.

Kurz nach zwanzig Uhr war auch die letzte Kiste in die Wohnetage gebracht worden. Alle hatten kräftig mit angepackt.

Ich bedankte mich bei allen und versprach, sie so bald wie möglich zu einem Drink in die kleine Krabbenstube 2.0 am Ende der Straße einzuladen.

»Das hat noch Zeit, wir wollen deinen Einstand im Löwensteg natürlich angemessen feiern. Aber zuvor haben wir noch eine kleine Überraschungsparty für Agnes im Visier«, flüsterte mir Gundi zu. Meine Tante war gerade noch mal runtergegangen, um die Rollgitter herunterzulassen.

»Was für eine schöne Idee.«

Sie nickte bedeutsam. »Du kennst ja deine Tante, sie steht nicht gerne im Mittelpunkt. Aber uns allen ist sie lieb und teuer. Wir wünschen ihr natürlich nur das Beste für ihr großes Abenteuer in Dänemark, sind aber auch traurig, dass sie uns verlässt. Daher ist eine kleine Abschiedsfeier unumgänglich«, betonte Gundi verschwörerisch, und ich sah an den Blicken der anderen, dass sie bereits eingeweiht waren. Hier war etwas im Gange! Und Agnes ahnte offenbar nichts.

»Wann soll die Feier denn stattfinden?«, flüsterte ich, darauf bedacht, dass Agnes nicht plötzlich um die Ecke kam und alles aufflog.

»Am Wochenende vor ihrem Aufbruch.« Der Gedanke an ihre Abreise kam mir im Moment noch total unwirklich vor. Das Bei Agnes ohne Tante Agnes – das ging doch nicht.

»Wir besprechen uns übermorgen Abend bei mir im Gasthaus, du bist natürlich herzlich eingeladen.«

Ich nickte. »Gut, ich werde da sein.«

Gundi klopfte mir auf die Schulter. »Perfekt.«

Dann verabschiedeten sich alle, und ich fing an, die Kisten

zu öffnen, auszupacken und die Sachen in die alten Schränke und Regale in meinem Gästezimmer einzuräumen. Irgendwann gesellte sich Agnes zu mir.

»Es muss ja nicht alles nur in dein Zimmer, dir gehört die ganze obere Etage und das gesamte Haus«, erinnerte sie mich sanft.

Ich nickte. Irgendwie vergaß ich das ständig. Dies war jetzt mein Haus. Wie ungewohnt der Gedanke war. Ich hatte noch nie ein eigenes Haus besessen. Geschweige denn ein eigenes Geschäft.

Nächste Woche würden wir Agnes' Notar treffen, um die Übergabe offiziell zu machen. Bei dem Gedanken schlug mir das Herz wild in der Brust. »Und du bist dir sicher, dass du das alles willst?«, hakte ich nach. Immerhin war es eine weitreichende Entscheidung für unser beider Leben.

»Aber ja, Kind. Es ist für uns alle das Beste, daran habe ich keinen Zweifel.«

Ich setzte meine Arbeit motiviert fort. Ein paar Bücher kamen ins Regal im Wohnzimmer. Hier sah es ziemlich leer aus, Schränke und Regale waren bereits ausgeräumt. Ihre persönlichen Dinge hatte Agnes schon voraus nach Dänemark geschickt. Nun sollten meine Sachen darin Platz finden. Eigentlich hätten auch Lucas' Sachen daneben stehen sollen, denn das war der Plan gewesen. Irgendwann hatten wir hierherziehen wollen, weil ja immer schon festgestanden hatte, dass ich die Konditorei übernehmen würde. Lucas und ich hatten uns ausgemalt, wie das sein würde, in einem eigenen Haus zu leben, mit einem eigenen Geschäft in der untersten Etage. Aber die Realität war: Ich würde hier leben, ohne ihn. Und es war besser so.

»Magst du vielleicht einen Tee? Herrje, hast du denn überhaupt schon was gegessen?«

Ich war den ganzen Tag unterwegs gewesen, hatte aber

zum Glück auch was zum Essen in meinem Proviantbeutel gehabt und nickte daher.

»Aber eine Kleinigkeit wäre nicht verkehrt«, musste ich zugeben.

»Ich mache uns Ofenbrote«, schlug Agnes vor, und das war die beste Idee des Tages. Während sie in der Küche verschwand, las ich die Textnachricht meiner Mama, die inzwischen als Antwort auf meine SMS angekommen war. Papa und sie freuten sich auf unser Wiedersehen morgen.

Kurz darauf kam Agnes mit einem großen Teller voller köstlich duftender Ofenbrote mit geschmolzenem Käse und Salami zurück. Wir setzten uns auf die Couch und ließen es uns schmecken. Das war fast wie früher, unzählige Male hatten wir das schon so gemacht. Ohne Fernseher, ohne andere Geräuschquellen, nur wir, ein leckeres Essen und interessante Gespräche. Aber dies war vielleicht unser letzter gemeinsamer Ofenbrot-Abend.

Meine Tante schaute sich seufzend um. Wohin sie auch blickte, entdeckte sie nun meine Sachen in ihren alten Möbeln.

»Alles in Ordnung?«, hakte ich nach.

»Es ist das Richtige zu gehen … und trotzdem merke ich, wie sehr ihr mir alle fehlen werdet. Der Löwensteg, unsere Gemeinschaft. Ich bin in diesem Haus groß geworden, genauso wie deine Mama. Ich habe nie irgendwo anders gelebt. Und nun lasse ich alles hinter mir. Das ist viel schwerer, als ich zuerst gedacht hätte.«

Ich legte das Brot auf meinem Teller ab, hockte mich vor sie hin, legte meine Hand auf ihren Arm. »Du bist immer hier zu Hause, und du kannst auch immer zurückkehren, wenn du es möchtest.«

Sie lächelte dankbar. »Das weiß ich, Kind. Aber ich glaube nicht, dass ich das tun werde. Mein Herz sagt mir, dass es zu

Jerrik gehört. Und das nicht erst seit heute oder gestern, sondern seit einer Ewigkeit.«

Ich nickte. Ja, das glaubte ich inzwischen auch.

»Nur das Abschiednehmen fällt mir nicht leicht. Aber das ist sicher normal.«

Da hatte Tante Agnes gewiss recht.

Sie lächelte, klopfte mir auf die Schulter.

»Wir haben einiges vor in den nächsten Tagen, ich werde dich ins Geschäft einarbeiten, und dann müssen wir noch zum Notar. Dafür müssen wir ausgeruht sein. Sei mir daher nicht böse, wenn ich schon zu Bett gehe.«

»Natürlich nicht. Schlaf gut, Tante Agnes.«

Sie erhob sich und hauchte ein Küsschen auf meine Stirn.

7. Kapitel

Nachdem Agnes zu Bett gegangen war und ich noch meine Sachen weiter eingeräumt hatte, legte ich mich ebenfalls hin und ließ den Tag noch mal Revue passieren. Meine Knochen taten weh vom vielen Schleppen, aber ich fühlte mich gut. Es war einiges passiert. Mein ganzes Leben hatte sich umgekrempelt. Ich war wieder hier, und das hatte sich nie besser angefühlt. Ich freute mich auf das, was vor mir lag.

Plötzlich erleuchtete das Licht der Straßenlaterne mein Zimmer. Bis mir einfiel, dass mein Fenster auf den Innenhof rausging, wo gar keine Laterne stand. Irritiert erhob ich mich, streifte die Bettdecke ab und lief zum Fenster, schob die Gardine zur Seite und linste raus. Es war schon recht dunkel draußen, doch im alten Mertens-Haus gegenüber leuchteten alle Lichter, und in der Einfahrt, die ich von hier aus einsehen konnte, stand eine dunkle Limo. Was hatte das denn zu bedeuten?

Ein Schatten huschte an einem der Fenster im oberen Stock vorbei. Ein zweiter folgte. Und dann konnte ich zwei Männer in dunklen Anzügen durch die Wohnräume gehen sehen, da dort keine Gardinen vor den Fenstern hingen. Die Männer kannte ich nicht.

Waren die Nachbarn von gegenüber ausgezogen? Gab es den Gartenladen nicht mehr, der damals eröffnet hatte, nachdem die alte Mertens-Konditorei geschlossen hatte? Die beiden Männer sahen jedenfalls hochoffiziell aus. Geradezu schick und bedeutsam. Der Jüngere hatte rote Haare, die ihm in dichten Wellen bis zur Schulter reichten. Ein komisches Gefühl breitete sich in meiner Magengegend aus. Doch sie waren nur kurz da, schauten sich alles an und fuhren dann wieder davon. Ein bisschen wie bei einer Hausbesichtigung. Nur erschien mir die Uhrzeit allzu unpassend für so etwas. Mit einem unguten Gefühl legte ich mich wieder hin.

Am Morgen fragte ich Agnes, was mit dem alten Haus gegenüber los war, als wir uns um Punkt fünf Uhr in der Backstube einfanden. Mein Wecker hatte mich um vier aus dem Schlaf gerissen, woran ich aber gewöhnt war. Das waren die Momente, in denen ich froh war, keine Bäckerin, sondern Konditorin geworden zu sein. Andernfalls hätte ich nämlich noch früher aufstehen müssen. Damit die Leute morgens frische Brötchen auf den Tisch bekamen, begann die Arbeitszeit von Bäckerbetrieben meist schon um zwei oder drei Uhr.

Gemeinsam bereiteten wir die beiden großen Maschinen vor, wischten sie noch mal aus, um anschließend den Teig zuzubereiten. Dazu gaben wir alle Zutaten in eines der beiden riesigen Gefäße. In meiner alten Konditorei in Bremen hatte es nur eine Teigmaschine gegeben. Auch Agnes hatte lange Zeit nur eine besessen, die zweite war neu und modern.

»Super, dass du die angeschafft hast«, sagte ich und war schon gespannt, auch sie im Einsatz zu sehen.

»Man muss mit der Zeit gehen«, erwiderte Agnes. »Was die Gutmeyers angeht, die haben das alte Haus verkauft«, sagte meine Tante nur und schaltete die erste Maschine ein, die kräftig zu rühren anfing und dabei geräuschvoll dröhnte. Ich wischte mir die Hände vom Mehl ab, das unweigerlich an die Finger geriet, wenn man riesige Mehlbeutel in die Maschine gab.

»Du hattest gar nicht erwähnt, dass die Gutmeyers wegziehen.«

»Ach, das wollten sie doch schon seit Jahren, aber sie haben nie Nägel mit Köpfen gemacht. Bis jetzt zumindest.«

»Aber diese beiden Männer, ich weiß nicht, von denen ging irgendwie was Negatives aus.«

Allein diese Anzüge. Als wären sie auf einem Kongress statt in einem alten Haus ... Sie hatten beide diese bestimmte Ausstrahlung gehabt, die ich nur schwer definieren konnte, die mir aber selbst jetzt, wenn ich daran dachte, Unbehagen bereitete.

Agnes zuckte mit den Schultern. »Der Jüngere war sicher der neue Besitzer, ich hab ihn schon kennengelernt. Herr Antonius ist sehr nett. Er hat sich schon vorgestellt. Gundi meinte, mit seinen langen roten Haaren wirkt er ein bisschen wie ein Hippie ...«

»Ja, das war er wohl.« An die Haare erinnerte ich mich nämlich, sie hatten nicht so sehr zu dem Anzug gepasst.

Sie nickte. »Der will einen Segelbedarfsladen aufziehen. Und der Ältere war vielleicht sein Anwalt.«

Klang harmlos. Aber auch nicht ganz schlüssig.

»Und was will der Anwalt um die Uhrzeit in dem Haus?«

»Warten wir es ab, es wird schon seine Richtigkeit haben.«

Ich nickte. Ja, sicher. Also ein Segelbedarfsladen sollte da rein. Na gut, so nah an der Ostsee ergab das ja Sinn.

Da betrat eine junge Frau die Backstube. Sie war hoch gewachsen und sehr schlank, die dunklen Haare steckten unter einem Schiffsmützchen. Mit einem Blick, den ich am ehesten als gleichgültig bezeichnet hätte, kam sie auf uns zu.

»Morgen«, grüßte sie und musterte mich mindestens genauso ahnungslos wie ich sie.

»O ja, richtig«, meinte meine Tante. »Darf ich vorstellen, das ist Fabiana Wertheim, unsere Auszubildende. Sie hat Anfang des Jahres bei uns angefangen. Aber ich glaube, ihr seid euch noch nicht begegnet.«

Fabiana, die ich auf zwanzig schätzte, reichte mir die Hand, sah mich aber dabei nicht an. Sie wirkte etwas gehemmt.

»Bisher nicht. Freut mich«, sagte ich ehrlich.

»Und das ist meine Nichte und künftige Ladenbesitzerin Nova.«

Sie nickte nur und fing gleich an, Teig für Maschine Nummer zwei vorzubereiten.

»Fabiana ist am Ende des ersten Ausbildungsjahres«, raunte mir meine Tante zu. »Aber in ihrem alten Betrieb ist sie nicht zurechtgekommen, weswegen sie im Januar bei uns angefangen hat.«

Ich nickte. Sie wirkte nicht unsympathisch, nur eben zurückhaltend. Wir kümmerten uns weiter um die Herstellung des Sortiments.

»Guten Morgen!«, flötete es gegen halb acht aus dem Ladenbereich. Das war Lotta, die gutmütigste Person, die ich kannte. Sie arbeitete schon seit einer gefühlten Ewigkeit für Agnes und stand als Fachverkäuferin von morgens acht bis abends sechzehn Uhr hinter der Theke.

»Dann sind wir ja vollzählig«, freute sich Agnes.

Ich ging gleich raus, um Lotta zu begrüßen.

»Ja, da tritt mich doch … Da bist du ja!«, freute sich Lotta, als sie mich sah, und umarmte mich herzlich. Wenn Agnes erst weg war, würde mir zumindest die gute Lotta erhalten bleiben, was mich ziemlich erleichterte.

»Wir werden das Schiff schon schaukeln, was?«, meinte ich zu ihr. Aber Lottas Gesicht, das nun ernst unter ihrem grauen Wuschelschopf hervorschaute, ließ mich nichts Gutes erahnen. Was war hier denn los?

»Lotta hört auch auf«, erklärte mir meine Tante, die plötzlich hinter mir stand.

Wirklich? Das war aber sehr schade. Lotta gehörte doch im Grunde zum Inventar.

»Das ist natürlich etwas ungünstig für dich. Du fängst gerade hier als neue Chefin an, und ich gehe in den Ruhestand. Aber wenn was ist, kannst du mich immer fragen und um

Hilfe bitten«, sagte Lotta. »Und natürlich unterstütze ich euch auch bei der Suche nach einem Ersatz. Die Anzeige ist ja schon ein paar Tage raus.«

Ich nickte betrübt. Ganz schön viele Veränderungen auf einmal.

»So … Fabiana holt die Sachen aus dem Ofen, wir können dann unseren Rundgang starten«, sagte Agnes. Aber eigentlich war der gar nicht nötig, ich hatte schließlich oft genug hier geholfen und wusste, wie die Abläufe waren.

Dennoch wollte Agnes mir alles noch mal zeigen, führte mich herum und landete mit mir als Erstes in ihrem Büro, wo wir auch die Buchführung durchgingen, unsere Lieferanten und die Konditionen, zu denen sie uns belieferten. Da es sich nur um ein kleines Geschäft handelte, backte Agnes meistens mit einer Aushilfe oder einer Auszubildenden, wenn allerdings Not am Mann oder der Frau war, verließ sie sich auf eine Agentur, die auch kurzfristig Helferinnen und Helfer für den Verkauf oder die Backstube sandte. Ein Service, auf den auch ich sicher zurückgreifen würde.

»Wir haben ein festes Sortiment, das aus unseren Ostseeträumen, Törtchen, Cupcakes und Muffins sowie drei verschiedenen Obstkuchen und zwei Torten am Tag besteht, von denen wir einzelne Stücke verkaufen. Hinzu kommen Wochenaktionen und Bestellungen für Jubiläen, Geburtstage oder Hochzeiten. Ideal ist dabei ein Vorlauf von drei Tagen, aber in Ausnahmefällen geht es auch kurzfristiger.« Das Konzept war also genau wie früher. »Als Ladenbesitzerin wirst du oft Überstunden machen, sogar den ganzen Tag im Geschäft stehen, aber das ist die Sache wert«, erklärte sie. »Ich versuche, öfter mal eine Pause zu machen, wenn der erste Andrang morgens geschafft ist.«

Ich nickte, gewiss würde ich das ähnlich managen. Mir war klar, dass eine eigene Konditorei sich nicht von allein leitete. Man musste Abstriche machen, doch wie Agnes es bereits gesagt hatte, war es die Sache wert und zudem Backen meine Leidenschaft.

Außerdem hatte Agnes eine Vereinbarung mit der Leiterin einer Suppenküche, die ich auch kannte, weil sie direkt am Dr.-Zippel-Park / Ecke Löwensteg lag.

Alles, was abends übrig blieb, wurde an diese geliefert, damit bedürftige Menschen sich an den süßen Waren erfreuen konnten. Ein gutes Konzept, wie ich fand, das ich unbedingt fortführen wollte.

Wir gingen raus zur Garage, wo der alte VW Caddy stand. An der Seite fand sich der Aufdruck *Bei Agnes – Süße Torten.*

»Die gute Caddy wirst du auch übernehmen«, erklärte Agnes, und ich erinnerte mich daran, wie ich früher schon meiner Tante geholfen hatte, Großbestellungen auszuliefern.

»Wir bieten bei sehr großen Bestellungen einen Lieferservice an, aber das weißt du ja noch.«

Ich nickte begeistert, stellte aber auch fest, wie flexibel man als Konditoreileiterin sein musste und wie vorausschauend man plante.

Im Lager zeigte Agnes mir sodann alle Vorräte, auch verliefen die meisten Rohre und Leitungen hier. Sicher, es war nicht das modernste Lager, aber es erfüllte seinen Zweck. Zudem war es durch eine Außentür, die direkt in die Kellerräume führte, gut für den Lieferanten zu erreichen.

Plötzlich hörten wir ein Miauen aus einem der Nebenräume des Lagers.

»Nanu«, machte meine Tante. »Das klingt ja nach der Flotten Dotti.«

Die Flotte Dotti war eine alte Kuhfleckenkatze, die den Löwensteg als ihr Revier ansah und in der Pension Zum Löwen wohnte, aber gerne auch herumstreunte.

»Und wie kommt Dotti ins Lager?«

»Das finden wir heraus.«

Meine Tante öffnete eine Seitentür, die ich nie zuvor bemerkt hatte. Ich folgte ihr in einen kleinen Raum, der bis oben hin völlig zugestellt und mit Laken und Folien verhangen war. Sofort schlug mir der Geruch alter Dinge entgegen. Er war nicht unangenehm, nur ein wenig staubig.

Meine Tante sah sich um. »Komm, miez miez, wo bist du denn?«

Doch es erfolgte keine Reaktion. Vielleicht war das Miauen auch von draußen gekommen? Aber dann deutete Agnes zu einem kleinen, offen stehenden Fenster.

»Oje, ich habe vergessen, es nach dem Lüften wieder zu schließen.«

War die Flotte Dotti so hereingekommen? Ich hielt Ausschau nach ihr und bemerkte tatsächlich eine kleine Bewegung hinten in der Ecke.

»Da ist sie!« Ich hockte mich hin, rieb Daumen und Zeigefinger aneinander, als hätte ich ein Leckerli in der Hand. »Komm her, Dotti. Wir tun dir doch nichts.«

Sicher war sie verängstigt, weil sie hier hineingeraten war. Neugierde war eben der Katze Tod.

Aber mit meiner Methode hatte ich Erfolg.

Tatsächlich kam die alte Katzendame vorsichtig auf mich zu. Flott war sie schon lange nicht mehr, eher zerknautscht, aber unglaublich niedlich. Allmählich schien sie Agnes und mich zu erkennen, wodurch sich ihre Schritte beschleunigten. Auf den letzten Metern blieb sie allerdings mit ihren Krallen an einem Laken hängen und zog es, in dem Versuch, sich zu befreien, herunter. Es landete prompt neben ihr, was Dotti abermals verschreckte. Irritiert wich sie aus und musterte nicht weniger neugierig als ich das Etwas, das unter der Bedeckung zum Vorschein gekommen war: eine große hölzerne Platte. Dottis Kralle hing allerdings immer noch fest.

Ich beugte mich hinab, um der Kuhfleckenkatze zu helfen, ihre Pfote zu lösen. Dabei erhaschte ich einen genaueren Blick auf das Schild.

»Was ist das?«, wunderte ich mich und zog das Laken noch ein Stück weiter runter.

»Ach das«, meinte Tante Agnes, bückte sich nach Dotti und hob sie hoch. »Sieh es dir doch mal genauer an.«

Ich musste den Kopf schief legen, um die Schrift auf dem Schild zu entziffern.

»Fräulein Zucker«, las ich vor. Das gab's ja nicht! »Ist das das Originalschild?«, fragte ich verblüfft.

Agnes lächelte. »Aber ja. So etwas gibt man doch nicht weg. Und die alten Möbel existieren auch noch, sieh mal hinter dich.«

Ich wandte mich um und ahnte erst jetzt, was unter all den Laken und Folien steckte, die fast bis zur niedrigen Decke reichten.

»Das sind die alten Möbel aus dem Fräulein Zucker?«, hakte ich nach, hätte ich doch angenommen, dass diese längst entsorgt worden waren.

Agnes lächelte. »Das sind sie. Zumindest einige. Aus Platzgründen konnten wir nicht alles aufbewahren, als ich den Laden übernommen und neu eingerichtet habe. Meine Mutter war damals nicht glücklich über die Änderungen, aber man muss mit der Zeit gehen. Das meinte auch mein Vater. Die Konditorei wurde in Bei Agnes umbenannt, und meine Eltern haben ausgeholfen, sind jedoch ein paar Jahre später in den Ruhestand gegangen. Doch Kunibert hat immer gesagt, dass der Geist des Fräulein Zuckers erhalten bleiben müsse. Das würde Glück bringen. Vielleicht war er ein bisschen abergläubisch.« Sie zwinkerte.

Ich hingegen fand es faszinierend.

»Wenn du das alte Schild nicht brauchst, kannst du es natürlich entsorgen. Genauso wie die alten Möbel. Alles gehört dir.«

»Auf keinen Fall werde ich sie wegwerfen«, sagte ich ernst und lugte unter das eine oder andere Laken, denn ich war zu neugierig, wollte die Einrichtung, die ich nur vom Fotoalbum kannte, unbedingt mit eigenen Augen sehen. Allerdings war nicht viel zu erkennen, war es hier doch zu dunkel und trotz des Schutzes zu staubig.

»Ich will es auch behalten.« Das stand fest. Vielleicht brachte es ja wirklich Glück, etwas vom Fräulein Zucker hier zu haben. In jedem Fall verspürte ich nun eine nur noch stärkere Bindung zur Konditorei und auch zu meiner Oma, der ich zwar nie begegnet war, weil Kunibert und sie viel zu früh von uns gegangen waren, aber von der ich dennoch irgendwie glaubte, sie zu kennen.

Wir gingen wieder hoch. Agnes setzte Dotti erst mal vor die Tür und verabschiedete sie mit einem Köpfchenkraulen. »Na lauf rüber zu Gundi«, sagte sie noch. Dann kehrten wir in die Backstube zurück, wo wir uns die Hände wuschen.

»Nun sind wir wohl fertig mit dem Rundgang.« Ich linste zu Fabiana, die weiteren Teig verarbeitete. Mir juckte es auch in den Fingern, noch etwas Süßes herzustellen, nachdem wir heute Früh schon eine Ladung für die Auslage produziert hatten. Es gab doch nichts Schöneres als backen!

»Eine Sache noch«, meinte Agnes und deutete zu der kleinen Kühlkammer, die so alt war wie das Haus. »Hier gibt es auch ein paar Änderungen.«

Sie führte mich in die Kammer, deutete auf einige Leitungen und Knöpfe. Einer davon war ziemlich auffällig und rot, beinahe wie ein Buzzer bei einer Gameshow. Dieser gehörte definitiv zu den Neuerungen.

»Die heutigen Verordnungen schreiben es vor, dass eine Kühlkammer ab einer bestimmten Größe von innen zu öffnen sein muss. Dieser Regelung unterliegen wir nicht, weil wir zu klein sind. Aber ich musste diese Alarmanlage anbringen. Solltest du dich mal versehentlich einsperren oder jemand anderes eingesperrt sein, wird dieser Knopf betätigt.« Sie deutete auf den Buzzer. »Draußen hört man dann einen Alarmton.«

»Ich verstehe.« Das war gut zu wissen.

»Außerdem gibt es Lichtsignale im ganzen Laden. Du kannst ja mal einen Probealarm auslösen.«

Ich drückte auf den Knopf, und tatsächlich erklang ein auffälliger Alarmton, der sich nonstop wiederholte. Außerdem sah ich, wie draußen das Licht rot flackerte. Das war nun wirklich nicht zu übersehen. Selbst die Kundschaft würde es mitbekommen.

Agnes führte mir einen Mechanismus vor, um die Anlage wieder stumm zu schalten. Doch ich hörte den Nachhall des schrillen Signaltons noch Sekunden später im Ohr.

»Das ist gewöhnungsbedürftig«, meinte ich.

»Es dient aber der Sicherheit«, sagte sie und wedelte mit dem Finger.

Dagegen war nichts einzuwenden.

Wir traten wieder in die Backstube, wo Fabiana aus dem Teig kleine Törtchen geformt hatte. Agnes band sich eine Schürze um und krempelte sich die Ärmel hoch. »Ich mache nun auch weiter, wir haben einige Aufträge zu bewältigen.«

»Da helfe ich doch natürlich mit!«

»Super. Dann kümmere dich mit Fabiana um die Törtchen, davon brauchen wir bis heute Abend zwanzig Stück.«

»Alles klar.« Ich schnappte mir auch eine Schürze.

Draußen erklangen die Türglöckchen, und ich konnte hören, wie erste Kundschaft etwas kaufte. Es war schön zu sehen, wie alles funktionierte. Rädchen griff in Rädchen.

Ich würde einen gut laufenden Laden übernehmen, der eine Institution im Löwensteg war. Ich fühlte Stolz in mir aufsteigen.

Es war alles wie im Traum.

»Eins dürfen wir nicht vergessen, da ist ja noch das Geheimrezept, in das ich dich einweihen werde«, sagte Agnes zwinkernd, und doch war es eine große Sache. Meine Familie war sehr stolz auf dieses Kuchen-Pralinen-Rezept. Schon als

Kind hatte ich wissen wollen, woraus die Ostseeträume, die unser Geschäft gerettet hatten, bestanden, aber immer hatte es geheißen: »Das wird nicht verraten. Erst, wenn du groß bist, wirst du in das Geheimnis eingeweiht.«

Dass es nun soweit war, ließ mein Herz vor Aufregung schneller klopfen.

»Wir fangen heute Abend an, dann sind wir unter uns.«

Ich nickte und konnte es kaum erwarten.

Bald schon war es zehn, und die Frühstückspause begann. Ich hatte allerdings keinen Hunger und machte mich stattdessen daran, meinen Umzugs-Transporter in der hiesigen Filiale abzugeben. Nachdem ich zurück war, kümmerte ich mich weiter um unsere Bestellungen.

Im Laufe des Tages kam viel Kundschaft, das Geschäft brummte. Ein paar Gäste setzten sich in den Innenhof, ein paar blieben im Café. Unsere Muffins und Cupcakes gingen weg wie warme Semmeln, Lotta kam kaum hinterher, die Köstlichkeiten zu servieren. Und nachdem die Backstube gegen halb vier schloss, half Agnes ihr im Laden aus. Fabiana hingegen verabschiedete sich in den Feierabend.

»Du kannst auch schon Feierabend machen, wenn du willst. Heute möchtest du doch noch deine Eltern besuchen, oder?«, meinte Agnes.

»Genau.«

»Ja, worauf wartest du dann noch? Deine Mutter freut sich schon so auf dich«, meinte sie lachend. »Sei aber bitte am frühen Abend zurück, wir haben ja noch unsere Verabredung in der Backstube«, erinnerte sie mich.

»Oh ja, hab ich auf dem Schirm«, erklärte ich und tippte mir gegen die Schläfe.

Aber nun warteten erstmal Mama und Papa auf mich. Ich holte mein altes Rad aus dem Keller, prüfte es ob seiner Fahrtauglichkeit, die überraschend gut war, und verabschiedete mich von Agnes und Lotta, um loszuradeln.

8. Kapitel

Ich entschied mich, einen kleinen Umweg an der See entlang zu nehmen, folgte den Straßen hoch zum Travemünder Strand und hielt dann auf die Promenade zu.

So viele Veränderungen in so kurzer Zeit, überlegte ich. Die wollten erst einmal verarbeitet werden. Ich schaute aufs Wasser hinaus, merkte, wie sehr ich den Klang der Wellen und ihr beruhigendes Anrollen vermisst hatte.

Bremen war zwar eine Hansestadt, aber bis zum Meer brauchte man schon eine Dreiviertelstunde mit dem Auto. Hier hingegen musste ich einfach nur mit dem Rad ein Stück gen Norden fahren und kam direkt an den Strand von Travemünde, wo um diese Jahreszeit einiges los war.

Überall standen Strandkörbe, und ein Meer aus ausgebreiteten Handtüchern erstreckte sich über den weißen Sandstrand.

Ich atmete die gute Seeluft ein, fühlte mich einfach nur wohl mit allem, dem guten Wetter, meinen Entscheidungen und wie sich alles entwickelte.

Irgendwann ließ ich die Stadt hinter mir, kam ins Grüne, und dann dauerte es nicht lange, bis die kleine Ortschaft Niendorf in mein Blickfeld rückte. Alles hier war mir so vertraut. Der Radweg, die bunten Häuschen mit ihren noch bunteren Blumen im Vorgarten, der Geruch des Meeres, der bis hier vordrang. Ich trat kräftiger in die Pedale. Bis zum Haus meiner Eltern war es nur noch ein Katzensprung.

Ich wurde von Mama und Papa schon an der Tür erwartet, was bedeutete, dass sie mich aus ihrem großen Panoramafenster im Wohnzimmer bereits gesehen haben musste. Das Fahrrad lehnte ich an die Hauswand, dann eilte ich auf beide zu und umarmte sie herzlich. Wie gut das tat.

»Wir freuen uns so, dass du wieder im Lande bist«, sagte Mama und ließ mich im Überschwang gar nicht mehr los. Wieso taten alle so, als wäre Bremen am anderen Ende der Welt?

Ich musste lachen und war doch gerührt.

»Komm erst mal rein«, forderte Papa auf. Gemeinsam betraten wir das Haus, das sich nicht verändert hatte. Alles befand sich an Ort und Stelle. Die kleine Galerie aus Familienfotos im Flur, die Schuhecke, in der ich meine Turnschuhe abstreifte und auf eine Bank stellte, um in meine alten Hausschuhe zu schlüpfen, die immer noch da waren. Ich seufzte glücklich.

Wir setzten uns ins Wohnzimmer, wo Kaffee und selbst gebackener Kuchen bereitstanden.

»Der ist zwar nicht so gut wie deine Werke, aber er schmeckt dennoch«, versicherte Mama und tat mir etwas Kuchen auf.

»Ihr verwöhnt mich alle«, sagte ich, dabei goss ich etwas vom Kaffee ein.

Mama hatte recht. Der Kuchen schmeckte gut. Vor allem nach zuhause. Seufzend schaute ich mich um, das Wohnzimmer sah auch aus wie immer. Die Möbel waren alt und rustikal, ähnlich dem Stil von Agnes. Ich liebte es.

»Wir sind so stolz auf dich, dass du das Bei Agnes übernimmst«, erklärte Mutti, und Papa nickte zustimmend. »Und nach allem, was war … ist das auch ganz sicher die richtige Entscheidung.« Sie nannte seinen Namen nicht, aber sie spielte auf Lucas und unsere Trennung an.

»Wir sind gespannt darauf, was du aus dem Laden machen wirst«, fuhr Papa fort.

»Das sind wir«, bestätigte Mama. »Für mich ist das ja alles nichts, wie du weißt. Ich bin lieber Schneiderin. Mit Kuchen stehe ich auf dem Kriegsfuß. Deswegen war ich auch immer froh, dass Agnes das Geschäft übernommen hat.«

»Aber dein Kuchen ist doch super.« Ich nahm noch einen Bissen.

»Das ist eine Ausnahme. Jeden Tag Kuchen zu backen, würde mir den Verstand rauben.« Mama lachte. Doch ich merkte ihr auch an, dass sie irgendetwas hatte. Ihr Mundwinkel zuckte immer wieder, das war ein zuverlässiges Zeichen.

»Hast du dir denn schon überlegt, wie das Lädchen heißen soll, wenn du am Ruder sitzt?«, wollte Papa wissen.

Ich schüttelte den Kopf. Eigentlich wollte ich den Namen Bei Agnes erst mal beibehalten. Unter diesem kannten die Leute das Geschäft schließlich. Ein neuer Name sorgte dann nur für Verwirrung. Ich würde ihn erst ändern, wenn ich mich dort etabliert hatte. Ein paar Änderungen schwebten mir dennoch vor. Ich wollte zu gerne ein paar eigene Rezepte ausprobieren und unser Sortiment mit diesen erweitern.

Mamas Mundwinkel zuckte immer noch.

»Ist etwas?«, hakte ich daher nach.

»Nein, nein. Iss mal deinen Kuchen.«

Das tat ich, wurde das Gefühl aber nicht los, dass irgendetwas nicht stimmte. Und als Mama schließlich das Geschirr rausbrachte, beugte sich Papa zu mir vor. »Sie hat inzwischen die Pläne deiner Tante akzeptiert, aber sie wird Agnes sehr vermissen.«

Ich nickte, das würde uns sicher allen so gehen. Aber Mama war Agnes' jüngere Schwester, es war also kaum verwunderlich, dass sie der Umzug sehr betrübte.

Als Mama zurückkam, nahm ich sie daher spontan in den Arm. »Wir können Agnes besuchen, wann immer wir wollen, und sie uns. Wir teilen uns dasselbe Meer. Sie lebt nur auf der anderen Seite der Ostsee.«

Mama sah mich überrascht an, lächelte dann aber. »Du

hast recht. Ach, wir sollten uns mit ihr freuen. Ich muss mich … nur an alles gewöhnen.«

Ich nickte. »Zur Not hast du ja auch noch mich.« Ich zwinkerte.

»Als wärst du ein Notnagel.« Mama lachte und drückte mich noch mal, ich hatte das Gefühl, es ging ihr schon etwas besser.

Ich blieb noch ein Weilchen bei meiner Familie und radelte am frühen Abend entlang des Wassers zurück Richtung Travemünde. Die gute Seeluft wehte mir um die Ohren, kühlte meinen erhitzten Körper ein wenig ab, was wirklich guttat. Es war so heiß, dass ich es bereute, mir lange Hosen angezogen zu haben. Zu Hause angekommen, stellte ich das Rad neben der Eingangstür zum Haus ab und linste rüber zum alten Mertens-Haus. Da meinte ich, am Fenster den grauhaarigen Mann im Anzug auszumachen, den ich schon gestern Abend in dem Haus gesehen hatte. Der, den Tante Agnes für den Anwalt des Käufers hielt.

Ich überlegte, einfach mal rüberzugehen und nachzufragen, was dort vor sich ging, und machte bereits ein paar Schritte auf das Gebäude zu, als der Anzugträger plötzlich aus dem Haus kam und zu seiner Limo ging. Ich räusperte mich, wollte ihn schon grüßen, als er zu mir sah und seine Augen sich verengten. Sein Blick war so kalt, dass es mir unweigerlich den Rücken runterlief und zugleich die Sprache verschlug. Und als er dann auch noch süffisant lächelte, blieb ich wie erstarrt stehen. Schon war er bei seinem Auto angekommen und eingestiegen, keine Sekunde später fuhr er davon, erst da befreite ich mich aus der Starre. Was war das denn gewesen? So kannte ich mich nicht. Wer war der Kerl überhaupt? Und wieso hatte er mich so angesehen? Als … als würde er mich kennen. Was nicht der Fall war, denn ich kannte ihn ja nicht. Irritiert begab ich mich ins Haus.

»Der Kerl sah richtig fies aus«, sagte ich kurz darauf zu meiner Tante, als wir gemeinsam in der Backstube standen, wo sie mir das Geheimrezept anvertrauen wollte, und ich ihr von der unheimlichen Begegnung erzählte. Zu meinem Erstaunen blieb Agnes entspannt. Aber sie hatte diesen gruseligen Anzugträger auch nicht gesehen.

Sie zuckte mit den Schultern, als wäre das keine große Sache und suchte ein paar Formen für die Ostseeträume zusammen.

»Lass dich doch von einem schlecht gelaunten Anwalt nicht aus der Ruhe bringen«, meinte sie gutmütig.

»Falls das überhaupt der Anwalt von diesem Herrn Antonius war.«

»Wer soll es sonst gewesen sein? Mit Herrn Antonius wirst du dich bestimmt gut verstehen, ich hatte ja schon das Vergnügen. Du wirst sehen, er ist umgänglich, und darauf kommt es letztlich an. Er ist schließlich der neue Hausbesitzer und dein Nachbar«, sagte sie sanft und erläuterte mir alle Zutaten, die sie für den Teig der Ostseeträume in eine Schüssel gab. Vielleicht hatte sie recht. Mit dem Anzugträger musste ich ja gar nicht klarkommen, sondern mit Herrn Antonius.

»Aufgepasst«, meinte sie zwinkernd, »du musst dich schon konzentrieren«, ermahnte sie mich, weil meine Gedanken immer wieder abschweifen wollten, und erinnerte mich daran, dass dies hier eine feierliche Angelegenheit war. Von einer Generation zur nächsten war das Geheimrezept weitergegeben worden.

»Also gut, ich bin jetzt ganz bei dir«, versprach ich und beobachtete, wie sie weitere Zutaten vermengte und mir alles genau erklärte. Doch es waren überraschend viele Bestandteile, und ich kam kaum hinterher. »Es tut mir leid, Agnes, aber ich fürchte, ich kann mir das gar nicht alles merken. Hast du das Rezept denn nicht schriftlich?« Dass meine Tante es auswendig konnte, da sie es schon etliche Male gebacken hatte, war ja nur verständlich.

Agens schnipste mit dem Finger. »Da habe ich was ganz Besonderes. Warte hier, ich hole es aus dem Safe im Büro.«

Schon war sie verschwunden, um kurz darauf mit einem alten Stück Papier zurückzukehren, das sie vor mir auf der Arbeitsfläche auseinanderfaltete.

»Ist es das, was ich denke?«, fragte ich und betrachtete fasziniert die Handschrift auf dem Rezept, das vor uns auf dem Tisch lag.

»Genau, das Originalrezept von Sophia. Das liegt immer im Safe, aber am Anfang wirst du bestimmt öfter mal nachsehen müssen, es ist ja ein sehr komplexes Rezept.«

Ich schaute mir das Papier genauer an. Im Jahr 1956 hatte meine Oma diese Zutatenliste festgehalten, das stand unten am Rand. Diese war somit über sechzig Jahre alt.

»Die wichtigste Komponente, und die ist auch kein Geheimnis, ist das Marzipan. Es kommt nur und ausschließlich Lübecker Marzipan infrage. Kein anderes«, betonte sie und zauberte einen Bottich mit Marzipanmasse hervor. »Ein Schuss Eierlikör kommt hinzu, aber nur bei den Ostseeträumen mit Likör …«

Wir gingen die ganze Liste durch. Eine gewisse Finesse ließ sich nicht leugnen, Oma Sophia hatte alle Register bei dieser Komposition gezogen. Kein Wunder, dass die Ostseeträume so erfolgreich geworden waren.

»Ach, ich wünschte, all die anderen wertvollen Rezepte meiner Mutter wären nicht verloren gegangen«, sagte Tante Agnes in Gedanken versunken. »Dann hätten wir jetzt noch viel mehr zu backen. Einen ganzen Schatz an Köstlichkeiten aus Sahne, Gelee und Blätterteig.«

»Wo sind die anderen Rezepte von Oma denn?«

»Das weiß niemand, Kind. Das ist es ja, leider. Sie sind verschwunden, vielleicht hat Sophia sie auch gar nicht aufgeschrieben, sondern nur in ihrem Kopf behalten. Aber zumindest haben wir die Ostseeträume, die ja auch ihre Meisterwerke sind. Also, der Teig ist angerührt. Hast du alles mitbekommen?«

Ich nickte. Die Kombination der verschiedenen Zutaten hatte mich überrascht, aber sie ergaben Sinn, rundeten den markanten und ganz eigenen Geschmack der Ostseeträume ab. Es war ein cleveres Rezept mit feinen Details, die schon allein den Teig zu etwas Einzigartigem machten.

»Jetzt lass uns Teig und Creme zusammenfügen, und morgen kümmern wir uns um die Verzierungen.« Ich stimmte zu, und wir machten uns ans Werk.

9. Kapitel

Agnes und ich standen am nächsten Morgen gemeinsam auf, um noch vor Sonnenaufgang weiter an den Ostseeträumen zu arbeiten.

Dazu holte sie erneut das alte Schriftstück aus dem kleinen Safe in ihrem Büro, in dem sie Sophias Anleitung aufbewahrte, damit ich den Arbeitsschritten besser folgen konnte.

»Also … zu den Verzierungen«, sagte sie, winkte mich mit sich in die Backstube und faltete das Blatt Papier auf der Arbeitsfläche auseinander, um nun im Anschluss die Glasuren für die Ostseeträume herzustellen.

»Bei der Ummantelung können wir variieren, aber achte immer auf die Gesamtkomposition. Ich habe einmal versucht, das Rezept zu erweitern, indem ich statt Marzipan eine Erdbeercreme angerührt habe. Aber das war kein besonderer Erfolg. Nein, Sophias Kreation funktioniert so, wie sie es vorgesehen hat, und nicht anders.«

Ich nickte. An dem Rezept wollte ich nicht rütteln. Agnes organisierte die Zutaten für die Verzierungen, die fein säuberlich in Sophias Handschrift aufgelistet waren.

Gerade als wir alles beisammen hatten und nun die ganze Platte mit Ostseeträumen-Rohlingen von gestern Abend aus dem Kühlraum holten, kam Fabiana hinzu. Sie warf uns einen neugierigen Blick zu, aber merkte schnell, dass wir das Gebäck nach dem geheimen Rezept zubereiteten. Die Zutaten waren längst vermengt, nun ging es nur noch um die Optik, und das Rezept verschwand wieder im Safe.

»Selbst sie kennt das Rezept nicht, nicht mal Lotta«, erklärte mir Agnes. »Nur du und ich, wir sind die einzigen

Menschen auf der Welt«, fuhr Agnes fort, und ich wusste, dass ihr dieser Umstand viel bedeutete. Erst nachdem die Ostseeträume fertig waren, kümmerten wir uns um das restliche Sortiment, das zeitig in der Auslage landen sollte. Aber zu dritt bekamen wir das hin.

Nach der Frühstückspause um kurz nach zehn rief mich Tante Agnes ins Büro. »Wir haben einen Bewerber«, verkündete sie und deutete auf ihren Computer, machte dann den Platz hinter dem Schreibtisch frei und bot ihn mir an.

»Er hat sich per Mail auf unsere Stellenanzeige gemeldet. Schau ihn dir mal an«, fuhr sie fort, während ich mich hinsetzte und die Hand auf die Maus legte, um die Unterlagen im Anhang der E-Mail zu öffnen.

»Lotta hört ja leider bald auf, daher brauchen wir recht zeitig jemand Neues für den Verkauf. Die Unterlagen hier sprechen für sich. Aber du bist diejenige, die mit ihm zusammenarbeiten wird, daher obliegt die Entscheidung dir, ob wir ihn einladen.«

Eingescannte Zeugnisse und ein Lebenslauf mit einem Bewerbungsfoto erschienen auf dem Bildschirm.

In der nächsten Sekunde blieb mir der Mund offen stehen, als ich den Mann auf dem Bild erkannte. Dunkles, kurzes Haar, ein markantes Kinn, auf dem ein Dreitagebart prangte. Ganz besonders fielen mir seine warmen Augen auf, die mich auf eine Weise bedachten, als könnten sie mich wirklich sehen.

Nathan!

Ausgerechnet er! Mein Helfer in der Not, der den Marderschaden geflickt hatte.

Ich starrte ihn verblüfft an. Konnte nicht glauben, welch Zufall das war, hatte ich doch noch gedacht, dass wir uns nicht mehr wiedersehen würden. Und nun hatte er sich ausgerechnet bei uns als Konditorei-Fachverkäufer beworben.

»Alles in Ordnung?«, hakte Tante Agnes nach.

»Was? Ja.«

»Deine Wangen sind plötzlich so rot.«

Ich fuhr mir übers Gesicht, merkte erst jetzt, dass sie kribbelten.

»Es ist nur … das ist der Kühlmittel-Mann«, erklärte ich immer noch perplex und konnte den Blick nicht von seinem Foto lassen.

»Der, der dir bei der Panne geholfen hat?«

Ich nickte, sah mir nun neugierig seinen Lebenslauf an.

Jonathan Patlitz, geboren 1987, ich lag also nicht verkehrt, dass er um die dreißig war. Allerdings war Nathan wohl nur sein Spitzname.

Die erforderliche Ausbildung zum Konditoreifachverkäufer hatte er absolviert und mit Bestnoten bestanden, begonnen hatte er sie rund um die Zeit, als wir uns zum ersten Mal begegnet waren. Das gab seiner Bewertung meiner Torte damals auf Leos Party sogar ein gewisses Gewicht. Schließlich hatte er gewusst, wovon er sprach.

Bis vor kurzem hatte er in einer kleinen Konditorei in St. Gertrud, einem Stadtteil Lübecks, gearbeitet, die dann aber geschlossen werden musste, weswegen er nun auf Jobsuche war.

Irgendwie hatte ich ja gedacht, dass er Automechaniker war, weil er mir so kompetent aus der Klemme geholfen hatte. Aber nur weil jemand einen Marderschaden provisorisch flicken konnte, machte das noch keinen Mechaniker aus ihm. Nein, wir waren beide im Konditoreibereich tätig. Wenn das nicht erneut ein sehr seltsamer Zufall war! Schon etwas komisch, aber zugleich war er auch genau die Art von Bewerber, die wir suchten.

»Er hat gute Zeugnisse«, stellte ich fest.

Agnes lächelte. »Ich überlasse die Entscheidung ganz dir, ob du ihn zum Vorstellungsgespräch einlädst oder nicht.«

Eigentlich gab es da doch nichts zu überlegen. Er war ein Top-Bewerber, obendrein hatten wir uns gut verstanden. Ich mochte ihn sehr gerne und freute mich, ihn wiedersehen zu können.

Natürlich musste ich prüfen, ob wir auch beruflich miteinander funktionieren würden, aber genau dazu war ja ein Job-Interview da.

Ich rückte entschlossen die Tastatur zurecht und klickte in der E-Mail auf »Antworten«.

Sehr geehrter Herr Patlitz,
vielen Dank für Ihre aussagekräftige Bewerbung.
Gerne würden wir Sie näher kennenlernen …

In dieser Woche hatten wir noch viel Organisatorisches vor uns. Es machte also Sinn, Nathan erst nach Agnes' Abreise einzuladen. Ich fragte sie, ob ihr das recht wäre, worauf sie nickte. Drauf gab ich das entsprechende Datum ein und nickte zufrieden, schickte die E-Mail dann ab.

Mein erstes Vorstellungsgespräch, in dem ich nicht die Bewerberin sein würde, sondern die Chefin. Das war eine Vorstellung, an die ich mich erst noch gewöhnen musste.

Abends schlich ich mich aus dem Haus rüber zur Pension Zum Löwen, wo unser konspiratives Treffen zur Planung von Agnes' Abschiedsfeier stattfinden sollte. In der Hand hatte ich eine Box mit den Ostseeträumen, bei deren Herstellung ich geholfen hatte. Ich wollte herausfinden, wie es den anderen schmeckte. Ob sie einen Unterschied zu sonst bemerkten.

Stella, Em, Mandy sowie Gundi und ihr Mann Bernd hatten sich bereits in der angeschlossenen Gaststätte eingefunden. Sie hatten sich an einen der hinteren Tische zurückgezogen und gingen gerade erste Ideen durch.

»Da bist du ja, Nova!«, wurde ich von Gundi begrüßt und an ihre Brust gedrückt.

»Wir haben eben erst angefangen«, fügte Bernd hinzu.

Auch meine Freundinnen umarmten mich herzlich. Man reichte mir ein Diesel, und ich leerte den Inhalt meines Tütchens in eine kleine Schale, die Gundi mir gab. Alle griffen beherzt zu. Ich konnte sehen, wie ihnen die Kuchen-Pralinen auf der Zunge zergingen.

»Die hab ich mit Agnes zusammen gemacht«, erklärte ich stolz.

»Köstlich!«, freuten sich Stella und Em.

»Das sind wirklich DIE Ostseeträume«, meinte Gundi. »So haben sie immer schon geschmeckt.«

Das hörte ich gerne. Denn so sollte es ja auch sein.

»Agnes weiß nicht, dass wir alle hier sind?«, versicherte sich Gundi und griff sich noch ein Gebäckstück.

Ich schüttelte den Kopf.

»Gut«, sagte Gundi verschwörerisch.

»Wo ist denn Sam?«, wunderte ich mich.

»Der hält heute Abend wieder einen Vortrag. Die Bewegung der Sterne«, erklärte Stella. Klang spannend, wenn man sich für Astronomie begeisterte.

Gundi ging direkt zum Thema über: »Ich stelle mir das so vor: Wir feiern hier im Gastraum, die Tische kommen an die Seite. Über das Fenster hängen wir ein Banner mit der Aufschrift *Goodbye Agnes!* oder etwas in der Art. Außerdem hängen ringsherum Luftschlangen und Ballons. Den Buffettisch stellen wir direkt davor, sodass sich jeder bedienen kann. Ich werde uns was ganz Feines kredenzen. Und natürlich viel Fingerfood.«

»Fingerfood ist immer gut«, stimmte Bernd zu und rieb sich den Bauch. »Aber eigentlich mag ich alles, was du kochst.«

Gundi lächelte ihn zärtlich an. »Du alter Charmeur.«

»Ist nur die Wahrheit.«

Für einen kurzen Moment schienen ihre Blicke miteinander zu verschmelzen, bis Gundi merkte, dass alle darauf warteten, dass sie fortfuhr. Was sie auch sogleich mit einem verlegenen Lächeln tat: »An den Seiten stellen wir Tische und Stühle auf, damit sich die Leute setzen können, wenn sie möchten. Die Tür zum Garten bleibt frei, sodass wir auch raus und die Sonne genießen können. Der Wetterbericht sagt, es gibt gutes Wetter.« Gundi war in ihrem Element. Es klang toll, was sie vorschlug, ich konnte mir alles bildlich vorstellen und sah den anderen an, es ging ihnen genauso.

»Das Abschiedsgeschenk können wir stiften«, waren sich Em und Stella einig. »In unserem Lädchen gibt es einfach alles, da finden wir das Richtige für Agnes.«

»Das ist eine schöne Idee«, lobte Gundi. Dann sah sie mich bedeutsam an. »Dir fällt die wichtigste Aufgabe zu, Nova, du musst Agnes ablenken an dem Tag. Sie soll nicht mitbekommen, was hier los ist. Und abends führst du sie aus, sagst ihr vielleicht, dass du sie noch auf einen Abschiedsdrink einladen willst oder etwas in der Art. Dann bringst du sie her, und es wird gefeiert.« Gundi schnipste mit den Fingern.

Ich nickte. Das sollte ich wohl hinbekommen … vorausgesetzt, dass Agnes keine Lunte roch. Denn meine Tante war zwar ruhig, aber ziemlich auf Zack.

10. Kapitel

Eine Woche später hakte ich Tante Agnes bei mir unter und führte sie aus dem Haus, unter dem Vorwand, einen Abschiedsdrink mit ihr nehmen zu wollen, wie Gundi es vorgeschlagen hatte. Lotta hatte ich schon ins Zum Löwen vorausgeschickt, denn natürlich hatte ich die Gute längst eingeweiht. Ich hatte auch Fabiana eingeladen, die aber darauf verwiesen hatte, dass sie jetzt Feierabend habe und außerdem ihre Sommerferien beginnen würden. Ich würde sie erst in zwei Wochen wiedersehen.

Im Laufe der vergangenen Woche hatten wir alles geregelt, das Geschäft war auf mich überschrieben worden, was sich immer noch unglaublich anfühlte. Ganz offiziell gehörte das Bei Agnes nun mir, somit war ich Geschäftsinhaberin. Lotta und Agnes hatten mich weiter in die Arbeitsabläufe eingeführt, die ich von früher noch kannte, und ich hatte wieder gebacken, was mir eine Freude gewesen war. Ich hatte große Pläne, wollte viele neue Rezepte ausprobieren und eigene Kreationen schaffen, wie meine Oma es damals getan hatte. Außerdem hatte ich noch das Vorstellungsgespräch mit Nathan vor mir. Dachte ich daran, wurde ich ziemlich aufgeregt. Aber das war nur eines von vielen Dingen, es stand noch mehr an.

In zwei Tagen wollte Agnes aufbrechen, was mir immer noch unwirklich vorkam. Und so fühlte ich neben der Vorfreude auf das Fest auch ein bisschen Wehmut.

»Was hast du denn nur mit mir vor?«, fragte Agnes etwas atemlos.

Ich drosselte meine Geschwindigkeit.

»Na ich sagte doch, ich will dich auf einen Drink einladen. In der Gaststätte Zum Löwen.«

Als wir zum Gasthaus gelangten, drückte ich die Tür mit einer Hand auf, und schon kam uns der typisch rustikale Geruch des Hauses entgegen. Eine Note aus alter, aber wohlduftender Kiefer. Entsprechend sah es auch im Eingangsbereich aus. Alles, was man hier vorfand, war aus altem Holz. Ein leises Schnurren drang aus dem Pappkarton auf der Theke, in dem die Katze des Hauses lag. Müde streckte sich Dotti, schaute uns schlaftrunken an. Die Mieze gehörte hier zum Inventar. Und vielleicht erinnerte sie sich sogar, dass wir sie neulich aus unserem Lager gerettet hatten. Ihr Ohr zuckte, als Musik aus dem Gastraum drang.

Agnes spitzte ebenso die Ohren. »Wird hier was gefeiert?«

Ja, dein Abschied, wollte ich schon fast offenbaren. Aber ich hielt mich zurück. Spürte einen kleinen Kloß im Hals, weil allmählich zu mir durchsickerte, dass es wohl unsere letzte gemeinsame Feier mit unseren Nachbarinnen und Nachbarn aus dem Löwensteg sein würde.

»Das wird jetzt aber keine Überraschungsfeier für mich«, sagte sie plötzlich und sah mich ein bisschen panisch an.

Ich wusste, sie stand nicht gern im Mittelpunkt. Es war ihr ein Gräuel, was ich gut verstehen konnte, ging es mir doch kaum anders. Wenn alle einen ansahen, stellten sich mir die Nackenhaare auf, obwohl ich wusste, dass es lieb gemeint war. Aber ein aufgeregtes Herz kümmerten solche Feinheiten selten.

»Nova, ich mag doch so etwas nicht.« Agnes klang ziemlich unglücklich. Sie erstarrte.

»Es haben sich alle so viel Mühe gegeben«, flüsterte ich ihr zu, in der Hoffnung, dass sie keinen Rückzieher machte, wenn sie das hörte. Meine Tante war manchmal ein eigensinniger Mensch.

Agnes lachte jedoch leise. »Ich habe es geahnt. Die ganze

Woche warst du schon so komisch.« Sie straffte die Schultern. »Na schön, ich will ja niemanden enttäuschen«, entschied sie und ging entschlossen weiter, drückte die Tür zum Gastraum auf, und als wir eintraten, jubelten alle Anwesenden wie auf Befehl, es wurde getrötet und Luftschlangen durch die Luft geblasen. Ich lachte und sah Agnes an, es gefiel ihr nun doch. Tränen standen ihr in den Augen. Aber nicht nur ihr. Denn mein Blick glitt zu dem Banner, auf dem wie geplant *Goodbye Agnes* stand. Und darunter: *Welcome Nova.*

Die hatten doch allen Ernstes auch meine Willkommensfeier heimlich mitgeplant, ohne, dass ich es auch nur im Entferntesten geahnt hätte. Nun stand ich plötzlich selbst im Mittelpunkt.

Von allen Seiten wurden wir geherzt und gedrückt. Es war wie ein großes Familientreffen. Lotta kam aus der Menge, lachte und umarmte Agnes. »Damit hast du nicht gerechnet, oder?«

»Nicht wirklich«, gab Agnes zu.

»Das ist für dich«, erklärte Em und reichte Agnes ein Album. »Ist von uns vieren.« Sie deutete hinter sich, wo Stella und Mandy standen. Dann kam noch Sam hinzu, der den Arm um Stella legte und ihr einen Kuss auf die Schläfe hauchte.

»Oh, wie lieb von euch.« Agnes schlug das Buch auf und blätterte darin.

Es war anders als das alte Album meiner Familie, moderner, die Bilder stammten aus der letzten Zeit. Es gab Fotos von Geburtstagsfeiern, als wir vier noch kleine Steppkes gewesen waren und viel Kuchen in der Konditorei gegessen hatten. Auch Bilder von Grillabenden oder Einschulungen fanden sich darin. All die schönen Dinge, die wir zusammen mit Agnes erlebt hatten. Agnes strich gerührt über die Seiten, ich konnte sehen, wie ihre Hände ein wenig zitterten.

»Ihr Lieben … das ist wunderschön … ich weiß gar nicht,

was ich sagen soll. Und schaut mal hier, das war doch der Tag, an dem das Weihnachts-Straßenfest zum ersten Mal im Löwensteg stattfand … ach ich seh das alles noch vor mir. Es hatte sogar ein bisschen geschneit.«

Wieder wurde sie umarmt.

»Das ist noch nicht alles«, sagte Mandy und reichte Agnes ein kleines Kästchen. Als sie dieses öffnete, fand sich darin ein Anhänger in Kugelform. Er wirkte alt. Erst auf den zweiten Blick erkannte man, dass es sich um einen winzigen Globus handelte.

»Wie du sehen kannst, ist Dänemark auf dem kleinen Globus nicht mal einen Millimeter entfernt«, erklärte Mandy das besondere Geschenk, das, wie es aussah, aus dem Trödelladen stammte. »Wir sind also quasi immer noch Nachbarinnen.«

»Oh, ist der schön. Und du hast recht, Nachbarinnen sind wir und bleiben wir.« Sie drückte Mandys Schulter. »Legst du ihn mir gleich um?«, bat mich Agnes, und ich nahm ihr die Kette ab, um sie ihr umzulegen.

»Sieht toll aus!«, meinte Stella.

»Ich danke euch sehr.«

Auch Mama und Papa waren gekommen und reichten Agnes ein paar Blumen.

»Wir werden dich sehr vermissen und stehen immer hinter dir«, sagte Mama mit heiserer Stimme.

Agnes lächelte gerührt, drückte Mama an sich. »Das weiß ich.«

»Aber die Feiertage verbringen wir doch noch zusammen, oder?«, hoffte meine Mutter. »Wenn du mir das versagst, bin ich für immer beleidigt«, fügte sie mit tränenerstickter Stimme hinzu.

Agnes lachte. »Natürlich, ich kann doch meine kleine Schwester nicht im Stich lassen.«

Und dann tauchte auch noch unsere gute Leo wie aus dem Nichts auf. Ich hatte nicht damit gerechnet, dass sie extra aus

Hamburg kommen würde. Aber plötzlich stand sie vor uns, mit ihrem Pixie Cut und dem frechen Lächeln, und ich freute mich umso mehr.

»Ich werde dich auch sehr vermissen, Aggi«, sagte Leo und schlang die Arme um die zierliche Gestalt meiner Tante. Eine richtige Umarmung bekamen die beiden jedoch kaum hin, denn Leos Bauch war schon ziemlich groß geworden.

»Du hier … das ist ja allerliebst. Aber das wäre doch nicht nötig gewesen, Leonie, so eine beschwerliche Reise«, sagte Agnes.

»Na ja, mit dem Auto ist es ja kaum mehr als eine Stunde. Außerdem wollte ich ohnehin Mama besuchen«, erklärte Leo, dann trat sie auf mich zu, um mich auch zu umarmen.

»Ich beneide dich ein wenig, Novchen, dass du jetzt auch wieder hier bist, genauso wie Stella. Da will ich am liebsten auch prompt in den Löwensteg ziehen.«

Das würde mir sehr gefallen. Leo gehörte zu uns!

»Mach das«, bestärkte ich sie, aber sie lachte nur.

Ihr Leben fand in Hamburg statt, wo sie ihren Freund Riccardo und ihren Job hatte, zudem erwarteten sie ihr erstes Kind, da war an einen Umzug wohl kaum zu denken. Aber wie sie ja schon gesagt hatte, wohnte sie quasi um die Ecke. Wir würden uns an unseren Schwur halten und uns wenigstens einmal im Jahr sehen.

»Nachher? Auf der Loggia?«, flüsterte sie mir zu.

Die Dachloggia vom Trödelladen war seit jeher der Treffpunkt von uns Freundinnen. Dass sie uns dort sehen wollte, bedeutete, Leo hatte etwas Wichtiges zu besprechen. Ich nickte.

Plötzlich wurde die Musik leiser, dann hörte man, wie Gundi einen kleinen Löffel gegen ihr Glas schlug, sodass ein kristallenes Klingen ertönte. Abrupt wurde es still um uns. Alle Aufmerksamkeit richtete sich nach vorne, wo Gundi stand und sich räusperte.

»Wie schön, dass ihr alle gekommen seid. Vielen Dank dafür. Agnes, du weißt, wie lieb ich dich habe«, sagte sie, und ihre Augen glänzten sanft. »Ich will ehrlich sein, ich will dich nicht gehen lassen. Niemand von uns möchte das. Aber wir stehen hinter dir und deiner Entscheidung, wir wünschen dir alles Gute im fernen Dänemark.« Gundi zwang sich zu einem Lächeln. Es wirkte glücklich und traurig zugleich. So fühlte ich mich auch. Und ich war sicher, vielen Anwesenden erging es ähnlich. Agnes war ein besonderer Mensch, immer höflich, immer hilfsbereit.

»Wir wollen dir nur sagen, dass du immer bei uns willkommen sein wirst. Du kannst uns jederzeit besuchen und in den Löwensteg zurückkehren. Hier wird man dich mit offenen Armen empfangen.«

Agnes trat nach vorne, bis sie Gundi mit geröteten Augen gegenüberstand. Die beiden Frauen verband seit Jahrzehnten eine tiefe Freundschaft.

»Das wollte … ich nur gesagt haben«, schloss Gundi, und Applaus sowie zustimmende Rufe erklangen.

Dann gingen die beiden Freundinnen mit ausgebreiteten Armen aufeinander zu, drückten sich innig, und es schien, als wollten sie sich gar nicht mehr voneinander lösen. Mir rutschte das Herz in die Hose, weil es mich so sehr berührte.

»Eines … muss ich natürlich noch sagen«, erklärte Gundi, ohne Agnes loszulassen. »Dies ist ja nicht nur ein Abschied von einer guten Freundin, sondern auch ein Neuanfang für eine andere, ebenso gute Freundin. Willkommen zurück im Löwensteg, Nova! Und viel Glück mit der Konditorei! Wir glauben alle an dich und deine Backkunst.«

Erneut erklang von überall her Applaus, der mir die Röte ins Gesicht trieb. Alle Gäste nickten mir wohlwollend zu.

»Ich … oh … vielen Dank«, brachte ich hervor, denn ich wusste nicht, was ich sagen sollte, und war froh, als gleich darauf das Buffet eröffnet wurde. Rasch bildete sich eine

Schlange. Ich erkannte viele der Ladenbesitzer wieder, die mit ihren Geschäften unsere Straße säumten. Es war schön, wie viele von ihnen heute gekommen waren. Ich entdeckte Lotta in der Reihe, winkte ihr zu, und als sie mich bemerkte, kam sie zu mir herüber. »So eine schöne Abschiedsparty, da habt ihr euch selbst übertroffen.«

Gundi hielt uns ein Tablett mit Sektgläsern hin. »Greift zu, ihr Lieben, wir wollen doch noch anstoßen. Komm auch her, Leo, für dich habe ich Orangensaft.«

Im Nu waren wir wieder von unseren besten Freundinnen und Freunden umringt. Die Gläser klirrten aneinander.

»Auf Agnes und ihr neues Leben!«

Agnes legte den Arm um Lotta, drückte sie an ihre Seite.

»Und auf Nova, die uns von jetzt an mit ihren Kuchen beglücken wird!«, rief Gundi.

Erneut klirrten die Gläser, dann tranken wir Sekt, feierten noch bis um zehn Uhr, und irgendwann wurde es leerer im Saal. Die meisten waren gegangen, aber die, die noch geblieben waren, teilten ihre Geschichten mit uns, in denen die Konditorei und Agnes eine Rolle spielten.

Ob Geburtstagskuchen oder Hochzeitstorte, die Konditorei des Vertrauens hatte eine große Rolle im Leben der Menschen gespielt. Als Konditorin bekam ich es oft gar nicht mit oder dachte nicht weiter drüber nach, bis ich eben die Geschichten hörte, wie sich die Beschenkten über die süße Wonne gefreut hatten. Und dies bestärkte mich darin, dass ich genau den richtigen Job gewählt hatte. Das Leben war oft trist genug, es mit Leckereien und süßen Wonnen zu verschönern, war doch das Schönste überhaupt!

Mir war klar, ich trat in große Fußstapfen, vielleicht würde ich sie nicht ausfüllen. Aber ich würde mein Bestes geben. So viel stand fest.

11. Kapitel

Nachdem wir zusammen im Gastraum des Zum Löwen aufgeräumt hatten und Agnes längst ins Bett gegangen war, fanden wir vier besten Freundinnen uns auf der Dachloggia über dem Trödelladen ein, wo wir früher schon immer beisammen gesessen und uns beraten hatten, wenn etwas Aufregendes passiert war oder eine von uns Trost gebraucht hatte. Es war unser liebster Treffpunkt, er war voller Erinnerungen.

Und da Leo morgen schon wieder nach Hamburg zurückkehren musste, wollten wir die Zeit nutzen. Außerdem hatte sie ja etwas Wichtiges mit uns zu besprechen.

Mandy hatte sich bereits hingelegt, und Sam schaute noch etwas fern, wollte uns aber nicht stören. Es sei unser Abend. Und es war schön, dass wir vier wieder mal unter uns waren. Stella hatte uns Sekt und für Leo Orangensaft bereitgestellt und nun saßen wir also unter dem Sternenhimmel und genossen den Ausblick über den Löwensteg, wie wir es früher schon unzählige Male getan hatten. Man konnte an diesem Abend sogar die Seeluft riechen, weil der Wind günstig stand.

»Jetzt erzählt doch mal, ihr Süßen, wie geht es euch denn?«, wollte Leo wissen und schien vergessen zu haben, dass sie eigentlich uns etwas hatte erzählen wollen. Gedankenversunken strich sie über ihren sichtbaren Bauch und schaute uns dann neugierig an. »Die Party war toll. Aber wir hatten ja kaum Gelegenheit, über uns zu reden.«

»Jetzt spann uns doch nicht auf die Folter, Leo. Du bist diejenige mit den großen Neuigkeiten«, meinte Stella.

Leo grinste plötzlich. »Na gut. Ich zögere es mal nicht noch länger hinaus, ich wollte euch fragen, ob ihr drei vielleicht … Patentanten werden möchtet.« Sanft strich sie erneut über ihren Bauch.

Ich war genauso überrascht und doch erfreut wie Em und Stella.

»Wir drei?«, hakte Stella nach.

»Nein, Lotta, Agnes und Gideon vom Dreizack. Natürlich ihr drei.« Leo zwinkerte. »Vorausgesetzt ihr wollt.«

»Ja!«, sagte ich, da musste ich nicht lange überlegen.

»Das wäre uns eine Ehre«, meinte Stella, und Em nickte ebenso.

Leo strahlte nun, hob ihr Glas mit Orangensaft. Wir stießen an, überwältigt von Leos Idee.

»Ihr seid die Besten, aber das wisst ihr ja längst. Danke, auch im Namen der … Kleinen.«

»Es ist also eine sie?«, fragte Em aufgeregt.

»Das sagt zumindest meine Ärztin. Ich habe es selbst erst vor ein paar Tagen erfahren, weil es vorher im Ultraschall nicht richtig zu erkennen war. Sie hat sich immer weggedreht, sodass man nichts sehen konnte. Bis auf letztens. Euch wollte ich es dann persönlich sagen, weil ich ja wusste, dass wir uns heute wiedersehen. Riccardo ist ganz verliebt in sie. Er schaut sich das Ultraschallbild immer wieder an und legt dauernd seine Hand auf meinen Bauch, weil er hofft, dass sie sich bewegt und er es spüren kann. Außerdem hat er schon ihr Zimmer komplett eingerichtet. Er kennt kein anderes Thema mehr und wartet auf jeden Termin vom Geburtsvorbereitungskurs. Er kann die Atemübungen sogar schon besser als ich.«

»Ach, werdende Papas sind süß. Habt ihr schon einen Namen?«, hakte Stella nach.

Leo wiegte den Kopf hin und her. »Wir können uns partout nicht einigen. Fest steht nur, dass ihr zweiter Vorname Maria und ihr dritter Gundula sein wird, nach unseren Mamas.«

»Ihr habt ja noch ein bisschen Zeit«, sagte Em.

Leo wandte sich mir zu. »Apropos Zeit. Wie geht's dir denn inzwischen?«, fragte sie, und ich wusste, sie spielte auf meine Trennung von Lucas an. Als meine Freundinnen hatten sie es natürlich mitbekommen, wie es mir danach gegangen war. Aber inzwischen war ich drüber hinweg.

»Mir geht es gut. Ich freue mich darauf, die Konditorei zu übernehmen. Auch wenn ich in große Fußstapfen trete und hoffe, diese irgendwie auszufüllen.«

»Das wirst du bestimmt. Du wirst die ganze Straße mit deinen Kuchen erfreuen. Nur schade, dass nicht nur Agnes, sondern auch die gute Lotta aufhört, wie ich mitbekommen habe.«

»Da fällt mir ja noch was ein, dass muss ich euch erzählen!«, sagte ich und berichtete von dem unglaublichen Zufall, dass Nathan sich bei mir als Ersatz für Lotta beworben hatte.

Die Augen meiner Freundinnen weiteten sich bei der verrückten Geschichte.

»Und es ist wirklich der gleiche Typ, der dir damals auf meiner Geburtstagsparty und nun mit der Panne geholfen hat, der sich jetzt auch noch bei dir beworben hat?«, fasste Leo ungläubig zusammen.

»Ja, es ist ein riesiger Zufall, oder?«

»Oder das Schicksal will dir vielleicht was sagen«, meinte Leo und nippte an ihrem O-Saft.

»Was sollte es mir denn sagen wollen? Doch nicht etwa, dass die Schicksalsgöttin oder wer auch immer mir Nathan schickt, weil er meine nächste große Liebe ist?« Ich lachte leise. Als würde ich an so etwas glauben. An die Liebe nicht, und an das Schicksal schon drei Mal nicht. Nicht mehr.

Meine drei Freundinnen sahen mich mitfühlend an, als wäre ich eine verbitterte alte Frau, die vom Leben etwas zu oft enttäuscht worden war. Dabei ging es mir gut. Ich wollte nur nicht zu viel in alles hineininterpretieren.

Ich war die Einzige unter uns, die Single war. Deswegen war ich aber noch lange kein Trauerkloß. Ich fühlte mich wohl. Meine bisherigen Beziehungen waren immer einseitig gewesen. Ich hatte geliebt und alles gegeben, zurückbekommen hatte ich nicht viel. Vielleicht hatte das an mir gelegen. Vielleicht hatte ich mich ausnutzen lassen. Doch wie es nun war, war es okay.

»Süße, das ist ganz allein deine Entscheidung. Dass du dich nach allem, was war, schwer öffnen kannst, verstehe ich. Nur lass dein Herz nicht versteinern und gib dem Schicksal eine Chance, wenn es an die Tür klopft. Versuche es zumindest«, sagte Leo.

Ich hielt inne. Für einen kurzen Moment sah ich noch mal Lucas im Fitness-Studio vor mir, wie er seine Trainerin geküsst hatte. Die Erinnerung hatte mir sonst die Brust zusammengezogen. Aber jetzt regte sich nichts in mir. Entweder war ich also wirklich versteinert, oder ich hatte die Sache abgeschlossen. Ich entschied mich für Letzteres.

»Ach, Leo. Mir geht's gut«, versicherte ich, und dann wurde das Thema zum Glück wieder gewechselt und wir sprachen über Stellas und Sams Urlaubspläne für den Spätsommer.

12. Kapitel

»Das war die letzte Kiste«, sagte ich und wischte mir mit dem Handrücken über die Stirn. Heute war Schließtag in der Konditorei gewesen, aber das hatte nicht geheißen, dass wir untätig gewesen waren.

Erst hatten wir Leo verabschiedet und dann den ganzen Tag Agnes' Kisten in dem gemieteten Transporter verstaut. Dabei hatte ich gedacht, dass sie das meiste bereits auf den Weg nach Dänemark gegeben hätte. Doch es hatte sich gezeigt, dass noch recht viel übrig geblieben war, was nach Sonderburg mitkommen sollte. Zwischendrin war Lotta vorbeigekommen, um uns zu helfen, und auch, um sich von Agnes noch mal persönlich zu verabschieden.

»All die Jahre … sie sind vergangen wie im Flug«, meinte Lotta nachdenklich, als wir zu dritt an einem der Tische im Laden saßen und uns einen Kaffee genehmigten.

»Da sagst du was. Aber noch ist es für uns nicht vorbei, Lotta. Wir können noch viel erleben«, entgegnete Agnes positiv und zauberte hinter ihrem Rücken einen kleinen Keramiktopf mit Blümchen darin hervor. Auf dem Topf stand: *Für die beste Mitarbeiterin.*

»Für mich?«, wunderte sich Lotta.

Agnes nickte und lächelte. In ihrer leisen Stimme erklärte sie: »Es ist ja nicht nur mein Abschied von hier, sondern auch dein Abschied von der Konditorei.«

Lotta schluckte ergriffen und nahm den Topf an. »Die sind wunderschön.«

»Ich weiß doch, dass du einen grünen Daumen hast.«

»Oh ja.« Sie roch an den Blüten.

Ich brauchte auch noch ein schönes Geschenk für Lotta, ging es mir durch den Kopf, während sie vorsichtig den Topf abstellte. Sie erhob sich, lief um den Tisch herum und drückte Agnes.

»Es war die beste Zeit hier … ehrlich, Agnes.« Dann setzte sie sich wieder hin, wischte sich über die Augen. »Und sie ist noch nicht vorbei«, fuhr sie fort, sah dann mich an. »Ich hab es dir ja schon gesagt, Nova, aber ich betone es noch mal: Du kannst mich immer fragen, wenn was ist. Werde ich hier gebraucht, komme ich sofort. Du musst nur einen Ton von dir geben.«

Ich lächelte. »Danke, Lotta. Das weiß ich zu schätzen.«

Ein paar Tage war sie ja noch da, bis eben ein Ersatz übernehmen konnte.

Wir tranken unseren Kaffee aus.

»Wann willst du denn morgen losfahren?«

»Um fünf.«

Also pünktlich, wenn die Backstube öffnete. Aber morgen würde das ein bisschen anders sein, ich würde erst mit der Arbeit anfangen, nachdem ich Agnes verabschiedet hatte.

Nachdem Lotta gegangen war und Agnes und ich beim Abendbrot zusammensaßen, fiel mir wieder ein, dass ich für unsere beste Mitarbeiterin noch ein Abschiedsgeschenk brauchte.

»Hast du eine Idee?«, fragte ich Agnes.

»Backe ihr doch einen schönen Kuchen. Lotta liebt Bienenstich.«

Das war ein guter Vorschlag …

Am nächsten Morgen war meine Tante so frisch, als wäre sie eben erst aus dem Winterschlaf erwacht. Ich beneidete sie um ihre Energie.

Wir packten gemeinsam ihren Proviantbeutel, ich steckte

ihr noch zwei Flaschen Mineralwasser aus dem Kühlschrank hinzu. »Die Fahrt dauert doch nicht lange«, sagte sie.

»Aber trinken ist wichtig«, erklärte ich.

Dann gingen wir runter und verließen das Haus. Es war ein merkwürdiges Gefühl, für Agnes aber musste es noch viel merkwürdiger sein.

Ich schaute den Löwensteg hinunter. Obwohl die Sommersonne längst schien, schlief unsere Straße noch. Es war mucksmäuschenstill. Agnes tätschelte meine Hand, sah mich aufmunternd an. »Es wird alles gut werden«, versprach sie mir in ihrer sanften Stimme. Ihre Überzeugungskraft ging auf mich über. Ich hatte alles, was ich brauchte für einen guten Start in die Selbständigkeit. Meine Tante würde auch starten, in ein neues Leben. Sie würde mir dennoch fehlen.

Plötzlich ging eine Tür auf. Das konnte man aufgrund der Stille tatsächlich hören. Wir entdeckten Gundi und Bernd vor ihrem Haus, gleich darauf knarrte eine weitere Tür, und Em, Stella, Sam und Mandy traten vor den Trödelladen.

Es war um uns herum so leise, dass ich sogar hören konnte, wie Mandy zu Em sagte: »Sieh mal, sie sind schon draußen.« Dann deutete sie zu uns.

»Oh du liebe Güte!«, raunte Agnes ergriffen. »Die sind doch nicht alle so früh aufgestanden, um mich zu verabschieden, oder?«

Genau danach sah es aus.

Schnell waren wir umringt von der liebenswertesten Nachbarschaft, die man sich nur vorstellen konnte. Sie sahen alle hundemüde aus, mit dunklen Ringen unter den Augen, zerrupften Haaren oder geröteten Wangen, waren sie es doch im Gegensatz zu Agnes und mir nicht gewöhnt, so früh aus den Federn zu müssen.

»Gute Fahrt, Agnes. Hier eine Proviantbox!«, sagte Gundi und umarmte ihre alte Freundin zärtlich.

Agnes lachte, steckte die Box in ihren Beutel. »Ich bin gut versorgt«, meinte sie amüsiert.

»Komm uns heil an und melde dich bitte immer wieder«, sagte Stella.

»Ihr macht mir ja Spaß, jetzt bekomme ich also noch mal einen Abschied. Wisst ihr denn nicht, wie das aufs Herz drückt?« Agnes brauchte ein Taschentuch, welches Bernd ihr reichte. Auch ich kämpfte mit den Tränen.

Und dann überkam es uns alle. Wir umringten Agnes, umarmten sie und wollten einander nicht mehr loslassen. Aber jeder von uns wusste, dass wir Tante Agnes ziehen lassen mussten. Für sie begann ein neuer Lebensabschnitt. Und ich wünschte mir nichts mehr, als dass sie in Dänemark mit Jerrik glücklich wurde. Dass sie noch viele gemeinsame Jahre haben mochten. Nur widerwillig lösten wir unsere Umarmung.

Agnes wischte sich die Tränen aus den Augen, lächelte dankbar und lief zu ihrem Wagen. Wir folgten ihr und warteten, bis sie eingestiegen war.

Es kam mir so unwirklich vor. Mir dämmerte, dass von jetzt an alles anders werden würde.

»Macht's gut, meine Lieben«, sagte Agnes. Als sie mich nochmals an sich drückte, raunte sie mir noch ins Ohr: »Du kannst dich immer an mich wenden, wenn was ist. Ob einfach so oder wegen des Ladens. Ich bin ja nicht aus der Welt.«

Ich strich ihr über den Rücken und nickte. Nein, sie war ganz in der Nähe, auf der anderen Seite der Ostsee.

Dann stieg sie ein und startete den Motor des Transporters. Alle traten ein paar Schritte zurück, winkten, und Agnes winkte ebenso, dann fuhr sie los, den Löwensteg runter, und wir sahen ihr nach, bis der Wagen am Horizont nicht mehr zu sehen war.

Ich merkte erst jetzt, wie kühl es eigentlich war. Rasch verschränkte ich die Arme vor der Brust, versuchte ein Zittern zu unterdrücken. Abschiede waren mir noch nie leichtgefallen.

Aber meine Freundinnen und Freunde scharten sich um mich, als wollten sie mir beistehen, mir ohne Worte zu verstehen geben, dass sie alle für mich da sein würden, wenn ich in mein Abenteuer startete. Mein eigenes Geschäft …

13. Kapitel

Heute würde ich das Bei Agnes zum ersten Mal allein führen, ging es mir durch den Kopf, als ich in das Haus zurückkehrte. Ich ging direkt in die Tortenwerkstatt, die sich hinter dem Laden-Café befand, und zog mich um, bereitete alles vor und gab die richtige Mischung für den Teig in die erste Rührmaschine, um mit dem Tagewerk zu beginnen. Für jeden Tag gab es ein anderes Thema, heute waren Obsttorten angesagt. Aus dem Lager holte ich die frischen und gekühlten Früchte sowie Gelee, rollte anschließend den Teig aus, belegte ihn und schob die Kuchen in den Ofen.

Es würde eine ziemlich anstrengende Zeit werden, denn unsere Auszubildende Fabiana war diese Woche und die nächste Woche im Urlaub, da Sommerferien waren und Agnes ihr den Urlaub bereits vor Monaten genehmigt hatte. Aus dem Grund hatte ich rechtzeitig eine Halbtagsaushilfe bei der Agentur angefordert, die auch früh aufschlug, um mir zu helfen. Gegen halb acht traf zudem Lotta ein, die den Laden vorbereitete. Die ersten Kuchen kamen in die Auslage.

Und schließlich öffneten wir um acht die Pforten.

Ein paar Leute nahmen an den Tischen draußen und drinnen Platz, Lotta servierte ihnen Kaffee, nahm Bestellungen entgegen, und die Aushilfe und ich pendelten uns bis zum Vormittag gut ein. Nebenher bereitete ich noch ein paar belegte Baguettes zu, die man zum Mitnehmen kaufen konnte.

Es folgten kleine Törtchen, dann machten die Aushilfe und ich noch eine Geburtstagstorte, die jemand bestellt hatte, fertig. Das lief alles recht gut, nach vier Stunden verabschiedete sich meine fleißige Helferin, und ich war guter Dinge, bis Lotta besorgt in die Backstube kam.

»Die Leute sind unzufrieden«, verkündete sie, und diese Worte ließen mein Herz sofort innehalten. Denn das war etwas, was man als frischgebackene Konditorei-Besitzerin nicht gern hörte. Schon gar nicht am ersten Tag.

Ich wischte mir rasch die Hände an meiner Schürze ab. »Was ist denn los?«

»Sie sagen, der Innenhof sehe furchtbar aus. Ich hab das gleich überprüft. Schau selbst!«

Ich machte ein paar Schritte zur Seite und schaute aus dem hinteren Fenster der Backstube, um einen Blick auf den Hof zu erhaschen. Mir stockte der Atem, als ich die Müllhalde vor dem Fenster sah.

Das alte Mertens-Haus wurde komplett entrümpelt. Ein riesiger Laster parkte in der Einfahrt, und ein paar Männer schleppten alles aus dem Haus, was nicht niet- und nagelfest war. Das meiste davon landete im Innenhof, um es dort offensichtlich zwischenzulagern, ehe man es abtransportieren wollte. Ich entdeckte eine alte Couch mit Flicken, einen Ohrensessel, ein Regal, im Grunde die ganze Einrichtung der Gutmeyers, die bis vor Kurzem noch dort gewohnt hatten.

»Das geht doch so nicht!«, schimpfte Lotta. »Die vertreiben uns die Kundschaft!« Sie hatte völlig recht.

»Ich hab die Leute beruhigen können, sie haben sich dann nach vorne gesetzt«, fuhr sie fort, und ich war froh, dass ich sie hatte. Allerdings war sie ja nicht mehr lange hier …

Und der neue Segelbedarfsladen wollte wohl möglichst schnell eröffnen.

Noch dazu sorgte die Geräuschkulisse dafür, uns die Gäste aus dem kleinen Garten im Innenhof zu vertreiben. Ganz zu schweigen von dem Anblick, das war wirklich keine schöne Atmosphäre.

»Ich geh da jetzt rüber«, sagte ich zu Lotta.

»Aber was willst du denn machen?«, hakte sie besorgt nach.

»Erst mal mit ihnen reden.«

Ich band die Schürze ab, ging raus und lief quer über den Hof. Schnell merkte ich, dass der Kram sich gefährlich der Grenze zu unserem Grundstück näherte. Entschlossen schnappte ich mir einen der Arbeiter, nahm ihn zur Seite. »Es wäre sehr nett, wenn Sie die Möbel woanders lagern könnten. Unsere Gäste …«, ich deutete zu unserem Teil des Innenhofs, »fühlen sich davon gestört, es ist kein besonders schöner Anblick.«

Der Mann linste zu den leeren Tischen. »Tut mir leid, da können wir nichts machen. Gibt hier ja kaum Platz. Wir haben den Auftrag, alles Inventar zu entsorgen. Das macht nun mal Lärm, und irgendwo muss es ja auch hin.«

Ich seufzte. Der Mann klang nicht sehr kooperativ.

»Ist Herr Antonius da?«, hakte ich nach und linste an dem Hünen vorbei zu dem Haus, weil ich hoffte, den Rotschopf irgendwo zu entdecken.

»Wer?«

»Ihr Auftraggeber«, meinte ich leicht genervt.

»Der ist nicht da.« Mehr konnte er wohl nicht dazu sagen. Ich musste also mit dem Mann vor mir verhandeln.

»Es wäre ja schon viel geholfen, wenn es sich nicht so stapeln würde.«

»Der Laster ist schon voll, ein Kollege fährt ihn gleich weg und lädt die Fracht auf dem Werkstoffhof und der Müllhalde ab. Danach wird der Rest hier entfernt.«

Na ja, immerhin etwas. Insgesamt würde das wohl nur ein paar Tage dauern, das war zu verschmerzen, wenngleich ich auf einen etwas besseren Start für mein Geschäft gehofft hatte.

Frustriert kehrte ich in die Backstube zurück. »Wir machen den Innenhof für ein paar Tage dicht«, erklärte ich Lotta. »Ist zwar schade, aber kann man nichts machen. Sie wollen sich zumindest beeilen.«

Lotta nickte.

Allerdings merkte ich auch Stunden später wenig Verbesserung, was die Geräuschkulisse anging. Ich konnte selbst aus der Backstube hören, wie Dinge im Haus oder auch im Innenhof auseinandermontiert und Bretter achtlos auf den Boden geschmissen wurden, wie sich die Leute lautstark irgendetwas zuriefen, dann wieder etwas zu Boden krachte.

Erst gegen Abend stellten die Männer die Arbeiten ein. Aber ein Großteil der Möbel stand immer noch im Innenhof, von wegen, die wurden gleich weggebracht.

Da betraten plötzlich Mama und Papa das Geschäft. »Mit euch habe ich ja gar nicht gerechnet«, sagte ich und begrüßte sie mit einer herzlichen Umarmung.

»Aber was denkst du denn? Dein erster Tag im eigenen Geschäft! Das lassen wir uns doch nicht entgehen«, verkündete Mama und schaute sich die wenigen verbliebenen Kuchenstücke an, die in der Auslage präsentiert wurden.

»Wollt ihr etwas haben? Geht aufs Haus«, verkündete ich.

»Wir nehmen die beiden Honig-Himbeer-Törtchen. Aber bezahlen wollen wir schon. Wir müssen dich doch unterstützen«, erklärte sie und schaute mich auf eine Weise an, die klar machte, sie duldete keine Widerrede.

»Also schön. Dann sucht euch mal einen Platz.«

Mama und Papa wollten nach draußen in den Hof. »Dort empfehle ich es nicht, der Ausblick auf das alte Mertens-Haus ist im Moment keine Augenweide. Dort wird alles entrümpelt, weil ein Seglergeschäft reinkommt.«

»Na, dann setzen wir uns hier hin«, meinte Papa und schob zwei Stühle unter dem alten Gemälde zurecht, das den Löwensteg im letzten Jahrhundert zeigte. Ich meinte sogar, dass es bereits im Fräulein Zucker gehangen hatte. Geschwind servierte ich ihnen den Kuchen und auch etwas Kaffee.

»Schau mal, das habe ich gefunden«, erklärte Mama und reichte mir eine kleine Kiste. Als ich sie öffnete, fand ich darin ein paar alte Fotos, die den Laden, aber auch das Familienleben zeigten, als Mama und Agnes noch klein gewesen waren. Auch Oma Sophia und Opa Kunibert waren zu sehen, diesmal aber sehr privat, im Gegensatz zu den Bildern im alten Fotoalbum. Wieder einmal wünschte ich, ich hätte die beiden kennengelernt, doch sie waren vor meiner Geburt von uns gegangen. Es hieß, ihre Liebe sei so groß gewesen, dass einer ohne den anderen nicht hatte sein können.

»Oh, das schaue ich mir nachher alles in Ruhe an. Danke, Mama.«

Die Tür ging auf, und Em und Stella schauten bei mir vorbei, um sich ebenso mit süßen Köstlichkeiten verwöhnen zu lassen. Sie nahmen spontan bei Mama und Papa Platz.

»Was ist denn gegenüber los?«, wollten nun auch meine Freundinnen wissen. Denn dass da etwas im Gange war, hatte wohl inzwischen jeder im Löwensteg mitbekommen.

»Der alte Gartenladen ist weg, und der neue Seglerladen kommt rein, das macht leider viel Krach.« Ich konnte Herrn Antonius schlecht böse sein, irgendwie musste das Haus ja entrümpelt werden. Trotzdem war die Entwicklung sehr ärgerlich.

»Ach herrje, das ist ja furchtbar.«

Zum Glück war es nur eine Frage von Tagen.

»Und die renovieren doch danach sicher auch«, meinte Papa. Erst da wurde mir klar, dass das doch was Längerfristiges sein konnte. Das ging ja wirklich gut los.

Als Agnes abends anrief, erzählte ich ihr jedoch nichts vom zugemüllten Innenhof, darum hatte ich auch Mama gebeten. Ich wollte sie nicht beunruhigen, sie hatte genug eigene Sorgen, musste sich erst mal in Sonderburg zurechtfinden und eingewöhnen, was sicher nicht leicht war. Also erfuhr sie von mir nur die positiven Dinge, die heute geschehen waren, von glücklichen Gästen, die unseren Kuchen genossen hatten und dass ich fast alle Törtchen verkauft hatte.

»Ach, das freut mich, dass du gleich am ersten Tag schon einen schönen Erfolg verbuchen kannst«, sagte sie, während ich die Fotokiste neben mir öffnete und mir die Bilder ansah, die Mama mir gegeben hatte. Gleich das erste zeigte Agnes und sie im Laden beim Kuchenessen. Die beiden Mädchen waren höchstens zehn und acht Jahre alt. Agnes' markante, aber sehr schmale Züge waren unverkennbar, Mama hingegen wirkte etwas properer im Gesicht. Ich konnte die Bilder ins alte Fotoalbum von Agnes kleben. Die Idee gefiel mir richtig gut.

»Du ahnst nicht, wie schön es hier in Sonderburg ist«, fuhr Agnes fort. »Ich meine, ich war ja schon hier, aber jetzt, bei diesem Wetter, ist es einfach nur ein Traum.«

Sie wollte mir sogar ein paar Fotos von Jerriks Haus und ihrer kleinen Wohnung im Dach sowie dem Kiosk schicken, in Nähe der Ostsee.

»Du wirst es ja nicht glauben«, fuhr sie fort. »Aber er kann schon besser sprechen. Er bekommt nämlich ein Sprachtraining.«

»Das hört sich doch gut an!«

»Ich habe heute auch die nette Krankenschwester kennengelernt, die mir den Brief in seinem Namen geschrieben hat. Sie hat mir erklärt, dass das Gehirn … wie hat sie das genannt … neuroplastisch ist. Jedenfalls besitzt es die Fähigkeit, sich zu regenerieren, das heißt, dass Jerrik Dinge, die er jetzt nicht mehr kann, wieder neu erlernen kann.« Hoffnung schwang in Agnes' Stimme mit.

»Jetzt will ich dich aber nicht weiter stören, du hast ja ein paar anstrengende Tage vor dir. Die ersten Tage im eigenen Geschäft sind immer die härtesten.«

Wem sagte sie das.

Wir verabschiedeten uns.

»Ach, Kind«, fiel es ihr dann noch ein. »Denk an diesen jungen Mann, der morgen zum Vorstellungsgespräch kommt.«

»Ja, ich denke dran, und ich werde dir auch erzählen, wie es lief«, versprach ich, und mein Herz klopfte ein bisschen schneller. In dem ganzen Trubel hatte ich es fast vergessen, morgen würde ich Nathan wiedersehen. Ich war ehrlich gespannt auf sein Gesicht, wenn er mich sah. Und auch darauf, wie das mit ihm werden würde.

14. Kapitel

Heute würde ich das Einstellungsgespräch führen. Ich, die Chefin. Normalerweise saß ich sonst auf der anderen Seite des Schreibtischs. Ich musste mich erst an den Gedanken gewöhnen, dass das nun anders war. Und ich war gespannt darauf, wie Nathan reagierte, wenn er mich wiedersah. Denn er wusste ja noch gar nicht, dass er es mit mir zu tun haben würde. Ich war ziemlich aufregt wegen der ungewohnten Situation. Aber nicht nur deswegen. Auch wegen unseres Wiedersehens. Ich freute mich darauf.

Zuvor leitete ich den normalen Arbeitsalltag ein, begrüßte meine Aushilfe Klara und gegen halb acht Lotta, die sich um den Verkauf im Laden kümmerte, und ließ die Teigmaschine kneten. Während wir an der ersten Ladung Törtchen arbeiteten, sah ich aus dem Fenster, von wo aus ich direkt auf das alte Mertens-Haus blicken konnte, in dem erneut entrümpelt wurde. Ich würde drei Kreuze machen, wenn die Sache erledigt und der Seglershop endlich eingezogen war. Irgendwann verabschiedete sich die Aushilfe und gegen zehn traf Nathan ein. Das hieß, ich hatte gerade eine Ladung Muffins in den Ofen geschoben, hatte mir die Hände gewaschen und war dabei gewesen, die Schürze abzunehmen, als im Laden die Türglöckchen erklungen waren. Gleich darauf kam Lotta herein.

»Der Bewerber ist nun da«, sagte sie.

Sofort klopfte mein Herz schneller, was an der Aufregung lag. Ich hatte noch nie zuvor ein Jobinterview geführt. Gestern Abend hatte ich mich darauf vorbereitet.

»Bitte ihn schon mal ins Büro«, bat ich sie.

Lotta nickte mir zu und ging, hob aber zuvor noch mal

den Daumen, als wollte sie mir sagen, dass alles gut werden würde. Ich strich mir noch mal durchs Haar und anschließend Falten in der Kleidung glatt. Dann atmete ich tief durch und suchte meinerseits das Büro auf. Ich, die Chefin.

Kaum hatte ich es betreten, erblickte ich ihn. Er saß mit dem Rücken zu mir vor dem Schreibtisch. Obwohl ich sein Gesicht nicht sah, wusste ich doch, dass es tatsächlich Nathan war. Es kam mir immer noch unglaublich vor, dass wir uns hier wiedersahen. Mein Herz stolperte unwillkürlich, war es doch ein ziemlich ungewöhnliches Wiedersehen.

»Guten Tag, Herr Patlitz«, grüßte ich ihn.

Er wandte den Kopf, sah mich an, und dann blieb ihm der Mund offen stehen. Eine ganze Weile sogar. Ungefähr wie mir, als ich sein Foto auf den Bewerbungsunterlagen entdeckt hatte.

»Nova? Also habe ich doch bei dir das Vorstellungsgespräch?«

»Doch bei mir?«, wunderte ich mich. Wie war das gemeint?

»Na ja, die Antwortmail auf meine Bewerbung war mit dem Namen Nova Böhme unterschrieben. Und ich dachte da noch, ob das eine andere Nova ist oder ob du es bist. So häufig ist der Name ja nicht.«

Das stimmte. Daran hatte ich gar nicht mehr gedacht. »Sieht so aus, als hättest du richtig gelegen. Es ist mein Geschäft.«

»Du bist sogar die Chefin vom … Bei Agnes?«

»Ja, also der Name ist von meiner Tante. Aber ich habe den Laden gerade übernommen«, erklärte ich.

»Ah, ich verstehe.« Er verzog merkwürdig das Gesicht, was mich irritierte.

»Du hast doch hoffentlich kein Problem mit einer jungen Chefin?«

»Nein … natürlich nicht.« Er erhob sich und reichte mir

die Hand. »Gratuliere zum eigenen Geschäft. Das ist vielleicht ein Zufall, dass ich mich ausgerechnet bei dir beworben habe«, sagte er und schüttelte sie.

Wir schauten uns an, einen ganzen Moment lang. Seine Augen hatten wieder diese besondere Wirkung auf mich, weil sie so unglaublich warm waren, dass man sich von ihnen unwillkürlich angezogen fühlte. Aber ein kleines bisschen war da auch noch etwas anderes, das ich bei unseren vorherigen Treffen nicht bemerkt hatte. Ich war nicht sicher, was es war, nur dass es irgendetwas in seinem Blick veränderte. Vielleicht war er ernster. Distanzierter? Oder ich bildete es mir nur ein. Eigentlich kannte ich ihn ja gar nicht so gut, um das beurteilen zu können, er kam mir einfach ein bisschen anders vor, was auch an der ungewöhnlichen Situation liegen konnte.

»Setz … setz dich ruhig wieder«, sagte ich schließlich. Meine Aufregung hatte mitnichten abgenommen. Etwas knallte im Innenhof, was man sogar hier hören konnte, und ließ uns beide zusammenschrecken.

»Da draußen findet ein Großumzug statt, wie?«, meinte Nathan und ließ sich in den Stuhl zurücksinken.

»So in der Art, neues Geschäft. Ein Seglershop kommt da rein.« Ich lief um den Schreibtisch herum, nahm dort Platz.

»Verstehe.«

»Wollen wir direkt beim Du bleiben?«, hakte ich nach und zog meinen Stuhl heran. Es wäre mir komisch vorgekommen, ihn plötzlich zu siezen.

»Gerne.«

»Gut«, sagte ich und nahm mir seine Unterlagen vor, die ich inzwischen ausgedruckt hatte.

Ich überflog seinen Lebenslauf, den ich ja schon kannte, die nötige Ausbildung hatte er bestanden, und zwar mit Bestnoten. Wieder bemerkte ich, er war der perfekte Bewerber. Einer, wie man ihn sich nicht durch die Lappen gehen lassen sollte.

Kurzum stellte ich ihm ein paar Fragen zum Job, hakte nach, wie er mit der Kundschaft umging, auch nach Inhaltsstoffen der Produkte, weil die Leute so etwas häufig wissen wollten. Ich merkte schnell, dass er was von seinem Job hinter der Verkaufstheke verstand, und ich brauchte dringend jemanden, der Lotta ersetzte.

Obwohl es heutzutage kein Muss war, hatte er auch seine Hobbys im Lebenslauf aufgeführt. »Standardtänze?«, las ich überrascht vor.

Er winkte ab. »Na ja, im Moment habe ich niemanden, um dieses Hobby auszuüben, aber ja, ich habe das regelmäßig gemacht.«

»Verstehe ... keine Partnerin – also Tanzpartnerin«, schob ich rasch nach. Ging mich ja auch nichts an, ob er in einer Beziehung steckte oder nicht.

»Beides richtig«, offenbarte er.

»Verstehe«, erwiderte ich erneut, aber etwas konfus, und beschloss daher, mich wieder auf Bewerbungsthemen zu konzentrieren. Ich legte ihm den Arbeitsvertrag vor, auch die Urlaubsregelung besprachen wir.

Seine Gehaltsvorstellung war zudem in einem annehmbaren Rahmen, somit sprach nichts gegen ihn. Und viel mehr für ihn! Außerdem verstand ich mich gut mit ihm, was auch nicht unwichtig war. Ich erzählte ihm noch ein bisschen von der Geschichte des Bei Agnes und betonte, dass wir ein Traditionsbetrieb waren.

»Deine Familie hat doch auch diese Ostseeträume kreiert«, überlegte er.

»Das ist richtig«, gab ich zu. »Nur bin ich ziemlich überrascht, dass die Kuchenpralinen meiner Oma so bekannt sind.«

»In Konditorkreisen hat man durchaus von ihnen gehört«, fügte er hinzu. »Und als Fachverkäufer natürlich auch.«

»Das freut mich.« In Bremen war das anders gewesen. Aber hier in Lübeck ergab es Sinn.

»Also von meiner Seite gibt es keine Einwände. Du hast den Job, wenn du ihn willst. Allerdings wäre es großartig, wenn du schon morgen beginnen könntest. Unsere bisherige Verkäuferin geht in den Ruhestand. Es wäre daher toll, wenn das möglich wäre.«

Nathan erhob sich und reichte mir geschäftsmännisch die Hand. »Sehr gerne. Ich werde morgen hier sein. Auf gute Zusammenarbeit.«

Unsere Hände berührten sich, und ich verspürte ein seltsames Kribbeln in den Fingerspitzen. Es hielt noch an, als wir uns schon längst wieder losgelassen hatten.

15. Kapitel

»Wie war denn dein Bewerbungsgespräch mit Nathan?«, fragte Em, als wir mit Stella in der Krabbenstube 2.0 saßen, um den Abend ausklingen zu lassen. Das kleine Fischbistro war gut besucht, es handelte sich um einen Ableger eines gleichnamigen Lokals in Warnemünde in Rostock.

Das Lädchen war rustikal, vor dem Bistro standen ein paar Tische und Stühle auf der Straße, nebenan war der Zugang zum hauseigenen Fischsupermarkt.

»Das hat mich Tante Agnes vorhin am Telefon auch schon gefragt. Gut, ich habe ihn eingestellt«, sagte ich, denn jetzt war es offiziell. Em und Stella würden ihn sicher bald kennenlernen. Nachdenklich blätterte ich in der kleinen Karte, die auf dem Tisch gestanden hatte.

Mir entgingen die Blicke dennoch nicht, die sich die beiden Schwestern zuwarfen. Ich ignorierte diese, ahnte ich doch, dass sie es sich sonst zur Mission gemacht hätten, mich aus meinem selbstgewählten Single-Dasein befreien zu wollen.

»Ihre Diesel«, unterbrach uns eine junge Frau und servierte die Getränke, dazu gab es leckere Fischburger.

»Ein neues Gesicht«, meinte Stella, als sie die Kellnerin bemerkte, deren Haare raspelkurz und knallig pink waren.

»Oh, ich helfe nur ein paar Tage hier aus. Meine Eltern, Yvonna und Tobias, sind auf einer kleinen Reise. Fünfundzwanzig Jahre verheiratet. Silberne Hochzeit. Da vertrete ich sie hier. Ich bin übrigens Gina.«

»Also die Tochter, der die andere Krabbenstube gehört?«, hakte Em nach.

»Genau. Kennen Sie die?«

»Ich war mal dort«, erklärte ich. »Eine sehr schöne Gegend, dieser Sanddornweg. Irgendwie magisch.«

Gina lächelte sanft. »Das stimmt. Aber hier ist es auch sehr schön. So lange man an der Ostsee ist, ist es eigentlich nie verkehrt, oder?«

Ich konnte nur zustimmen und lachte.

»Wenn Sie hier sind, wer leitet dann Ihr Bistro?«, hakte Stella nach.

»Meine Cousine Pauline, die auch meine Geschäftspartnerin ist, ist vor Ort. So, hier ist noch der Veggie Burger, dann wünsche ich guten Appetit. Wenn Sie noch etwas brauchen, bin ich für Sie da.«

»Danke, Gina«, sagte Stella.

Ich biss in meinen Burger und seufzte. Der schmeckte unglaublich, und der Fisch war angenehm zart.

»Das wird ja jetzt ziemlich aufregend: du die Chefin, er der Angestellte«, überlegte Stella und lachte leise.

»Leute, bitte …« Allmählich wurde das Thema anstrengend. Ich hatte es ja verstanden, meine Freundinnen glaubten, dass ich als Single nur unglücklich sein konnte und hofften, dass ich möglichst schnell wieder in einer Beziehung landen würde. Da musste ich sie aber enttäuschen. Nova Böhme kam bestens alleine zurecht. Daran konnte auch der attraktivste Angestellte nichts ändern.

16. Kapitel

Der Teig ruhte schon eine Weile, auch der Pudding war schon vorbereitet. Ich machte mich nun an die Arbeit für das Mandeltopping für Lottas Bienenstich, während Klara sich um die Zubereitung unseres Standardsortiments kümmerte. Für das Topping gab ich Honig, Zucker, Sahne und ein kleines Stück Butter in einen Topf und ließ die Masse bei nicht allzu großer Hitze einköcheln. Nach nur wenigen Minuten nahm ich den Topf wieder runter, um die Mandeln einzurühren.

Als Nächstes rollte ich den Teig aus, gab ihn dann aufs Blech und bedeckte die eine Hälfte mit der Mandelcreme. Danach kam alles in den Ofen. In der Zwischenzeit gab ich den Teig für unser heutiges Tagewerk in die zweite Teigmaschine, um Klara parallel bei der Herstellung für die Auslage zu helfen.

Nach dreißig Minuten war der Teig für den Bienenstich fertig. Die Puddingfüllung war es auch. Ich gab diese auf die leere Hälfte des Teigs, fügte beide Seiten zusammen und ließ es dann abkühlen. Es sah gut aus. Ich hoffte, Lotta würde sich freuen. Vorübergehend deponierte ich den Bienenstich in unserer Kühlkammer und achtete peinlichst darauf, dass ich mich nicht versehentlich in dieser einsperrte. Es wäre schon etwas unangenehm, wenn Klara, Nathan oder Lotta mich daraus würden befreien müssen, unter Alarmlauten und Leuchtsignalen. Aber das geschah zum Glück gar nicht.

Pünktlich um halb acht betrat Nathan das Geschäft. Lotta war kurz vorher eingetroffen, um ihn einzuarbeiten. Ich begrüßte beide und konnte nicht umhin, erneut zu bemerken, wie attraktiv er war.

Mir fiel jedoch gleich auf, dass Nathan sehr ernst wirkte. Und auch ein wenig wortkarg. Vielleicht war er angespannt, weil es sein erster Arbeitstag bei uns war. Aber das war eigentlich nicht nötig, wir waren ein sehr familiärer Betrieb.

»Dann zeige ich Ihnen gleich mal unser Revier, den Ladenbereich. Ich bin übrigens Lotta, ich war hier Jahrzehnte für den Verkauf zuständig.«

Er nickte nur.

»Lotta, ich werde Herrn Patlitz vorher noch entführen, um ihm alles andere zu zeigen, bevor du ihm den Laden zeigst.«

»Oh, sicher«, meinte Lotta. »Nur zu.«

Ich führte ihn erst einmal durch das Lager und die Personalräume. Nathan schien nur halb bei der Sache zu sein, außerdem fiel mir auf, dass er oft auf sein Handy sah, als erwartete er einen Anruf.

»Alles okay?«, hakte ich nach.

»Sicher«, erwiderte er nur.

Es kam mir trotzdem komisch, auch etwas unpassend vor. Doch ich wollte nicht gleich so streng sein.

»Danke, dass du so spontan anfangen kannst«, freute ich mich. Erneut nickte er nur, wirkte viel reservierter, als ich ihn sonst kannte.

In der Backstube angekommen, holte ich in seinem Beisein die Ostseeträume aus dem Kühlraum, die ich gestern Abend angefertigt hatte, um nach der Führung mit den Verzierungen zu beginnen. So würden sie rasch in die Auslage kommen. Außerdem konnte ich Nathan nebenbei die Alarmanlage des Kühlraums erklären, für den Fall der Fälle.

»Es ist gemütlich hier«, stellte er schlussendlich fest. Ich war erleichtert, dass es ihm bei uns gefiel, hatte ich doch schon befürchtet, dies wäre nicht der Fall.

»Sicher ist es ähnlich wie in deiner alten Konditorei in St. Gertrud.«

»Ja … das stimmt.« Wieder warf er einen Blick aufs Handy. Ich fand das nicht gut, drückte aber erneut ein Auge zu, war es doch sein erster Tag, und der hatte ja noch gar nicht richtig begonnen.

Dann entdeckte er die Ostseeträume, die noch wie Rohlinge aussahen und vor uns auf der Arbeitsfläche auf einem Blech lagen.

»Sind sie das?«, fragte Nathan und trat an die Kuchenpralinen heran, musterte sie neugierig.

Ich war erneut überrascht, dass er sich mit den Ostseeträumen so gut auskannte, fand das aber auch großartig. Immerhin zeugte es von einer gewissen Bekanntheit von Sophias Kunst.

»Genau. Das sind sie. Nach dem Rezept meiner Oma«, erklärte ich stolz.

»Darf ich?«, fragte er und deutete auf eines der Kuchenschiffchen, die kaum größer waren als eine handelsübliche Praline.

Ich reichte ihm eine.

Er musterte sie fast schon fachmännisch von allen Seiten, lächelte dann. »Du weißt, dass es viele Mythen um dieses Stück Gebäck gibt?«

»Ach wirklich?«, staunte ich. »Was denn zum Beispiel?«

Er sah mich überrascht an, als könnte er nicht glauben, dass ich davon nichts wusste.

»Ich war in Bremen, die ganze Zeit. Keine Ahnung, was man sich hier in Konditorkreisen erzählt hat«, meinte ich schulterzuckend.

»Dann belassen wir es lieber dabei«, meinte er und probierte einen Bissen.

»Wieso? Jetzt sag schon, was redet man denn über Omas Pralinen?«

Er seufzte. »Schmeckt das gut … ich bin … begeistert.« Zum ersten Mal, seit er heute Morgen hergekommen war, lächelte er aufrichtig. Das war der Nathan, den ich kennengelernt hatte. Genussvoll nahm er noch einen Bissen. »Einzigartig!«, lobte er. »Du hast deinen Traum zurecht wahrgemacht.«

Ich lächelte nun auch, merkte, dass Nathan ein bisschen auftaute.

»Danke. Aber nun erzähl mir doch von diesen Mythen.«

Er nickte langsam. »Na ja … man erzählt sich so dies und das … dass sie gar nicht von deiner Oma entwickelt wurden, sondern von diesen Mertens …«

»Was?« Wer behauptete denn so etwas? Ich lachte sogleich, weil das ja nur ein dummer Scherz sein konnte.

»Ist die Wahrheit. Es gibt solche Gerüchte.«

»Die glaubst du doch hoffentlich nicht?«

»Natürlich nicht …« Er verschränkte die Arme und schaute aus dem Fenster zum alten Mertens-Haus.

»Ich will dir mal was sagen. Meine Oma hat das Rezept entwickelt, ich kenne die Geschichte so gut wie meine eigene. Im Traum kam ihr die Idee und dann hat sie diese aufgeschrieben. Ich besitze das Originalrezept auf dem Originalpapier mit ihrer Originalhandschrift.«

Jetzt sah er mich wieder an, Neugierde blitzte in seinen Augen auf.

»Darf ich das Rezept mal sehen?«

»Ähm … sorry, das ist eine Art Familiengeheimnis … das geht nicht …« Ich kam mir selbst etwas dumm vor, das so zu sagen. Aber ich hatte es Tante Agnes versprochen, es niemals weiterzugeben, außer an meine Erben.

»Schade.«

»Jedenfalls sind das nur böse Gerüchte.« Ich war ziemlich entsetzt, dass solche überhaupt existierten. Und dann waren angeblich noch die Mertens die eigentlichen Erfinder? Lächerlich.

»Oma Sophia hat noch viele weitere großartige Rezepte entwickelt. Leider sind sie verloren gegangen. Aber sie war sehr talentiert, das wussten die Leute damals, das weiß man auch heute noch. Es gibt sogar alte Zeitungsartikel über ihre Kunst.« Die waren auch im Fotoalbum.

Nathan nickte. »Tut mir leid, ich wollte ja nichts Schlechtes über deine Oma sagen.«

»Und wo redet man das? In der Konditorei in St. Gertrud?«

»Nein, was man sich halt so erzählt. Ach, vergiss es einfach wieder. Ich hätte es gar nicht sagen sollen.«

Ich nickte langsam. »Schon okay, es ist ja nicht deine Schuld. Am besten übernimmt jetzt Lotta, sie zeigt dir alles, was du wissen musst.«

»Gerne.«

Wir landeten wieder im Laden, wo Lotta die Einarbeitung übernehmen wollte. Ach, ich wollte sie gar nicht hergeben!

»Viel Spaß.«

Ich nickte beiden zu, verschwand in der Backstube und kümmerte mich mit der Aushilfe um meine Ostseeträume, die ich nun nach Art meiner Großmutter verzieren wollte. Allerdings war mir die Laune nun ein wenig verhagelt. Erzählte man sich wirklich solche Geschichten über Oma und ihre Backkunst? Ich versuchte, es gleich wieder zu vergessen. Ich wusste ja, was wahr war. Und ich hatte auch ihr Rezept gesehen, das hatte sie keinem gestohlen. Eine Frechheit, dass manche Leute so etwas behaupteten. Wahrscheinlich hatten die Mertens selbst dieses Gerücht gestreut. Wenn mir das noch mal irgendwo zu Ohren kam, würde ich es richtigstellen!

Kleine blaue Cremewellen fanden ihren Weg auf den Rand der Kuchenpralinen, die ich anschließend in der Auslage positionierte, während Klara wie gewöhnlich in den Feierabend ging, denn sie war ja nur halbtags hier und hatte früh begonnen. Gerade war eine Kundin im Laden, und ich beobachtete, wie Nathan sich um diese kümmerte. Freundlich und professionell, also perfekt für das Geschäft. Kurz bevor er dann irgendwann in die Mittagspause ging, kam er noch mal zu mir in die Backstube.

»Ich wollte mich noch mal entschuldigen wegen dieser Gerüchte, die du nun durch mich erfahren hast. Ich will ja nicht, dass du dir Sorgen deswegen machst.«

»Schon gut«, meinte ich ehrlich. Es war mir klar, dass er damit nichts zu tun hatte. Vielleicht war es auch ganz gut, nun Bescheid zu wissen. Nicht, dass das viel änderte.

»Okay … ich bin dann mittagessen.«

»Alles klar, guten Appetit.«

Nachdem er gegangen war, fragte ich Lotta, was sie von unserem neuen Mitarbeiter hielt, während gleichzeitig eine Lieferung ankam.

»Der Junge hat Ahnung, das kann ich dir sagen. Der hat die Kundschaft so gut beraten, dass selbst die alte Lotta neidisch wurde!« Klang doch nach dem perfekten Mitarbeiter! »Aber ich weiß nicht recht, ob er sich bei uns wohlfühlt.«

Nun rutschte mir das Herz in die Hose.

»Wie kommst du darauf?« Ehrlich gesagt, hatte ich ja auch diesen Verdacht schon gehabt.

»Er ist sehr ernst, sehr konzentriert. Das kann ja auch am ersten Tag liegen. Aber vorhin habe ich auch ein Telefonat von ihm mitbekommen.«

Ich hob eine Braue. Schon wieder das Handy?

»Ich war nur kurz im Personalraum, und als ich zurückgekommen bin, habe ich ihn mit jemandem reden gehört. Er hat etwas gesagt wie ›Alles anders als erwartet‹ oder so was. Und er würde noch Zeit brauchen. Ich dachte erst, er redet mit Kundschaft, aber als ich in den Laden zurück bin, habe ich nur gesehen, wie er das Handy schnell weggesteckt hat.«

Ja, er hatte auch schon den ganzen Tag immer wieder aufs Handy geschaut. Ich würde mit ihm reden müssen. Und was meinte er denn mit anders als erwartet? Hatte er von der Konditorei gesprochen?

»Ich glaube, er ist schon in Ordnung«, sagte Lotta.

Ich nickte. Das war er ganz bestimmt. Man musste eben sehen, wie es sich entwickelte.

Trotzdem wurde mir das Herz schwer, weil heute Lottas letzter Tag war. Aber sie lächelte mich zuversichtlich an. »Ich bin ja nicht aus der Welt«, sagte sie. Wir halfen dem Lieferanten, die Zutaten ins Lager zu tragen.

»Ach«, seufzte Lotta und wurde dann selbst ein wenig schwermütig. »Wie doch die Zeit vergeht. Gar nicht lange ist es her, da hat mich hier jemand eingearbeitet. Und ich hab mir gesagt, Lotta hab ich gesagt, irgendwann wirst du auch mal jemanden einarbeiten, aber geglaubt hab ich mir das nicht, weil ich noch so jung war und mir gar nicht vorstellen konnte, wie das sein würde, wenn ich erst kurz vor dem Ruhestand sein würde. Nun ist es soweit. Und wo ist die Zeit hin? Das wirst du auch noch erleben, Nova.«

Gegen den Lauf der Dinge war man machtlos. Ich bemerkte, dass Lotta ein wenig traurig wirkte. Ihr Gesichtsausdruck schien mir zu sagen: Ich werde das alles sehr vermissen. So viele Jahre, gar Jahrzehnte, hatte sie Seite an Seite mit Tante Agnes gearbeitet. Es war Teil ihres Lebens gewesen, und nun endete dieser bedeutende Part.

Nachdem der Lieferant wieder gegangen war, begaben wir uns in den Laden zurück. Da betrat der Mann von der Entrümpelungsfirma, den ich neulich angesprochen hatte, das Geschäft, und lächelte mich verschmitzt an.

»Gute Nachrichten, Frau Böhme, heute werden Sie zufrieden mit uns sein. Es ist unser letzter Tag in dem alten Haus. Sie können danach aufatmen.«

Ich fand es nett, dass er mir das sagte, auch wenn ich wusste, dass danach die Arbeit erst so richtig losgehen würde. Schließlich stand ohne Zweifel noch eine Renovierung an. Unser Innenhof würde wohl noch eine Weile für unsere Gäste geschlossen bleiben müssen.

»Danke, nett, dass Sie mir Bescheid sagen.«

Ich wunderte mich ein bisschen, dass Herr Antonius in all der Zeit bisher nicht persönlich aufgetaucht war. Außer am ersten Abend hatte ich ihn nicht noch mal zu Gesicht bekommen. Allerdings hatte er sich ja schon Agnes vorgestellt, womit er seiner nachbarschaftlichen Pflicht bereits nachgekommen war. Hatte er doch nicht wissen können, dass ich nun das Bei Agnes übernommen hatte. Zudem vermutete ich, dass er sicherlich viel Organisatorisches um die Ohren hatte. Und beim Entrümpeln konnte er natürlich auch nicht viel helfen.

»Ich wollte auch noch ein paar Kuchen für die Jungs mitnehmen.«

»Sehr gerne«, sagte ich und empfahl ihm natürlich unsere Ostseeträume. Von denen nahm er gleich ein Dutzend mit.

17. Kapitel

Der Rest des Tages verlief ereignislos. Ich zog mich am Nachmittag in die Backstube zurück, um schon mal den Bienenstich für Lottas Abschied aus der Kühlkammer zu holen und ihn in einer formschönen Box zu verstauen. Als ich ihn in den Händen trug, wurde mir erneut schwer ums Herz. Schließlich nahte Lottas Feierabend, nein … es war ja nicht nur einfach Feierabend. Es war ihr letzter Tag bei uns. Ich ging mit dem Kuchen in den Personalraum und bat dann Lotta zu mir. Nathan nickte mir zu, er würde noch so lange die Stellung halten.

»Kommst du noch mal kurz mit, Lotta?«, sagte ich. Sie folgte mir in den hinteren Bereich des Hauses.

»Was gibt es denn, Nova?«

Wir betraten den Personalraum, ich spürte einen Kloß im Hals, der nur noch größer wurde, als ich ihr mein kleines Abschiedsgeschenk überreichte.

Lotta schaute die Kuchenbox aus glasigen Augen an. Sie hob den Deckel hoch. »Meine Lieblingssorte …« Ihre Hand legte sich auf ihre Brust.

»Das wäre doch nicht nötig gewesen«, sagte sie mit tränenerstickter Stimme.

»Ich will dir von Herzen für alles danken, Lotta, du warst immer für uns und das Bei Agnes da. Meine Tante hat sich ja schon gebührend von dir verabschiedet. Und ich will dich gar nicht gehen lassen.« Ich drückte sie an mich.

»Ach, Nova, du weißt doch, dass ich immer für das Bei Agnes und für dich da sein werde.« Ihre Arme legten sich um mich.

»Das schon …« Ich wischte mir ein Tränchen aus dem Auge. »Aber es wird eine Umstellung, dass du nicht mehr hier bist.«

Sie nickte. »Ich hab viel vor. Wie Agnes ja gesagt hat, das Leben geht jetzt erst richtig los.« Sie versuchte zu lachen.

»Ich hoffe, du kommst uns öfter mal besuchen?«

»Selbstverständlich, so schnell werdet ihr mich nicht los. Und mit Nathan an deiner Seite kann ja nichts schief gehen. Er hat wirklich Ahnung.«

Ich nickte.

»Wollen wir nicht den Kuchen anschneiden, ich schaffe den doch eh nicht allein«, schlug Lotta vor. »Und fragen wir auch Nathan, ob er uns Gesellschaft leistet? Er gehört ja jetzt quasi zur Familie. Wenn jemand in den Laden kommt, hören wir doch die Glöckchen.« Das war eine gute Idee, ihn stärker zu integrieren, dann wurde er sicher auch schneller mit uns warm. Ich holte erst Nathan zu uns und dann Besteck und Teller aus dem Hängeschränkchen.

»Wir feiern Lottas Abschied«, erklärte ich ihm und tat jedem etwas vom Bienenstich auf.

Lotta nahm einen Bissen und quiekte vergnügt. »Der beste Bienenstich, den ich je gegessen habe!«

Auch Nathan probierte. Ich sah das Erstaunen in seinem Blick, als er ihn sich auf der Zunge zergehen ließ. »Der ist exzellent«, meinte er dann. Geschwind nahm er noch einen Bissen und noch einen.

»Nova hat Talent, genau wie ihre Oma«, sagte Lotta.

»Jetzt hör schon auf zu übertreiben, Lotta.«

»Ich übertreibe nicht, du hast das Talent von deiner Großmutter geerbt, ich kann das beurteilen, denn als ich hier angefangen habe, hat sie noch Agnes in der Backstube ausgeholfen. Niemand konnte so gut backen wie Sophia Böhme. Das ist überall bekannt, damals wie heute. Sie war so eine herzensgute Frau, hat zu der Zeit, als sie selbst noch den Laden geführt hat, auch für die Bedürftigen gebacken, ihre Törtchen an Menschen verschenkt, die nichts hatten und mit dem Vorgänger der heutigen Suppenküche zusammengearbeitet.«

Ich bemerkte, wie Nathan überrascht und zugleich interessiert aufhorchte. »Diese Geschichte kenne ich noch nicht.«

»Es ist aber wahr. Sophia war für die Menschen da. Sie hat Freude in ihr Leben gezaubert mit ihren Backwerken. Ich kenne all die Geschichten, die Agnes mir erzählt hat, und ein paar habe ich auch miterlebt. Ach, hätten ihr damals nur nicht diese furchtbaren Mertens das Leben so schwer gemacht, ich glaube, sie hätte dann noch mehr bewirken können …«

»Du sprichst von dieser Familien-Fehde?«, hakte Nathan nach. Wieder landete ein Stück Bienenstich in seinem Mund.

»Allerdings. Da siehst du es, Nova, sogar Nathan hat davon gehört. Damals war das ja in aller Munde, jeder kannte die Geschichte …«

»Aber zum Glück sind nun andere Zeiten«, sagte ich. »Diese Fehde war sicher schlimm, für beide Seiten. Ich bin froh, dass wir im Hier und Jetzt leben.«

Nathan nickte mir zustimmend zu. »Trotzdem interessant, das zu hören. Ich hatte ein anderes Bild von Sophia Böhme. Dass sie wohltätig war, finde ich sehr gut.«

»Was hattest du denn für ein Bild?«, wunderte ich mich.

Er winkte ab. »Nur das übliche Gerede …«

Vermutlich spielte er auf den angeblichen Diebstahl des Rezepts an. Das wollte ich jetzt auch nicht vertiefen. Die Stimmung war gerade so locker, das sollte so bleiben.

Eine ganze Weile saßen wir beisammen, Lotta lobte immer wieder den Kuchen, Nathan ging ab und an raus, um jemanden zu bedienen, kam dann kurz darauf zurück und lauschte Lottas Geschichten aus ihrem Leben als Servicekraft des Bei Agnes.

Wir verbrachten noch ein paar wundervolle Augenblicke, aber dann raffte sich Lotta mit einem Blick auf die Uhr auf.

»Es ist jetzt wirklich Zeit, meine Lieben.« Sie strich die Falten ihres Rocks glatt und machte die Kuchenbox mit dem restlichen Kuchen zu.

Wir brachten sie noch nach draußen, wo ich sie abermals umarmte.

»Jetzt macht es mir doch nicht so schwer«, sagte sie zu mir und schüttelte dann Nathans Hand. »Pass mir auf Nova und den Laden auf, Junge.«

»Ich … versuch's.«

Dann sah sie mich an, ein letztes Mal winkte sie, und ich konnte ein Schluchzen nicht mehr unterdrücken. Nathan hielt mir ein Taschentuch hin.

»Danke«, raunte ich und schnäuzte mich. Es blieb mir nichts anderes übrig, als den Lauf der Dinge zu akzeptieren. Gemächlich lief Lotta den Löwensteg mit ihrer Kuchenbox runter, einmal drehte sie sich noch zu mir um, nickte mir zu, und ich sah ihr nach, bis sie um die Ecke verschwunden war.

»Du kannst schon gehen«, meinte ich zu Nathan, als ich wieder in den Laden kam. Die Backstube war dicht. Von jetzt an würde ich die Theke übernehmen.

Aber er schüttelte den Kopf. »Schon gut, das war ein bewegender Tag, ich bleibe noch bis Ladenschluss.«

»Wirklich? Das musst du nicht.«

»Ich mache es gerne«, sagte er und lächelte warm. So warm wie damals auf der Party und später am Rastplatz. Ja, plötzlich schien der alte Nathan wieder da zu sein. Ich nickte ihm zu. Seine Hilfe war willkommen. So standen wir zu zweit hinter der Theke, bis die Uhr Richtung Ladenschluss tickte und ich schon mal anfing, ein wenig aufzuräumen. Mit Arbeit konnte man sich immer gut ablenken. Nathan half mir, die Auslagen zu säubern.

»Wie war dein erster Tag bei uns?«, hakte ich nach und hoffte, dass er sich letztlich wohlgefühlt hatte. Von jetzt an würde er ja meine Lotta sein, da sollte es ihm bei uns gutgehen.

»Angenehm.«

Ich schaute ihn neugierig an.

Er zuckte mit den Schultern. »Ich muss mich erst in alles einfinden, aber mir gefällt es hier. Und Lottas Geschichten waren auch großartig.«

Ich musste lächeln. »Das hört man gerne«, erwiderte ich, dann wurde unser Gespräch von den Glöckchen über der Tür unterbrochen. Em und Stella kamen herein und linsten zu uns rüber.

»Ihr habt Lotta verpasst«, erklärte ich ihnen, denn ich war sicher, das war der Grund ihres Besuchs. Dann aber fiel mir auf, dass sie Nathan interessiert musterten. Da war mir klar, was sie im Schilde führten. Seufzend schüttelte ich den Kopf.

Nathan wrang seinen Lappen über dem Eimer aus, wusch sich die Hände am Becken und löste die Schürze, die er dann im Personalraum aufhängte. Gleich darauf kam er wieder raus.

»Ich bin dann mal weg«, sagte er. »Bis morgen.«

»Bis morgen«, erwiderte ich.

Er nickte meinen Freundinnen zu und verließ das Geschäft.

Erst als die Tür ins Schloss fiel, quiekten die beiden Schwestern vor Begeisterung. »Der ist richtig süß!«, sagte Stella. »Was du nicht sagst«, meinte ich amüsiert. »Darf's denn noch was sein oder wart ihr nur neugierig auf den neuen Mitarbeiter?«

»Letzteres«, gaben die Schwestern zu. »Wir müssen auch schon wieder los, heute Abend gehen wir mit Sam und Mandy aus.«

Pärchenabend also. Ich hatte auch eine Verabredung, nämlich mit meinen Ostseeträumen, die für morgen vorbereitet werden sollten.

18. Kapitel

Am nächsten Morgen wurde unser Tagewerk durch lautes Bohren und Hämmern gestört. Ich erschreckte so sehr, dass mir fast der Teig aus den Händen fiel. Meiner Aushilfe Klara ging es kaum anders, wir tauschten verwunderte Blicke aus. Rasch sah ich aus dem Fenster. Im alten Mertens-Haus ging es hoch her, die Renovierungsarbeiten hatten begonnen. Der Lautstärkepegel war unerträglich. Ich warf einen Blick auf die Uhr, es war kurz vor halb acht.

»Morgen«, erklang Nathans Stimme aus dem Ladenbereich. »Oh Mann, was ist das denn für ein Lärm?« Er lugte zu uns rein in die Backstube, wo ich entnervt den Teig malträtierte.

»Dieser Herr Antonius schuldet mir was«, murmelte ich verärgert. Aber so war das nun mal, wenn ein neues Geschäft aufmachte. Wo gehobelt wird, da fallen vorher Späne. Ich öffnete den Ofen, holte ein paar Muffins heraus, die gleich in die Auslage konnten. Nathan half mir dabei.

»Kann man da denn nichts machen? Das ist ja ohrenbetäubend.«

»Ich wüsste nicht, was.«

Auch unsere Kundschaft, die ab acht kam, wirkte nicht eben sonderlich glücklich ob des Lärmpegels.

»Was ist denn hier passiert?«, fragten sie.

»Das klingt ja furchtbar«, sagten andere und machten lange Gesichter, obwohl doch sonst jeder mit einem Lächeln hier rausging.

Das gefiel mir gar nicht.

Gegen zehn verabschiedete sich Klara, und ich machte

eine kleine Pause. Agnes passte den Moment perfekt ab, wusste sie doch, wann sie mich gut erreichen konnte. Keine Sekunde zu früh klingelte mein Handy.

»Guten Morgen, meine Liebe, wie geht es dir? Hat alles mit deinem Bienenstich gestern geklappt?«, fragte meine Tante.

»Ja, der Bienenstich ist mehr als gelungen. Sie hat sich sehr drüber gefreut. Omas Ostseeträume stelle ich auch recht erfolgreich her.«

Agnes lachte. »Das hört sich gut an, aber wie sollte es auch anders sein, Sophias Blut fließt ja schließlich in deinen Adern. Jerrik und ich wollen heute übrigens einen Ausflug zum Schloss Sonderburg machen.«

»Das klingt, als wäre er doch recht aktiv.« Nach allem, was ich gehört hatte, hatte ich das nicht erwartet.

»Er versucht es zu sein, aber er muss noch im Rollstuhl sitzen«, erklärte Agnes, und ich hörte ihr an, dass sie stolz auf ihn war. »Er gibt sich viel Mühe. Die Schwester sagt, je aktiver er ist, desto schneller lernt er wieder, am Leben teilzunehmen. Natürlich ist nicht klar, wie weitreichend seine Fortschritte dann sein werden, aber ich habe ein gutes Gefühl.«

Das hatte ich auch. Jerrik klang wie jemand, der sich durchbeißen konnte. Und Agnes hörte sich so glücklich wie schon lange nicht mehr an. Daher konnte ich ihr auch nicht sagen, was hier los war. Zum Glück schien sie den Krach nicht durchs Telefon zu hören.

»Ich muss jetzt leider weitermachen, es warten noch ein paar Bestellungen auf mich.«

»Aber natürlich, meine Liebe. Wir sprechen uns bestimmt bald wieder.«

»Das würde mich freuen.«

Im Laufe der nächsten Tage beobachtete ich mit wachsender Sorge, dass sich immer weniger Leute die Zeit nahmen, sich in den Cafébereich oder vor das Geschäft zu setzen, um Kuchen und Kaffee zu genießen. Denn selbst hier waren die Umbauten zu hören. Die meisten kauften sich einfach nur einen Snack für unterwegs. Und als ich abends die Kasse machte, sah ich erste Einbußen, was mir nur noch mehr Bauchschmerzen bereitete. Doch schon am nächsten Tag sollte es bergauf gehen.

»Könntest du mal rauskommen?«, bat mich Nathan am frühen Vormittag. »Da sind zwei vornehme Kundinnen, die eine spezielle Beratung benötigen«, sagte er.

Ich hatte gerade an ein paar Törtchen gearbeitet, wusch mir die Hände und betrat dann das Ladengeschäft, blieb aber in der nächsten Sekunde stehen, als ich an einem der kleinen Stehtische Tessa Forster erkannte. Ihres Zeichens war sie eine bekannte Influencerin. Nicht nur das, sie betrieb auch ein eigenes Juweliergeschäft im Unteren Löwensteg. Ich war ihr schon einige Male begegnet, aber ich glaubte nicht, dass sie sich überhaupt an mich erinnerte. Nun stand sie mit einer Begleiterin hier in meinem Laden und blätterte in unserer Karte.

»Ich hab versucht, sie zu beraten, aber sie haben viele Extrawünsche und verlangen die Chefin zu sprechen.«

»Oh«, machte ich überrascht. Ich war es noch nicht gewöhnt, dass, wenn man nach der Chefin verlangte, ich damit gemeint war. Aber solche Kundinnen konnte ich mir natürlich nicht durch die Lappen gehen lassen. Also straffte ich die Schultern. Was auch immer für Extrawünsche hier zur Debatte standen, sie würden erfüllt werden. Schließlich war das doch das ungeschriebene Motto unseres Geschäfts: Wir machten unsere Kundinnen und Kunden mit süßen Wonnen glücklich.

»Danke, ich kümmere mich darum.«

Rasch ging ich auf die beiden gut gekleideten jungen Frauen zu.

»Guten Tag, Frau Forster, ich freue mich, Sie bei uns begrüßen zu dürfen. Wie kann ich helfen?«

Tessa schaute mich aus ihren hellblauen Augen freundlich an, warf die hellblonden Haare, die knapp ihre Schultern berührten, nach hinten. Ihr Lächeln hatte Star-Qualitäten.

Ich wusste über Tessa nur, dass sie recht wohlhabend war und außerdem eine erfolgreich laufende Instagram-Seite betrieb, auf der sie gerne ihren Schmuck präsentierte. Einiges davon war selbst entworfen.

Man konnte also getrost behaupten, dass Tessa Forster einen gewissen Promi-Status innehatte. Zumindest in der Welt von Social Media.

»Meine Freundin Ingrid benötigt unbedingt eine besonders schöne Torte. Und zwar morgen.«

»Das ist kein Problem, das bekommen wir hin«, versprach ich.

Ingrid lächelte, aber Tessa war es, die das Gespräch führte.

»Die Torte ist zum Einjährigen.«

»Eine Geburtstagstorte?«, hakte ich nach. Für ein Kind wohl.

»Nein, nein, ein Jahrestag. Ingrid und ihr Freund sind ab morgen ein Jahr zusammen, das muss gefeiert werden.«

Jahrestag? Morgen? Plötzlich klingelte etwas in meinem Kopf, in ganz weiter Ferne. Aber das Klingeln wurde schnell lauter. Ich hatte es fast vergessen, morgen wären auch Lucas und ich seit drei Jahren zusammen gewesen – hätte er sich nicht plötzlich entschieden, seine Zunge in den Hals seiner Trainerin zu stecken. Ich schluckte. Überrascht von der unerwarteten Heftigkeit, mit der mich diese Erkenntnis traf.

»Die Kosten gehen auf mich. Aber die Torte muss etwas ganz Besonderes werden.«

Tessas Stimme drang durch das Dickicht unliebsamer Erinnerungen. Sie fing an, mir die Sonderwünsche zu schildern. Marzipanrosen, aber nur die roten, nicht die pinken, Mandelsplitter, aber nicht zu große, auch nicht zu kleine. Ich versuchte, mich zu konzentrieren, aber meine Gedanken drifteten ab zu dem Tag, an dem Lucas und ich zusammengekommen waren. Ein Kuss nach einem schönen Abendessen hatte unsere Beziehung besiegelt. Ich wusste noch genau, wie er gerochen, was er getragen hatte, wie er die Arme sanft um mich gelegt hatte. Und dann war alles so wunderbar geworden. Ich hatte das Gefühl gehabt, ihm etwas zu bedeuten. Dass er sich an meinem Gewicht störte, hätte ich zu diesem Zeitpunkt nie erwartet. Nein, ganz im Gegenteil, er hatte mich gemocht, wie ich war. Einfach Nova.

»Wir brauchen die Torte wie gesagt bis morgen«, erinnerte mich Tessa und riss mich zugleich aus den Gedanken.

»Ja, ich … die Torte wird fertig sein.« Ich fühlte mich benommen, mein Herz dagegen schien leer zu sein, ausgewrungen wie ein nasser Schwamm. Hatte Leo recht? Versteinerte ich nach und nach?

»Wunderbar«, freute sich Tessa, und Ingrid lächelte ebenso, wenn auch etwas unbeteiligt.

»Wenn Ingrid die Torte gefällt, dürfen Sie sich bald auf einen weiteren Auftrag freuen«, erklärte mir Tessa. Ein bisschen heiterte mich das auf, zumal Tessa auch gar keine Starallüren an den Tag zu legen schien. Sie wirkte sehr nett.

»Das wäre großartig, Frau Forster.«

»Tessa, bitte sagen Sie Tessa.«

»Gerne.«

Vor dem Geschäft hielt in dem Moment ein Cabrio, oder vielmehr es legte eine Vollbremsung hin.

»Das ist mein Verlobter, Jürgen Hollerbach. Er will uns abholen«, erklärte Tessa.

»Der Sänger?«

Tessa strahlte verliebt und nickte. So viel Prominenz im Löwensteg, das war ja was! Für einen kurzen Moment vergaß ich sogar mein schmerzendes Herz.

»Also … wir hören ganz bestimmt bald voneinander, Nova«, versprach sie mir, ehe Ingrid und sie hinauseilten und in den Wagen von Jürgen stiegen.

»Die Torte ist morgen um zehn Uhr abholbereit«, rief ich ihnen durch die offene Tür nach.

»Alles klar, danke!«, erwiderte Tessa und küsste Jürgen, der dann aufs Gas trat. So schnell er angebraust war, so schnell war er wieder verschwunden.

Ich ließ die Tür hinter mir zufallen. Eine Torte zum Jahrestag mit hundert Extrawünschen. Hoffentlich hatte ich mir die alle gemerkt. Ich war neben der Spur, rieb mir die Schläfen.

»Alles in Ordnung?«, fragte Nathan.

»Ja, wieso?«

»Du siehst ein bisschen fertig aus.« Es war ihm nicht entgangen. Wenn ich in den wenigen Tagen etwas über Nathan gelernt hatte, dann, dass er ein guter Beobachter war. Man konnte ihm nichts vormachen. Ich versuchte es trotzdem.

»Das kommt nur von den vielen Sonderwünschen«, meinte ich und verschwand in der Backstube, denn ich wollte jetzt allein sein. Aber er hatte recht, ich fühlte mich niedergeschlagen. Was nicht an der Torte, sondern am Anlass lag. In Gedanken tauchte ich wieder ab zu Lucas, unserem eigenen Jahrestag, an dem ich ihm auch eine Torte gebacken hatte. Alles war perfekt gewesen. Ich hatte mich wohl und sicher gefühlt, nie im Leben wäre ich darauf gekommen, dass es je so mit uns enden würde, wie es geendet hatte. Dass ich jetzt hier war, allein, ohne ihn, obwohl der Plan vorgesehen hatte, dass wir eines Tages zusammen hier leben wollten. Ich vermisste das Vertraute. Aber war er mir wirklich vertraut gewesen? In Wahrheit war er ein anderer Mensch gewesen, der mir etwas vorgemacht hatte, mich nicht angenommen hatte, wie ich war. Ich war zu verliebt oder zu dumm gewesen, es zu bemerken, hatte ich mich doch ganz auf ihn eingelassen.

Ich nahm eine abgemessene Menge Teig aus der Maschine, breitete ihn auf der Arbeitsfläche aus und bestreute ihn mit Mehl, um ihn dann auszurollen, denn wir brauchten noch eine Portion Cupcakes für die Auslage. Dabei bewegte ich das Nudelholz so energisch, als wäre der Teig Lucas. Oder besser: Meine zerstörten Träume.

»Ich glaube, der Teig hat schon längst aufgegeben«, hörte ich plötzlich Nathans Stimme hinter mir. Erschrocken drehte ich mich um.

Keine Ahnung, wie lange er schon hinter mir stand und mich beobachtete, wie ich den armen Teig malträtierte.

Und noch etwas merkte ich erst jetzt: Meine Wangen waren feucht. Ich hatte angefangen zu weinen, ohne es zu merken.

»Nova, was ist denn los?«, fragte er besorgt und trat einen Schritt auf mich zu.

Ich eilte jedoch weg von ihm, hin zum Waschbecken, um mir erst die Hände zu waschen und mir dann ein Taschentuch zu schnappen, um meine Tränen zu trocknen. Eigentlich wollte ich nicht, dass mein Angestellter mich so sah. Ich fühlte mich jämmerlich.

»Ich glaube, du brauchst eine Pause«, meinte er und führte mich aus der Backstube in unsere kleine Personalküche, wo er mich auf den Stuhl an den Tisch bugsierte. Ich wehrte mich nicht, ich wusste, dass ich einen Moment zum Durchatmen gebrauchen konnte. »Im Laden ist gerade nicht viel los. Aber wenn jemand kommt, hören wir ja die Türglöckchen«, sagte er und holte eine Tasse aus dem Hängeschrank, goss heißes Wasser aus der Thermoskanne in diese, ein Teebeutel folgte. Dann reichte er mir den Tee.

»Den kannst du brauchen.«

»Danke«, sagte ich leise und stellte die Tasse vor mich hin, wärmte meine Hände daran.

Nathan setzte sich mir gegenüber hin.

»Also erzähl mal, wieso weinst du denn, wenn du einen tollen Auftrag an Land ziehst?«, hakte er mit einem sanften, aber auch aufmunternden Lächeln nach. Seine Sorge zeigte mir, dass er inzwischen wirklich bei uns angekommen war. Ich hingegen musste eine tolle Chefin abgeben, überlegte ich, wenn mein Angestellter mich trösten musste. Aber eigentlich fühlte ich mich schon etwas besser. Nathan hatte eine ruhige Ausstrahlung, war so positiv und, was das Wichtigste war, sah mich nie an, wie Lucas mich zum Schluss angesehen hatte. Mit dieser leichten Abneigung im Blick, weil ich ein bisschen runder war. Nein, in Nathans Blick lag echte Sorge. Ich beschloss, das wertzuschätzen. Und vielleicht wollte ich auch nicht versteinern, wie Leo es gesagt hatte, also rückte ich mit der Sprache raus, denn ich hatte das Gefühl, dass es ihn ehrlich interessierte. Zudem waren wir inzwischen ein gutes Team geworden, ich vertraute ihm.

»Morgen ist auch mein Jahrestag. Das heißt, er wäre es, wenn Lucas und ich noch zusammen wären.«

»Oh«, machte Nathan. »Verstehe. Das … tut mir leid.«

Er konnte ja nichts dafür. Ich nippte an dem Tee, der wohltuend mein Inneres wärmte.

»Er war … ein Arsch«, fügte ich hinzu. »Hat mich betrogen, weil ich … zugenommen hatte.«

»Wegen so was? Oh Mann!«, sagte Nathan mit einem Unverständnis, das echt klang. Ich musste lächeln. Na, wenigstens jemand, der meiner Meinung war.

»Wie ich das sehe, ist es ja kaum ein Verlust, so einen Typen los zu sein, oder?«

Ich grinste. »Weise Worte«, sagte ich. Zumal ich ihn ja vor die Tür gesetzt hatte.

»Ich bin ja auch Nathan der Weise«, sagte er mit einem Zwinkern, erhob sich und holte sich auch eine Tasse Tee.

Langsam trat er auf mich zu, strich mit der Hand über meine Schulter, und plötzlich durchströmte mich ein Gefühl von Wärme. »Weißt du, man sagt es anderen viel zu selten, doch jeder sollte es von Zeit zu Zeit hören: Du bist gut, wie du bist. Und du machst auch einen tollen Job, soweit ich das bisher beurteilen kann. Eigentlich bin ich sogar überrascht, wie gut es mir hier gefällt.« Er lächelte mich sanft an. »Dieses Lädchen ist so liebenswert, weil es von einer liebenswerten Person geführt wird. Glaub mir, ich habe schon anderes erlebt. Das hier, das Bei Agnes, ist was Besonderes. Vielleicht habe ich ein bisschen gebraucht, um das zu bemerken. Vergiss, was dieser Kerl gesagt hat. Ich kann dir versichern, er liegt falsch.« Überrascht hielt ich den Atem an. Ich fühlte mich weniger allein und merkte, dass sich sogar wieder ein Lächeln auf meinen Lippen ausbreitete.

Er ließ von meiner Schulter ab, setzte sich wieder hin und nippte an seiner Tasse.

»Lass dich nicht von solchen Typen unterkriegen, okay?«

Ich lachte leise. »Ich geb mir Mühe.«

»Wie gut, dass du mich eingestellt hast, damit ich dich immer wieder daran erinnern kann«, sagte er zwinkernd. Ehrlich, Nathan war immer da, wenn ich ihn brauchte. Damals. Jetzt auch. Er war mehr als nur ein Angestellter für mich, er war ein guter Freund.

19. Kapitel

Wieder dieses Hämmern und Bohren. Es raubte mir den letzten Nerv. Klara ging es nicht anders, es tat mir leid, dass sie nun ebenso jeden Morgen von diesem Krach malträtiert wurde. Ein Blick aufs Handy verriet, es war erneut kurz vor halb acht. Und ich wusste, ab da würde es mich bis zum Feierabend begleiten. Monoton, hin und wieder mit einem schrillen Akzent, einem kreischenden Sägen. Doch das war nicht alles, was mir durch den Kopf ging, während ich Creme auf den Tortenboden gab, einen zweiten Tortenboden oben drauf legte und erneut Creme und Früchte verteilte.

Ich brauchte etwas, das dieses Dröhnen übertönte.

Da kam mir die Idee, ich wusch mir die Hände, drehte das Radio laut auf. Das half. Der Lärm war zwar noch zu hören, nun aber nur noch im Hintergrund.

Mit *Sugar* von Maroon 5 ging die Arbeit recht leicht von der Hand, da waren Klara und ich uns einig. Ich merkte gar nicht, wie die Zeit verging, und gab Ingrids Jahrestorte den letzten Schliff, ummantelte sie mit einer rosafarbenen Creme und setzte die gewünschten Marzipanrosen oben drauf. Dabei schwangen Klara und ich gut gelaunt die Hüften. Mit Musik ging die Arbeit einfach leichter von der Hand. Irgendwann bemerkte ich aus dem Augenwinkel eine Bewegung und zuckte vor Schreck zusammen.

Da stand Nathan in der Backstube, grinste uns an.

»Macht einfach weiter, tut so, als wäre ich gar nicht da. Es ist toll, eure gute Laune zu sehen.«

»Wie lange beobachtest du uns schon?«

»Ein paar Sekunden. Eigentlich wollte ich nur Bescheid geben, dass ich da bin. Aber jetzt habt ihr mich direkt mit guter Laune angesteckt.«

Klara und ich lachten.

»Ich bin dann wie gesagt da«, verkündete er und verließ die Backstube, den Song mitsummend, der gerade im Radio spielte.

Ich beendete die Torte für Ingrid, lagerte sie im Kühlraum und holte frische Cupcakes aus dem Ofen, die Klara mit Sahne verzierte.

Als ich diese wenig später in die Auslege legte, beobachtete ich, wie Nathan in bester Laune eine Kundin bediente.

»Diese Erdbeer-Muffins sind ein echter Traum, die Dame. Probieren Sie ruhig einen, Sie werden es nicht bereuen. Und falls Ihnen mehr der Sinn nach Rosinen steht, sind die Rosinen-Muffins die beste Wahl. Macarons haben wir selbstredend auch. Alles, was süß und frisch ist, finden Sie hier bei uns.«

»Na ja, dann nehme ich einfach von jedem eins.«

»Das ist eine gute Entscheidung.« Schon machte er ihr zwei Tütchen mit verschiedenen Leckereien fertig, die er ihr dann reichte.

»Stimmt so, der Rest ist für Sie.«

»Danke, die Dame.«

»Man muss ja das neue Back-Team unterstützen, nicht wahr?«

»Da haben Sie recht. Hier hat sich zwar vieles geändert, aber die Qualität ist dieselbe.«

Nathan lief lässig zur Kasse und ließ das Geld darin verschwinden.

»Gute Vorstellung«, sagte ich amüsiert.

Erschrocken drehte er sich um. »Diesmal hast du also mich beobachtet.«

Ich zuckte mit den Schultern und nickte. »Du bist wirklich

gut mit der Kundschaft.« Lotta hatte auch einen Draht zu den Leuten gehabt, das war wichtig für den Job.

»Nun es ist ... ein wunderschöner kleiner Laden«, sagte er lächelnd zu mir, dabei blitzten seine Augen, nein, sie leuchteten sogar. »Ich meine es ehrlich, mir gefällt es hier. Und ich mag es, dass im Bei Agnes die Liebe zum Handwerk noch groß geschrieben wird.«

»War das in deiner alten Konditorei denn anders?«

»Oh ... ich ... nein, es war natürlich auch so. Aber das gefiel mir dort ebenso wie hier«, erklärte er sich rasch. »Es ist eben was anderes als ein Großunternehmen, wo es eine riesige Backstube gibt, in der hundert Leute im Akkord arbeiten, um dann Ketten mit ihren Waren zu beliefern.«

Ich nickte, da war was dran.

Er strich mit beiden Händen über den Vorsprung auf der Innenseite der Theke.

»Aber darf ich dich was fragen?«

»Klar«, meinte ich.

»Der Name der Konditorei ... den änderst du noch, oder?«

»Ich hab den Laden gerade erst übernommen, wie du weißt, und überlege noch, wie ich ihn nennen soll ...« Ich hatte einfach noch keine richtige Vision.

»Ist ja für den Anfang vielleicht auch nicht schlecht, den Namen erst mal beizubehalten«, meinte Nathan. »Die Leute kennen ihn unter diesem Namen und verbinden etwas damit.«

Genau, das war auch mein Gedanke. Die Tür ging auf und Ingrid kam herein, sie wirkte ein bisschen weniger teilnahmslos als gestern.

»Ich hole rasch Ihre Torte«, sagte ich und verschwand hinter den Kulissen, holte zusammen mit Klara das gute Stück aus dem Kühlraum und ließ es in einer formschönen Box verschwinden, die ich sodann der jungen Frau nach draußen brachte.

Sie blickte gleich hinein und lächelte mit einem Mal. Es war ein ganz anderes Lächeln als jenes, das sie gestern gezeigt hatte. Es wirkte ehrlich.

»Danke, die Torte ist wunderschön«, sagte sie. »Und genau, wie ich es mir vorgestellt hatte.«

»Einen tollen Jahrestag«, wünschte ich ihr.

»Ich danke Ihnen.« Sie bezahlte und verließ überglücklich das Geschäft.

»Siehst du, deswegen liebe ich dieses Lädchen«, meinte Nathan hinter der Theke und lächelte mindestens so glücklich, wie Ingrid es gerade getan hatte.

Ich zog mich wieder in die Backstube zurück. Irgendwann am Mittag, Klara war da wie immer längst gegangen, brauchte ich ein paar Unterlagen aus dem Büro und stolperte dabei fast in Nathans Arme, der mein Arbeitszimmer gerade verließ.

»Was machst du denn hier?«, wunderte ich mich.

»Der Postbote war eben da … hab nur die Post reingebracht.«

Ich linste an ihm vorbei zu ein paar Briefen, die auf dem Schreibtisch lagen.

»Okay«, meinte ich.

»Okay«, wiederholte er und schob sich an mir vorbei nach draußen. Sein Duft wehte mir nach. Instinktiv sog ich ihn auf. Dennoch – ich wollte nicht kleinlich sein, aber eigentlich wollte ich nicht, dass Mitarbeiter in mein Büro gingen, wenn ich nicht darin war. Ich zögerte kurz, ging ihm in den Laden nach und wollte es mit ihm klären, hörte dann aber, dass er mit jemandem sprach.

Da aber keine Kundschaft zu sehen war, fiel mein Blick auf das Handy an seinem Ohr.

Offenbar telefonierte er während der Arbeitszeit. Das hatte er auch schon an seinem ersten Tag bei uns gemacht, ich sollte wohl auch gleich klären, dass das nicht okay war. Bisher hatte ich das nämlich vergessen. Ich wollte mich räuspern, als Nathans Stimme erklang.

»… falls du es nicht mitbekommen hast, ich bin gerade hier, im Bei Agnes und muss arbeiten. Ja, du störst«, sagte er angespannt.

Mit wem sprach er?

»Hör mal, ich glaube, es ist ein Fehler … ich meine es ernst. Vielleicht lagen wir immer schon falsch?«

Wovon sprach er denn nur?

»Natürlich siehst du das anders. Du kennst nun meine Meinung. Wie auch immer. Ruf bitte nicht dauernd an, ich melde mich wieder.« Klang nach Stress.

Verärgert legte er auf, wandte sich um und entdeckte mich, worauf sich seine Augen weiteten.

»Sorry, ich weiß schon, was du sagen willst: keine Privatgespräche während der Arbeit … es kommt nicht wieder vor.« Seufzend steckte er sein Handy in die hintere Hosentasche und fuhr sich angespannt mit einer Hand durchs Haar. »Väter …«

»Das war dein Papa?«, fragte ich erstaunt.

Er wischte sich eine Strähne aus dem Gesicht, verschränkte die Arme.

»Ja, und der kann ziemlich anstrengend sein.«

»Was ist denn passiert? Also … wenn du drüber reden willst.« Ich merkte, dass es was Ernstes gewesen sein musste. Nathan stand sichtbar neben sich, wirkte blasser und verkrampfter. Und nachdem er mich gestern aufgebaut hatte, wollte ich nun dasselbe für ihn tun.

»Ich soll … etwas für ihn erledigen, das ich eigentlich gar nicht machen will. Ich glaube, dass er einen Fehler macht, wenn er seine Pläne weiterverfolgt. Aber er ist eben mein Vater, und er hört nicht auf mich.« Energisch lief er hin und her, wie ein Tiger im Käfig.

Da schien dicke Luft zwischen Vater und Sohn zu herrschen. Ich hatte Nathan jedenfalls noch nie so neben der Spur gesehen. Sonst war er immer entspannt. Zwar wusste ich nicht, was sein Vater zu ihm gesagt hatte, doch mit Sicherheit war es nichts Nettes gewesen.

Sanft strich ich ihm mit einer Hand über die Schulter, wie er es gestern bei mir getan hatte, in der Hoffnung, dass es ihn beruhigte.

Nathan blieb stehen, atmete tief durch.

»Vielleicht solltest du eine Pause machen, du hast sie nötiger als ich.« Eigentlich hatte ich jetzt was essen wollen, aber Nathan tat mir leid. Er sollte sich eine kleine Auszeit nehmen.

»Oh, ich will deine Pläne nicht durcheinanderbringen, nur weil mein Vater seinen Dickschädel durchsetzen will.«

»Schon gut. Ich halte hier die Stellung«, versprach ich ihm. »Und nimm dir Zeit, so viel du brauchst.«

Nathan lächelte. »Na schön. Danke, das ist echt nett von dir.«

»Kein Ding, ehrlich.«

Er nickte. »Etwas frische Luft wird mir sicher guttun.«

Abends kümmerte ich mich um die Kasse, nur um bedrückt festzustellen, dass unsere Einnahmen zu wünschen übrig ließen, was an der unangenehmen Geräuschkulisse von gegenüber lag. Und in der Auslage befand sich noch viel zu viel Kuchen.

»Wir haben heute nicht viel verkauft«, stellte auch Nathan fest, der aufgrund der etwas längeren Pause, die er vorhin gemacht hatte, erst später Feierabend machte.

»Wenn dieses Seglergeschäft endlich fertig renoviert ist, veranstalte ich eine Feier, das sage ich dir.«

Ich konnte es nicht erwarten, bis Herr Antonius endlich eingezogen war. Außerdem war ich gespannt darauf, ihn mal kennenzulernen. Ich hatte ihn seit meiner ersten Nacht im Löwensteg nicht mehr gesehen. Er machte sich rar. Sicher auch weil er ahnte, dass er gerade in der Nachbarschaft nicht besonders beliebt war, denn die Geräuschkulisse beeinträchtigte auch andere Geschäfte.

»Geht's wieder besser?«, fragte ich Nathan, der den ganzen Tag über sehr nachdenklich gewirkt hatte.

»Wegen meines Vaters?« Er wiegte den Kopf hin und her. »Er ist einer von der Sorte, die nie zufrieden ist.«

»Ach herrje.«

»Ich komm schon klar mit ihm. Vielleicht kann ich ihn ja noch zur Besinnung bringen.«

»Wegen seiner Pläne?«

»Ja ... sozusagen.«

»Was sind das denn für Pläne?«

Er wandte den Blick ab. »Nicht so wichtig. Wichtig ist nur, dass er seinen Kurs ändert. Ich versuche, auf ihn einzuwirken.«

»Das ist gut. Manchmal muss man jemandem die Stirn bieten, selbst, wenn man ihn liebt.«

Er nickte.

»Du kannst schon in den Feierabend gehen.«

»Und was machst du jetzt? Mit dem ganzen Kuchen, meine ich?«

Ich schnappte mir ein paar Faltkartons von unter der Theke.

»Ich verschenke sie. Es ist ungewöhnlich viel übrig geblieben heute. Die Tage davor war das anders. Nimm dir doch auch ein paar Törtchen mit«, schlug ich Nathan vor und suchte schon ein paar zusammen.

»Nicht nötig.«

»Doch, doch. Hier, die Himbeer-Cupcakes sind recht gut geworden.« Ich faltete die Pappe zu einer Box und legte ein paar Kuchen rein, dann machte ich den Karton zu und reichte ihm diesen, geriet dann aber ins Stolpern, noch bevor ich ihn erreichte, sodass ich fast hinstürzte. Nathan fing mich auf, zog mich aus einem Reflex heraus an sich. Einen merkwürdigen Augenblick lang hielten wir inne, ich spürte seinen Atem auf meinem Gesicht, blickte zu ihm hoch. Seine Augen blinzelten. Fast schien er nervös, was ich irgendwie süß fand.

Er hatte schöne Augen.

Dann erst merkte ich das feuchte Gefühl an meiner Brust, das zudem noch kalt war. Die Sahne der Cupcakes war aus dem Karton getreten und auf meinem Oberteil gelandet.

Und auf seinem auch.

»Oh … das tut mir so leid. Verdammt!« Rasch löste ich mich von ihm, und als ich das tat, überkam mich ein seltsames Gefühl, als zöge mich etwas wieder in seine Nähe zurück, gleich einem Magneten. Allerdings gab ich dem nicht nach.

»Das macht doch nichts, ehrlich«, sagte er und schien es zum Glück mit Humor zu nehmen, obwohl ich auch sein Oberteil bekleckert hatte.

Ich stellte den Karton mit den zermatschten Kuchen auf dem Tisch ab und suchte nach etwas, mit dem ich den Schaden beheben konnte. Ein feuchter Lappen war schnell gefunden, ein zweiter ebenso. Einen davon reichte ich ihm.

»Ach Mann, so ein Mist«, fluchte ich, weil die Sahne nicht leicht rausging.

»Ich werfe das Shirt einfach in die Waschmaschine«, sagte er, »nicht so schlimm.«

Seufzend zog ich einen weiteren Karton hervor, um auch den vollzupacken. Die Ware aus dem ersten konnte man leider vergessen, die war völlig zermatscht. Ich würde sie daher selbst essen, denn sie sah nur unansehnlich aus, war aber ansonsten in Ordnung.

»Ich … brauche keine Törtchen«, sagte er erneut.

»Oh … die sind diesmal gar nicht für dich«, erwiderte ich und nickte zur Uhr. »Wir machen gleich Feierabend, und die Sachen werden wir nicht mehr los. Ich mache ein paar Ladungen für die Suppenküche fertig.«

»Suppenküche?«

»Meine Tante hat ein Abkommen mit der Suppenküche unten am Zippel Park/Ecke Löwensteg. Was hier übrig bleibt, spenden wir an Mai Ahns Geschäft, in dem bedürftige Menschen gutes Essen zu kleinen Preisen bekommen.«

»Lotta hatte das schon mal erwähnt. Deine Oma hat das ja auch so gehandhabt, stimmt's?«

Ich nickte.

»Klingt jedenfalls toll«, sagte Nathan mit fasziniert funkelnden Augen und schien ehrlich begeistert, während er noch mit dem Lappen an seinem Shirt rubbelte.

»Meine Tante kennt Mai schon ewig. Es ist eine gute Möglichkeit, Menschen zu unterstützen, außerdem wäre alles andere Verschwendung.«

»Oh, es gibt Firmen, die das anders sehen und lieber alles wegwerfen anstatt es zu spenden.« Bildete ich mir das ein, oder klang da Verachtung in seiner Stimme mit? Ich fand es jedenfalls nicht gut, Lebensmittel einfach wegzuwerfen.

»Hast du das schon erlebt?«, fragte ich. Womöglich hatte die kleine Konditorei, in der er zuvor gearbeitet hatte, es anders gehandhabt als wir.

»Wie? Nein, nein.« Er winkte ab. »Was man so hört«, sagte er und legte den Lappen zur Seite. Auf seinem Shirt hatte sich ein Fleck gebildet, der ein bisschen wie ein Herz aussah.

»Das tut mir so leid.«

»Kein Ding, ehrlich. Sag mal, wie transportierst du denn diese Mengen dahin?«

»Na ja, es ist schon mehr als sonst. Normalerweise genügt es, wenn ich sie im Fahrradkorb hinbringe. Aber heute brauche ich vermutlich Caddy.«

»Wen?«

»Unseren kleinen Lieferwagen.«

»Kann ich dir helfen?«, fragte er plötzlich.

»Du hast doch längst Feierabend«, sagte ich lachend. Was war nur heute mit ihm los?

»Na und? Ich würde es trotzdem gerne tun. Du hast mich mit ... dieser Magie angesteckt, ich will Teil davon sein, anderen helfen, andere mit Törtchen erfreuen. Das gibt einem echt viel, jeden Tag die vielen glücklichen Gesichter zu sehen.«

Das klang irgendwie süß. Auch wenn es in letzter Zeit weniger glückliche Kunden gegeben hatte, da ja immer weniger Leute gekommen waren.

Aber ein gut aussehender Mann, der charmant seine Hilfe anbot? Da konnte ich schwer Nein sagen.

»Wenn das so ist ... schnapp dir einen Karton und pack ihn voll mit Törtchen und Kuchen.«

Das machte er dann auch sofort, während ich eine Etage höher mein Shirt wechselte.

Ich parkte Caddy gegenüber der Suppenküche, die sich im Untergeschoss eines Doppelhauses befand und mit einem hoch aufragenden, aber schmalen Schaufenster imponierte. Sie wirkte ein bisschen eingestaubt, hatte sie doch schon zu Großmutters Zeiten existiert und sich seitdem nicht merklich verändert. Gerade deshalb fühlte ich mich gerade nur noch stärker mit Oma verbunden, stellte mir einen Augenblick lang vor, wie sie früher ihre Torten beim Vorgänger der heutigen Suppenküche gespendet hatte, genau wie ich es nun tat. Als wir das kleine Lokal mit unseren vollgepackten Kartons betraten, breitete Mai herzlich lachend die Arme aus und kam auf uns zu.

»Nova! Diesmal bringst du aber eine große Portion Kuchen mit!«, rief die zierliche Frau aus und winkte uns an dem kleinen, aber vollen Gastraum hinter die Kulissen, wo sich eine winzige Küche befand. Herzlich drückte sie mich an sich, nachdem ich den Karton auf die Arbeitsfläche neben den

Töpfen abgestellt hatte. Nathan platzierte zwei weitere Kartons daneben.

»Ja, ist schon etwas mehr geworden als die Tage zuvor.«

Ich bemerkte, wie Nathan sich interessiert umblickte.

Mai hingegen schaute in einen der Kartons, und vor Staunen öffnete sie den Mund. »Das ist ja so viel, lieben Dank!« Sie drückte mich noch mal.

»Sehr gerne.«

In einem großen Topf zu meiner Rechten köchelte Hühnersuppe, in dem daneben eine vietnamesische Köstlichkeit. Mai führte dieses Geschäft seit gefühlt zwanzig Jahren, vielleicht sogar länger. Hier bekam man gute Suppen, etwas Brot und manchmal auch Leckereien wie die von uns für wenige Cent. Oft sogar kostenlos. Die Kundschaft setzte sich aus Menschen zusammen, die wenig hatten und sich nicht viel leisten konnten.

»Ich bin mir sicher, es wird den Leuten sehr schmecken«, sagte sie, während draußen ein Glöckchen klingelte.

»Oh, es kommen noch mehr Gäste. Ich muss mich ranhalten, einen Moment bitte, ja?« Mai eilte wieder raus.

»Nette Frau«, meinte Nathan.

»Und ein echt großartiges Konzept«, fügte er hinzu. »Ich finde es toll, was sie macht. Genauso wie das, was du tust.«

Mir wurde warm ums Herz. Aber dann bemerkte ich seinen ernsten Blick, als würde ihn irgendetwas bedrücken.

»Was liegt dir auf dem Herzen?«, hakte ich also nach. Ging es noch immer um seinen Vater?

»Ich … wie kommst du darauf?«

»Ich kenne dich jetzt schon eine Weile … also, wo drückt der Schuh?«

Er seufzte, sah mich an, als hätte ich ihn ertappt. »Es ist verzwickt … ich weiß nicht, wie ich anfangen soll.«

»Am Anfang, das macht sich immer gut.«

»Zwei Mal Hühnersuppe? Kommt sofort! Ich bringe Ihnen

auch ein paar Kuchen!«, klang Mais Stimme aus dem Gastraum. Just in dem Moment kehrte sie zurück zu uns in die Küche und füllte zwei Schüsseln, legte dann ein paar der Kuchen auf ein Tablett dazu. »Tut mir sehr leid, ihr beiden, ich habe im Moment ein volles Haus.«

»Schon gut, wir wollten eh gerade gehen«, meinte ich, denn ich glaubte, dass dies auch nicht der richtige Ort für ein ernstes Gespräch mit Nathan war.

»Das nächste Mal habe ich mehr Zeit«, versprach uns Mai.

Wir verabschiedeten uns und verließen die Suppenküche, dabei konnten wir noch sehen, wie ein paar Gäste unsere Törtchen aßen, die ihnen ganz offensichtlich schmeckten.

Als wir kurz darauf in Caddy saßen, kam ich auf das Gespräch zurück.

»Ich hab ein offenes Ohr für dich«, versuchte ich ihn zu ermuntern und schnallte mich an. Aber ich startete den Motor noch nicht, beobachtete, wie sein Blick aus dem Fenster zur Suppenküche wanderte.

»Ich … fühle mich so wohl bei dir und in der Konditorei. Es ist lange her, dass ich mit meinem Job so glücklich war …«, fing er an. Ich war überrascht, lächelte aber, denn es war ein wundervolles Kompliment. »Das ist es, worüber du mit mir reden willst?«

Jetzt sah er mich an, er wirkte traurig, schüttelte den Kopf.

»Aber worum geht es denn nur?«

»Ich … wenn ich nur wüsste, wie ich das sagen soll.«

Mir dämmerte, dass es etwas Ernstes sein musste, wenn er so herumdruckste. Ein ungutes Gefühl breitete sich in meiner Magengegend aus.

In dem Moment bemerkte ich eine ältere Frau auf der Straße, die auf dem Weg zur Suppenküche mit einem lauten Aufschrei hinstürzte. Rasch schnallte ich mich ab, um ihr zu helfen. Schon sprang ich aus dem Lieferwagen und eilte zu ihr hin, hob sie hoch. Nathan folgte mir, stützte die ältere Dame.

»Alles okay? Brauchen Sie einen Arzt?«, fragte ich besorgt.

Die Dame schüttelte den Kopf, deutete dann zur Suppenküche.

Ich verstand und half ihr rein, sorgte dafür, dass sie einen Platz an einem der winzigen Tische fand.

»Danke«, sagte sie leise.

»Natürlich, gerne.« Eilig sagte ich noch Mai Bescheid, dass sie die Frau vielleicht eine Weile im Auge behielt, ob sie doch noch Schmerzen bekam von dem Sturz. Dann kehrte ich nach draußen zu Nathan zurück, der dort auf mich gewartet hatte und ein bisschen geschockt aussah.

»Geht es ihr gut?«

»Ich denke schon. Tut mir leid, wegen der Unterbrechung, ich musste einfach helfen.«

»Das war völlig richtig. Ich fand es toll, dass du sofort reagiert hast.« Wir setzten uns wieder in Caddy.

»Wo waren wir stehen geblieben?«

Er seufzte. »Es ist nichts, ich komm einfach nur manchmal ins Grübeln … vergiss es bitte wieder.« Er wich meinem Blick aus. Ich hatte immer noch ein komisches Gefühl. Eben, als wäre da doch mehr. Etwas, das er mit sich herumtrug, aber vor mir verbarg. Ein Geheimnis? Nur warum schwieg er sich darüber aus, wenn er doch zuvor hatte drüber reden wollen? Zumal es ihn unverkennbar belastete.

»Es sind … Familiendinge«, warf er mir einen Brocken hin. »Mach dir keine Gedanken um mich.«

Leichter gesagt als getan. Doch sein ernster Blick verriet, dass er nun ohnehin nicht weiter darauf eingehen würde.

»Na schön …«, gab ich nach. Aufdrängen wollte ich mich schließlich nicht.

Ich fuhr zurück, und als wir vor dem Bei Agnes parkten

und ausstiegen, war das seltsame Gefühl auch schon wieder verschwunden.

»Wir sehen uns morgen?«

Er nickte, ging zu seinem Wagen, während ich mich zum Haus bewegte.

»Nova?«

Ich drehte mich noch mal zu ihm um.

»Danke, dass du für mich da bist. Ich werde auch für dich da sein, egal was kommt.«

Ich lächelte und hob den Daumen, spürte Wärme in mir aufsteigen. Wir waren wirklich ein gutes Team.

20. Kapitel

In den darauffolgenden Tagen blieb zu meinem Bedauern noch mehr Kundschaft aus, trotz zahlreicher Rabattaktionen, die wir anboten: zwei Erdbeertörtchen zum Preis von einem oder Cupcakes für 99 Cent das Stück. Es war so laut in der ganzen Umgebung, dass man auf der Straße kaum sein eigenes Wort verstand. Selbst die Kundschaft, die nur etwas zum Mitnehmen kaufte, wurde immer weniger, und dann gab es am Freitag auch noch erste schlechte Reviews bei Google Maps.

Im Bei Agnes fallen einem die Ohren ab, so laut ist es in der Straße. Keine Empfehlung.

Ich seufzte. Wir konnten doch nichts dafür, dass unser neuer Nachbar einzog. Ich wusste jedenfalls nicht, was ich tun konnte, außer Ohrstöpsel zu verteilen. Wie es aussah, bekam das Haus in den nächsten Tagen sogar einen neuen Anstrich, ein Gerüst war ringsherum aufgebaut worden.

Schließlich brach der Samstag an, und das war meist einer unserer besseren Tage. Die Leute hatten frei und Lust, es sich gutgehen zu lassen. Auch Touristen kamen häufig am Wochenende in unser Geschäft. Zudem arbeiteten die Leute gegenüber nicht an Wochenenden, sodass es zumindest Samstag und Sonntag leise war.

Doch zu meinem Schrecken blieb die große Welle an Kundschaft erneut aus. Hatte es sich herumgesprochen, dass es hier nicht mehr so gemütlich war wie sonst? Nach einem recht flauen Tag nahm mich Nathan zur Seite.

»Ich weiß, im Moment läuft nichts, wie es soll. Aber du solltest dich ein bisschen mehr entspannen«, sagte er.

Das war leichter gesagt als getan. Durch diese Renovierungsarbeiten litt mein Geschäft. Und ich wusste nicht, was ich dagegen tun sollte.

»Du wirkst total unter Strom.«

»Wärst du auch, wenn es um deinen Laden gehen würde.«

»Ja, vielleicht. Aber ich mache mir Sorgen um dich.«

Überrascht hielt ich den Atem an, denn sein Blick verriet, dass jedes Wort wahr war.

»Du bist nicht nur meine Chefin, du bist eine gute Freundin. Eine sehr gute sogar.«

»Du bist mir auch ein guter Freund«, gab ich zu. Er war mir ehrlich ans Herz gewachsen.

»Nur bitte, zweifle nicht so viel an dir. Du kriegst das hin. Ich weiß es einfach. Und ich helfe dir, wo ich nur kann. Verlass dich auf mich und vor allem auf dich.«

Er hatte mich völlig durchschaut. Er wusste ganz genau, wie oft Zweifel an mir nagten. Besonders jetzt. Sogar in diesem Moment. Ich wünschte, ich würde genauso stark an mich glauben wie er. Aber es war gut zu wissen, dass es jemanden gab, der es tat.

Sanft lächelte mich Nathan an. Meine Knie fühlten sich dabei ziemlich weich an, was mich irritierte.

»Und vielleicht bekommst du ja bald einen richtig großen Auftrag«, meinte er zwinkernd.

»Wo soll der denn herkommen?«

»Wer weiß? Ich werde dann auch mal«, sagte er.

»Ja, klar … schönen Feierabend.«

Er lächelte, nickte mir zu und ging. Ich vermisste ihn ein wenig. Er hatte die Fähigkeit, mir Hoffnung zu geben. Manchmal fühlte ich mich allein, besonders, wenn Dinge schiefgingen. Doch mit ihm war es anders, er stärkte mir immer den Rücken. Aber im Augenblick wirkte alles ein wenig ausweglos. Doch als ich dann am Montag, unserem Schließtag, ins Büro ging, um ein paar Dinge zu erledigen, trudelte eine E-Mail mit einem größeren Auftrag für eine Betriebsfeier am kommenden Mittwoch ein. Das war genau das, was wir jetzt brauchen konnten. Und das, was Nathan kürzlich angekündigt hatte. Steckte er dahinter? Hatte er das für uns organisiert? Ich lachte erleichtert auf. Dieser ausgebuffte Kerl! Es kam zur rechten Zeit. Ich schrieb Nathan eine SMS, um mich für den Auftrag zu bedanken. Dabei fragte ich nach, woher er den Kunden denn überhaupt hatte.

Vitamin B, war nur seine Antwort.

21. Kapitel

Am Dienstag war die Lage nicht anders. Die Renovierungsarbeiten schienen mir sogar noch lauter. Bohren, Hämmern, noch mehr Bohren.

Ich vermisste zudem Klara. Jetzt war Fabiana wieder da. Wie immer war sie sehr zurückhaltend und zugleich distanziert.

»Wie war dein Urlaub?«, fragte ich, um ein bisschen Konversation zu machen.

»Gut«, sagte sie nur.

Ich band sie in den Großauftrag ein, den wir bis morgen fertig haben mussten. Wie immer arbeitete sie zuverlässig, das musste man ihr lassen.

Als ich zufällig aus dem Fenster der Backküche sah, erstarrte ich, entdeckte ich doch den neuen Anstrich, der gerade auf die Außenfassade aufgetragen wurde. Diese Farbe. Es war ein ganz spezifisches Rot. Mohnrot. Ja, das war es. Und es gab nur eine Ladenkette, die dieses Rot als eine Art Markenzeichen verwendete, weil die Fassaden jedes ihrer Geschäfte in eben diesem Rot leuchteten. Das konnte kaum ein Zufall sein. Oder war es Herr Antonius' Lieblingsfarbe? Es kam mir wie ein schlechter Scherz vor.

»Morgen!«, grüßte Nathan mich, lugte kurz herein, aber ich hatte gar keine Zeit, ihm zu antworten, ich machte mich sofort auf den Weg rüber zu den Malern. Denn ich musste jetzt wissen, was hier los war.

»Wieso streichen Sie das Haus rot?«, fragte ich atemlos, mein Puls war viel zu schnell.

»Moin erst mal, junge Frau.«

»Morgen … bitte, sagen Sie mir doch, wieso Sie dieses Rot verwenden.«

»Na, wieso wohl, weil der Auftraggeber das wünscht. Aber witzig, dass Ihnen das auffällt. Der wollte nämlich ein ganz bestimmtes Rot. Mohnrot nämlich. Das mussten wir erst mal beschaffen in diesen Mengen, ist 'ne seltene Farbe, wissen Sie?«

Es war die Farbe vom Kuchen & Meer. Alle Filialen waren in diesem Farbton gehalten. Das hieß, zu Sophias Zeiten war das alte Mertens-Haus noch nicht in dem Rot erstrahlt, aber alle folgenden Kuchen & Meer hatten diesen Anstrich bekommen. Und nun eben auch dieses Haus, was mir sehr merkwürdig erschien.

»Wer ist Ihr Auftraggeber?«, fragte ich geistesgegenwärtig, denn mein Gefühl sagte mir, dass es überhaupt nicht Herr Antonius war.

Der Maler hielt kurz inne, musterte mich.

»Ich bin von drüben, die Nachbarin«, erklärte ich, falls er nicht jedem Auskunft zu geben gedachte, was ja nur verständlich wäre.

»Da müssen Sie den Bauleiter fragen. Und der ist grad nicht da. Ich bin hier nur am Malern.«

Auch das noch.

»Wann kommt er denn wieder?«

»Gegen zwölf. Morgen.«

Oh Mann …

»Der beaufsichtigt viele Projekte. Und er hat auch alle Unterlagen. Müssen Sie bis morgen warten, tut mir leid, junge Frau.«

Mit einem unguten Gefühl begab ich mich in die Backstube zurück.

Was, wenn da eine Kuchen & Meer-Filiale reinkam? Das wäre mein Ende, schoss es mir durch den Kopf. Dieses Rot – zu einem Seglershop passte das doch gar nicht.

Ich würde morgen mehr wissen. Jetzt versuchte ich, mich auf Ostseeträume, Törtchen und die Großbestellung zu konzentrieren. Die rettete mir gerade die Haut, brachte sie doch einiges ein. Aber es war nicht leicht, das Gedankenkreisen einzustellen.

Fabiana brachte ein paar Cupcakes nach draußen.

Gleich darauf hörte ich ein Lachen aus dem Laden. Als ich nach dem Rechten sah, entdeckte ich Nathan und Fabiana, die sich super gut zu verstehen schienen und auf alles, nur nicht auf die Arbeit konzentriert waren. Ich räusperte mich.

»Kommst du dann bitte? Wir haben wie gesagt eine Großbestellung«, sagte ich zu Fabiana.

»Ja, gleich«, winkte sie ab.

Ich wartete einen Moment, beobachtete verwundert, wie sie mit Nathan einfach weiter plauderte, sich ihm ausführlich vorstellte und ihn mit leuchtenden Augen anstarrte, als wäre er das achte Weltwunder. So viel hatte sie noch nie mit mir gesprochen wie in diesen paar Minuten mit Nathan.

»Ich warte!«, sagte ich ärgerlich und ging in die Backstube zurück. Sie folgte mir missmutig.

»Ich muss sagen, wir haben ja wirklich einen netten Verkäufer bekommen«, sagte sie, und ihre Augen blitzten.

»Das haben wir. Aber jetzt bitte Konzentration. Wir müssen eine dreistöckige Jubiläumstorte und dreißig kleine Törtchen für eine Firmenfeier machen, die morgen stattfindet. Du übernimmst bitte den unteren Stock, ich mache die zwei darüber.«

Ich erklärte ihr das Rezept und die Sonderwünsche des Kunden, worauf sich Fabiana dann doch recht geschickt an die Arbeit machte. Meckern konnte ich da nicht. Heute Abend wollte ich die Bestellung für die morgige Feier mit Caddy ausliefern.

»Warst du schon mal in der Krabbenstube 2.0?«, fragte Fabiana dann Nathan, als sie sich in der Personalküche begegneten, wo ich mir auch gerade einen Kaffee einschenkte.

»Bisher nicht.«

»Dann komm heute Mittag mal mit. In der Krabbenstube gibt's leckere Burger zu kleinen Preisen, perfekt für die Mittagspause.«

»Wir können doch Nova nicht allein im Laden lassen.«

»Oh … schon okay. Ich kriege das allein hin. Geht ihr mal in die Krabbenstube.«

Kaum waren die beiden weg, griff ich nach meinem Handy, um eine Bildersuche nach Kuchen & Meer-Filialen zu starten. Eine Reihe von Bildern zeigte sich in der Internetsuche. Wie ich es mir gedacht hatte. Die Häuser waren alle mohnrot. Verunsichert steckte ich das Handy wieder weg.

Ich sollte mich besser auf den Auftrag konzentrieren, Appetit hatte ich gerade keinen. So fertigte ich noch ein paar Jubiläumstörtchen. Irgendwann kehrte Fabiana zurück. Sie wirkte viel besser gelaunt als sonst. Und obwohl sie für gewöhnlich bis halb vier blieb, machte sie heute länger und erst Feierabend, als auch Nathan gehen konnte, während ich den Verkauf übernehmen würde, da die Backstube nun zu war.

»Wir sollten noch deinen Einstand bei uns feiern«, überlegte Fabiana.

»Das habe ich doch schon, mit Lotta und Nova sowie Kaffee und Kuchen. Ich bin schon zwei Wochen hier.«

»Kaffee und Kuchen? Das ist doch kein Einstand. Wir sollten es sofort nachholen.«

Aber Fabiana meinte nur Nathan und sich.

Nathan warf mir einen Blick zu, den ich nicht recht deuten konnte.

»Ohne unsere Chefin? Da wären wir aber unvollständig«, sagte er zu meiner Erleichterung. Nicht, dass ich mich da aufdrängen wollte, aber ein bisschen ausgeschlossen hatte ich mich schon gefühlt.

»Oh … ja, das stimmt natürlich«, gab Fabiana zu. »Und die Chefin zahlt, das ist Tradition!«

»Klar doch«, sagte ich, eigentlich hatte Nathan einen richtigen Einstand verdient.

»Also Einstand um acht in der Blue Bar in der Vorderreihe?«, sagte sie dann mit einem Blick zu mir.

»Sehr gerne«, erwiderte ich.

Nachdem Fabiana und Nathan gegangen waren, schmiss ich allein den Laden. Aber viel zu tun gab es nicht mehr, denn die Renovierung nebenan lief noch auf Hochtouren.

Da betraten Sam und Stella den Laden. Arm in Arm, nur Augen für sich. Die beiden waren so ein schönes Paar, sie passten perfekt zusammen. Sie setzten sich an einen unserer kleinen Tische unter dem alten Gemälde, das schon im Fräulein Zucker gehangen hatte, und bestellten Himbeertorte und Kaffee.

»Wir müssen doch die lokalen Geschäfte unterstützen«, sagte Stella. Sie wusste ja selbst, wie schwer es heutzutage war, einen Laden am Laufen zu halten. Erst vor ein paar Monaten hatte es nicht gut um den alten Trödelladen gegenüber gestanden. Wäre Sam nicht gewesen und hätte die beiden Schwestern bei der Renovierung des Ladens unterstützt, gäbe es das Geschäft heute womöglich nicht mehr.

»Und wie läuft es?«, fragte Sam. Sorge lag in seinem Blick. Er konnte sich wohl denken, dass der Krach die Kundschaft fernhielt. Und unsere Rezensionen bei Google Maps hatten auch mehr und mehr nachgelassen, was natürlich weitere Interessenten abschreckte.

»Könnte besser gehen. Immerhin hatten wir heute einen Großauftrag.«

»Und mit deinem Mitarbeiter?«, hakte Stella nach.

Ich seufzte. »Mit dem läuft es auch gut, er ist sehr fleißig.« Aber das war sicher nicht das, was Stella hatte hören wollen.

»Wir haben ihn heute in der Mittagspause mit deiner Auszubildenden in der Krabbenstube gesehen«, fuhr sie fort. Dabei zogen sich ihre Mundwinkel ein wenig runter. »Sie haben sich offenbar sehr gut verstanden.«

Ja, das taten sie wohl. Aber was wollte Stella mir damit sagen? Dass ich mich ranhalten sollte, weil mir sonst jemand Nathan wegschnappte? Ich fürchtete, genau das war ihr Gedanke. Und zu meinem Erschrecken stolperte mein Herz im selben Moment, in dem ich an ihn dachte.

22. Kapitel

Nachdem ich mit Caddy den Großauftrag ausgeliefert und den Wagen in die Garage zurückgestellt hatte, machte ich mich direkt auf den Weg zur Vorderreihe. Ich stutzte, als ich kurz darauf in die Blue Bar kam. Fabiana hatte einen Zweiertisch für Nathan und sich organisiert. Beide saßen sich gegenüber, und sie schaute ihn mit Herzchen in den Augen an. Kein Platz für mich. Ich überlegte schon, einfach umzudrehen und wieder zu gehen. Stören wollte ich nicht. Aber nein, ich war die Chefin. Und ich wollte ja auch zahlen, also würde ich mit am Tisch sitzen.

»Hey, Nova«, rief plötzlich Nathan, da er mich bemerkt hatte. Ich wandte mich den beiden zu, lächelte ein wenig verkrampft und kam mir doch vor wie das fünfte Rad am Wagen.

Nathan war so nett, mir einen Stuhl an ihren Tisch heranzuschieben.

»Es war einfach nichts frei«, behauptete Fabiana. Doch ich konnte zwei freie Tische sehen, an denen wir alle bequem Platz gefunden hätten.

»Schon gut«, sagte ich und bestellte einen Cocktail.

Anschließend versuchte sie Nathan ständig in ein Gespräch zu verwickeln, erzählte ihm etwas aus ihrem Leben, während er bemüht war, mich irgendwie mit einzubinden, was kaum gelang. Es war offensichtlich, dass Fabiana Nathan sehr mochte. Und womöglich fand er sie auch nett. Das hatte ja auch Stella behauptet. Ich fühlte mich zusehends überflüssig, klammerte mich an meinen Cocktail und verspürte einen gewissen Druck auf dem Magen.

Als zwei Stunden später die Lage immer noch nicht besser war, entschied ich, dass es Zeit war zu gehen. Ich hatte nicht das Gefühl, dass mich einer meiner Angestellten vermissen würde. Wahrscheinlich war das das Los einer Chefin.

»Ich verabschiede mich dann«, meinte ich. »Ich bezahle eure Drinks.«

»Wie schade«, sagte Fabiana. Was alles, nur nicht glaubwürdig klang. »Mach's gut. Schönen Abend und bis morgen.«

»Bis morgen«, hörte ich Nathan noch sagen.

Dann hatte ich dem Barmann das Geld gegeben und das Lokal verlassen. Irgendwie fühlte ich mich nicht wohl in meiner Haut, etwas nagte an mir, weil sich die beiden so gut zu verstehen schienen. Was war nur los mit mir? Ich verstand mich doch auch gut mit ihm. Brauchte ich ständig seine Aufmerksamkeit? Das war albern. Es war völlig in Ordnung, wenn sich Fabiana und Nathan mochten, oder nicht? Kaum war ich ein paar Schritte gegangen, hörte ich plötzlich ein »Hey, warte mal!« hinter mir.

Ich drehte mich überrascht um und erkannte Nathan, der rasch zu mir aufschloss. Mein Herz hüpfte.

»Ich … hatte auch keine Lust, länger zu bleiben. Ich muss morgen früh raus, nicht wahr?« Er zwinkerte.

Ich war erstaunt, hatte ich doch den Eindruck gehabt, dass er den Abend mit Fabiana durchaus genossen hatte.

»Das ist nur vernünftig«, meinte ich scherzhaft.

»Finde ich auch.«

Wir liefen noch ein Stück gemeinsam an der Trave entlang und bogen dann in die Rosenkreuzung ein.

»Es war nett, dass du versucht hast, mich heute Abend einzubinden.« Dafür war ich ihm dankbar.

»Du bist ja unsere Chefin«, meinte er lachend. Wie durch Zufall berührten sich unsere Hände, während wir nebeneinanderherliefen. Erstaunt sahen wir uns an. Hatte er das auch gespürt? Da war ein … elektrisches Kribbeln gewesen. Kein Schlag, nein, es hatte sich gut angefühlt.

Ein Lächeln trat auf seine Lippen, seine dunklen Augen schimmerten samten.

»Es war … trotzdem ein schöner Abend«, meinte er.

Ich nickte, spürte, wie sich meine Wangen röteten.

»Ich verbringe ihn lieber mit dir als mit Fabiana … oder sonst wem«, offenbarte er.

Erstaunt blieb ich stehen, legte den Kopf schief und wartete, ob noch eine Erklärung folgte, als ich aus dem Augenwinkel das riesige Schild in der Kurgartenstraße vor dem alten Mertens-Haus bemerkte. Ich wandte den Kopf in diese Richtung. *Bald eröffnet hier eine neue Kuchen & Meer-Filiale* stand dort in dicken Lettern.

»Kuchen und Meer?«, kam es mir über die Lippen. Also doch … aber wie war das möglich? Was war mit Antonius? Hier sollte doch ein Segelbedarfsgeschäft reinkommen.

Ich wankte auf das Schild zu, traute meinen Augen nicht. Unter der Überschrift prangten vier Bilder, eines zeigte den grauhaarigen Mann, den ich mit Herrn Antonius beobachtet und für dessen Anwalt gehalten hatte. Er strahlte wie der Teufel selbst in die Kamera. Unter seinem Bild stand *Roald Mertens, Geschäftsführer*, und drei andere Abbildungen zeigten seine Söhne Christoph, Harald und Erwin. Alle vier Männer lächelten wie Profimodels in die Kamera. Sie waren schick gekleidet und gestriegelt, wirkten wie Gewinner.

»Wo ist der Seglershop?«, fragte ich aufgeregt und drehte mich zu Nathan um, der mich nur mitfühlend ansah. Im ersten Moment hatte ich das Gefühl, er hätte davon längst gewusst, aber das konnte ja gar nicht sein.

»Den hier kenne ich«, meinte ich und deutete auf das Bild von Roald Mertens.

Nathan hob eine Braue. »Du kennst einen von denen?«

Ich nickte. »Nicht persönlich. Aber ich habe ihn, bevor die

Entrümpelung losging, mit Herrn Antonius in dem alten Haus gesehen.« Ich hatte gleich gewusst, dass etwas nicht stimmte. Und allmählich dämmerte mir, was geschehen war.

»Das sind die Mertens, verstehst du?«

»Ich weiß, wer diese Leute sind«, sagte Nathan.

Für mich fügte sich plötzlich alles wie bei einem Puzzle zusammen.

»Die Mertens sind zurück, das hier ist ihr altes Haus. In den 50ern standen sie in Konkurrenz zu meiner Familie. Es war … wie ein Wettstreit zwischen beiden Konditoreien. Nur durch das Rezept meiner Oma konnten wir ihn gewinnen. Aber jetzt sind sie zurück. Die müssen Herrn Antonius das Haus abgekauft haben«, redete ich ohne Punkt und Komma.

Ja, so musste es gewesen sein. Herr Antonius hatte das Haus den Gutmeyers abgekauft, hatte sich dann meiner Tante mit seinen Plänen vorgestellt, und schließlich war Roald Mertens aufgetaucht, um das alte Haus zurück in seinen Besitz zu bringen. Ich dachte an die nächtliche Hausbesichtigung. Mertens hatte offenbar alles daran gesetzt, das Gebäude zu erwerben. Nur warum? Es gab doch schon viele Kuchen & Meer-Filialen in Lübeck, wozu also noch diese hier?

Ein Schauer lief mir über den Rücken. Waren die wegen uns hier? Eine Art später Rache? Weil sie es noch heute persönlich nahmen, dass das Fräulein Zucker bestehen geblieben war?

Ich musste mich setzen, meine Beine knickten mir sonst weg. Ich hatte keine Ahnung gehabt, was hier die ganze Zeit vor sich gegangen war. Hatte naiv geglaubt, dass hier ein Seglerbedarfsladen aufmachen wollte.

»Nova! Was ist?«, fragte Nathan besorgt und half mir, mich auf dem Bürgersteig niederzulassen. »Du bist ganz blass.«

Er konnte das alles natürlich nicht verstehen, er kannte ja die Geschichte dieser zwei Familien nicht so gut wie ich, hatte nur irgendwelche Gerüchte aufgeschnappt, doch ich wusste, wie es wirklich gewesen war.

»Das könnte … das Aus bedeuten, für das Bei Agnes«, murmelte ich. Mit den Mertens konnte sich heutzutage keine kleine Konditorei mehr messen. Wo eine Kuchen & Meer-Filiale eröffnete, machten kleine Bäckereien und Konditoreien dicht. Niemand bestand gegen diese Kette, die mit billigen Preisen lockte. Wie sollte ich da mithalten? Wie sollte sich das Bei Agnes bewähren?

Plötzlich griff er nach meiner Hand, hielt sie fest. Ich spürte seine Stärke und Zuversicht.

»Ich weiß, das ist ein schwerer Schlag. Aber es ist noch nichts entschieden«, sagte er ernst. »Wir nehmen den Kampf mit ihnen auf«, beschwor er motiviert. »Wir brauchen einen Plan, und den werden wir uns gemeinsam überlegen.«

Sein Blick fing meinen auf. Ich spürte dieses warme Gefühl in meiner Brust, weil seine Augen diesen sanften, dunklen Schimmer annahmen. Das machte etwas mit mir. Etwas, das sich schön anfühlte. Ich hatte das Gefühl, dass ich auf ihn zählen konnte. Und vielleicht hatte er ja recht, vielleicht war noch nicht alles verloren.

23. Kapitel

»Du brauchst neue Rezepte«, hatte er gesagt. »Mit den richtigen Ideen werden die Leute zu dir kommen, nicht zum Kuchen & Meer. Das Kuchen & Meer verkauft Kuchen aus Massenproduktion. In allen Filialen der Kette bekommst du dieselben Waren, keine Individualität. Sie schmecken gut, sind aber nichts Besonderes. Was du brauchst, ist etwas Einzigartiges, wie die Ostseeträume deiner Oma«, hallten Nathans Worte in meinen Ohren nach. Und er hatte recht. Im Bei Agnes waren wir ein bisschen eingefahren mit unserem Angebot. Es brauchte etwas Neues und Frisches. Und das hatte ich ja auch immer kreieren wollen. Aber ich kam derzeit kaum dazu, mir etwas zu überlegen, denn die Woche mit Fabiana verlief eigenartig. Sie schien mich als Chefin nicht ganz ernst zu nehmen, verrichtete aber alle Arbeiten, half mir bei Großbestellungen und ließ sich von ihrer Wortkargheit abgesehen nichts ankreiden. Nur Nathan gegenüber war sie immer überaus freundlich. Ich beriet mich mit Agnes, was ich tun konnte, um mit meiner Angestellten ein besseres Verhältnis aufzubauen, verschwieg ihr aber, dass nebenan kein Segelgeschäft eröffnete, sondern sich die Familie Mertens erneut breitmachte. Ich fürchtete einfach zu sehr, dass sie das beunruhigen würde. Ich hingegen machte mir viele Sorgen. Ich hatte auch Google noch einmal zu Rate gezogen, alte Zeitungsartikel über die Neueröffnungen von Kuchen & Meer-Filialen studiert und immer wieder gelesen, dass die kleineren Läden neben diesem Giganten nie hatten bestehen können. Das war mehr als deprimierend. Aber auch wegen meiner eigenen Mitarbeiterin machte ich mir langsam Sorgen. Ihre merkwürdige Art stieß mir auf.

»Ich kenne Fabiana gar nicht so«, erklärte Agnes. Zwar hatte sie die junge Frau eingestellt, da sie wohl Schwierigkeiten im vorherigen Betrieb gehabt hatte, aber ihre berufsschulischen Leistungen seien einwandfrei gewesen.

»Sie hat auf mich einen vernünftigen Eindruck gemacht. Du bist ihre Chefin, wenn du Schwierigkeiten mit ihr hast, solltest du das kommunizieren.«

Ich beschloss, gleich am nächsten Morgen mit ihr zu sprechen, denn Fabiana hatte allen Ernstes Flyer vom Kuchen & Meer auf der Theke ausgelegt. *Neueröffnung nächste Woche Mittwoch* war darauf zu lesen.

So schnell? Verdammt. Das lief alles gar nicht gut.

»Wieso legst du hier Werbung für die Konkurrenz aus?«

»Die haben mich nett darum gebeten«, war ihre Antwort.

Ich konnte nur mit dem Kopf schütteln.

»Soll ich sie wieder wegtun?«

»Das habe ich schon. Es tut mir leid, aber so kann das nicht weitergehen.«

»Was meinst du?«

»Ich erwarte, dass du mich vorher bei so etwas fragst.«

»Okay … okay.«

»Ich bin die Chefin«, betonte ich, und mochte es nicht, das raushängen zu lassen, aber es war nun mal so.

Sie nickte, schien es einzusehen. Dabei wollte ich es belassen.

Am frühen Nachmittag sollte ein letzter Schwung von Muffins in der Auslage landen. Als ich in den Ladenbereich kam, fiel mir jedoch das Blech aus den Händen, denn Fabiana steckte gerade ihre Finger in unsere Kasse und ließ ein paar Scheine in ihrer Hosentasche verschwinden. Nathan war im Personalraum, das hatte sie ausgenutzt.

Das Blech landete am Boden, meine Stimme hob sich, und Fabiana fuhr erschrocken herum.

»Was glaubst du, was du da gerade tust …«

»Ich … es tut mir leid … Ich wollte es mir nur leihen … ich hab finanzielle Probleme … und wollte es zurückgeben.«

Die Art, wie sie das sagte, klang so unglaubwürdig, dass ich ihr das nicht abnahm. Ich hatte keine Ahnung, was für ein Mensch Fabiana war, aber als ehrliche Haut konnte ich sie nicht bezeichnen.

Sie hätte mit mir reden können, ich hätte ihr ausgeholfen, ohne Frage. Aber ein Diebstahl und dann noch dieses Grinsen, als glaubte sie, dass ich ihr das alles abnehmen würde. Ich war wütend und enttäuscht.

»Das war heute dein letzter Tag, du arbeitest ab sofort nicht mehr hier.«

Ihre Augen blitzten. Dabei war sie doch die Übeltäterin. Fabiana sah das anders.

»Na schön, aber das ist ein Fehler«, sagte sie. Es klang wie eine Drohung, was mir sogar ein bisschen Angst machte. Mich aber auch darin bestärkte, dass es richtig war, sie gehen zu lassen.

»Das Geld legst du noch in die Kasse zurück oder ich rufe die Polizei«, sagte ich und ließ mir nicht anmerken, dass mir der Allerwerteste auf Grundeis ging. Nathan trat hinter mich. Er hatte sicher das meiste mitbekommen. Seine bloße Anwesenheit sorgte dafür, dass Fabiana spurte. Das Geld fand seinen Weg zurück in die Kasse.

Dann fuhr sie herum. Erhobenen Hauptes verließ sie das Geschäft.

Ich spürte, dass ich unweigerlich zu zittern anfing. Am ganzen Körper. Ich konnte nicht glauben, was geschehen war. Es kam gerade einfach alles zusammen.

»Nova«, sagte Nathan und stand plötzlich bei mir. Ganz dicht.

»Ich … wollte das alles doch gar nicht …«

»Ich weiß …«

Seine Arme legten sich um mich, und ich fing an zu weinen, drehte mich zu ihm um, drückte mein Gesicht an seine Brust. Himmel, ich hatte jemandem gekündigt. Und obwohl Fabiana mies gewesen war, machte ich mir jetzt sogar noch Sorgen um ihren weiteren Weg.

»Sssht, alles gut«, sagte Nathan.

Die Wärme seines Körpers tat gut. Ich wollte mich gar nicht mehr aus seiner Umarmung lösen.

Doch die Muffins lagen am Boden. Ich musste sie beseitigen. Ich schniefte, löste mich von ihm und bückte mich nach dem Blech und den Backwaren.

»Lass mich das machen«, sagte Nathan und hockte sich zu mir.

Er sammelte die Muffins ein, während ich noch mit den Tränen kämpfte.

»Meiner Meinung nach hast du alles richtig gemacht«, sagte er.

Ich versuchte zu lächeln. Wäre da nur nicht dieses Gefühl, jemandem geschadet zu haben.

Von nun an war ich erst mal allein in der Backstube. Ich überlegte, Klara wieder anzufordern. Aber im Moment fiel nicht so viel Arbeit an, sodass ich es wohl erst mal ohne Hilfe schaffen würde. Was genau genommen ein bisschen deprimierend war.

»He, es wird schon«, sagte Nathan zuversichtlich.

Sein aufmunterndes Lächeln steckte mich an. Aber da war noch mehr in seinem Blick. Plötzlich streckte er die Hand aus, zögerte kurz, doch weil ich nicht zurückzuckte, strich er mir eine Strähne aus dem Gesicht. »Ich … will dir helfen, Nova, ehrlich. Ich will nicht, dass du traurig bist.«

Wieso sagte er das? Wieso sah er mich dabei so merkwürdig an?

»Ich habe hier viel gelernt in den letzten Wochen, weißt du?«

»Ach ja?«, raunte ich verwundert.

Er nickte. »Das hier ist ein Ort, an dem noch mit Herz gebacken wird. Mit viel Liebe zum Handwerk. So etwas ist heute selten«, erklärte er.

Und es würde wohl auch immer seltener werden, wenn Leute wie die Mertens alle kleinen Läden verdrängten.

»Das hat mich beeindruckt. Genauso wie dein Einsatz für das Lädchen, für diese Suppenküche, für die Menschen, die nichts haben. Ich bin … vorher niemandem begegnet wie dir.«

Ich lachte leise. »Du musst merkwürdige Leute kennen …«

»Die, die ich kenne, denken zuerst an sich.«

Das klang ausgesprochen traurig.

Nathans Blick verschränkte sich mit meinem. Dann griff er nach meiner Hand, strich mit dem Daumen über meinen Handrücken. Die Berührung fühlte sich schön an, sein Blick sogar noch mehr. Mein Herz überschlug sich fast.

»Deswegen ist unsere Freundschaft so wertvoll für mich. Du kannst auf mich zählen, Nova«, flüsterte er. »Und ich habe noch viele Ideen, wie wir gegen die Mertens bestehen können. Du wirst dein Geschäft nicht verlieren«, versprach er mir.

Und ich vertraute ihm. Auch wenn es gar nicht in seiner Macht stand, so etwas zu versprechen, wusste ich doch, dass er alles geben würde, um es zu halten. Genau wie ich. Mehr noch, mein Herz fing an, für ihn zu schlagen. Herz … Schlag … Plötzlich kam mir eine Idee. »Ich muss etwas ausprobieren«, sagte ich zu ihm und verschwand motiviert in der Backstube. »Und dich brauche ich als Testesser.«

24. Kapitel

»Was hältst du davon?«, fragte ich Nathan und hielt ihm Erdbeerherzen aus Mürbeteig hin, die ich mit einer Creme gefüllt hatte. Sie waren hübsch anzusehen, verziert mit winzigen süßen Erdbeeren. Er probierte und verdrehte genussvoll die Augen. »Die sind richtig gut«, sagte er, und ich freute mich bereits, doch sein ernster Blick verriet mir, dass es nicht ganz perfekt war.

»Es ist gut, aber kein Verkaufsschlager wie die Ostseeträume. Und die kennt leider inzwischen schon jeder. Aber es ist ein Schritt in die richtige Richtung. Außerdem mag ich die Herzchenform.«

»Na ja, aller Anfang ist schwer.«

»Aber wir können uns keine schweren Anfänge leisten. Schau dir das mal an.« Er hielt mir sein Handy vor die Nase. Auf dem Display prangte die Seite eines Online-Lieferdienstes.

»Willst du dir eine Pizza liefern lassen?«, fragte ich.

Er lachte leise. »Nein, ich überlege, ob das Bei Agnes sich hier anmelden sollte. Wenn das Kuchen & Meer eröffnet, wird es viel Kundschaft auf sich ziehen, in der Anfangsphase ist das meistens so. Wir müssen eine Strategie entwickeln, wie wir diese Phase überleben.«

Ich runzelte überrascht die Stirn. Nathan kannte sich verdammt gut aus.

»Ich habe mir das vorhin genau angeschaut. Es gibt einen Bäcker, der frische Brötchen und Sandwiches liefert. Das könnten wir auch machen, nur eben mit Kuchen aus dem festen Sortiment. Das Prinzip ist ganz leicht. Trifft eine Bestellung ein, werden sowohl wir als auch der Liefer-Engel benachrichtigt. Sie schicken einen Boten zu uns, der die bestellten Waren dann an den Mann oder die Frau bringt. Für diesen Service erhalten sie einen Prozentanteil der Liefergebühren, ebenso für die Listung auf ihrer Seite. Sie wollen insgesamt 25 Prozent Provision.«

Das klang gar nicht so schlecht. Mit Caddy konnte ich kleinere Bestellungen nicht ausliefern, das rentierte sich nicht. Aber mit einem Lieferservice würde es anders sein.

»Wir hätten dadurch ein Alleinstellungsmerkmal, wir wären die einzige Konditorei in Lübeck, die liefern lässt. Das macht selbst Mertens nicht. Und wenn die Leute nicht zu uns kommen, schicken wir ihnen die süßen Kuchen eben nach Hause.«

Der Gedanke gefiel mir zusehends mehr. Dadurch vergrößerten wir unsere Reichweite. Bisher kamen ja nur Kunden zu uns, die ohnehin in der Gegend waren. Mit dem Liefer-Engel konnten wir auch Kundschaft aus anderen Stadtteilen Lübecks erreichen. Das rechnete sich mit der Provision. Einen Versuch war es wert. Außerdem gefiel mir, wie er immer von »wir« und »uns« sprach.

»Ich schaue mir das heute Abend noch mal genauer an«, überlegte ich. »Und melde uns dann entsprechend an.«

Nathan nickte zufrieden.

Ich hatte mir die Liefer-Engel Seite angesehen und tags darauf die Konditorei online angemeldet. Die automatische Antwortmail des Lieferdiensts kam sofort. Darin ließen sie mich wissen, dass sich binnen einer Woche ein Mitarbeiter der Firma melden und Näheres mit mir besprechen wollte.

Zudem feilte ich weiter an Rezepten für Teigwaren, die ich in einer neuen Aktionswoche verkaufen wollte, die parallel zur Neueröffnung von gegenüber starten sollte. Es war wie ein Wettlauf gegen die Zeit. Schaute ich aus dem Fenster, konnte ich sehen, wie sich das alte Mertens-Haus wie im Zeitraffer verwandelte. Es hätte eine Montage aus einem Film sein können. Irgendwann sah es genauso aus wie die anderen Filialen in der Stadt. Eine mohnrote Außenfassade, bunte Fensterrahmen und die markante Schrift der Kette.

Das war wenige Tage, bevor das Kuchen & Meer öffnen wollte. Die Aussicht darauf bereitete mir Bauchschmerzen. Zwar hatten wir nun einen ausgeklügelten Plan mit neuen leckeren Rezepten und die Hoffnung auf einen Lieferservice, aber ich glaubte noch immer nicht so richtig daran, dass das reichen würde. Wir wollten mit einer Ostseewoche mit Muffins in Muschelform, Teigschiffchen und natürlich unseren beliebten Ostseeträumen starten, dazu Rabatte. Entsprechende Zutaten waren bestellt. Dazu noch ein paar Flyer, die wir im Schnellverfahren in Auftrag gegeben hatten und die sowohl in der Krabbenstube als auch im Zum Löwen und dem Trödelladen sowie ein paar anderen Geschäften auslagen. Aber ich hatte große Sorge, ob wir damit würden bestehen können.

Am Abend vor der Neueröffnung des Kuchen & Meer saß ich auf der Bank vor der Konditorei. Nathan war noch im Laden und machte sauber, während ich versuchte, ein bisschen runterzukommen. Morgen würde sich zeigen, ob das Bei Agnes eine Chance gegen das Kuchen & Meer hatte, oder ob es untergehen würde, wie viele kleine Geschäfte vor ihm.

Da bemerkte ich eine dunkle Limo, die die Straße entlangfuhr und vor mir hielt. Das getönte Fenster fuhr herunter und heraus schaute eine hochgewachsene Gestalt im Anzug. Es war Roald Mertens. Ich erhob mich, spannte meinen ganzen Körper an, und als er mir süffisant zulächelte, lief mir ein kalter Schauer den Rücken runter.

»Guten Abend. Frau Böhme, nehme ich an?«

»Die bin ich«, sagte ich.

»Wie schön, dass wir uns endlich mal persönlich treffen. Ich bin Roald Mertens, Ihr neuer Nachbar.« Dieses Grinsen, es war voller Boshaftigkeit. »Endlich kehrt das Kuchen & Meer an seinen angestammten Platz zurück«, erklärte er. »Ich habe mich das einiges kosten lassen, denn der Besitzer des Hauses wollte es zuerst gar nicht hergeben.«

Wie ich es mir also gedacht hatte, er hatte es Herrn Antonius abgekauft.

»Wieso erzählen Sie mir das?«

»Aus einem einfachen Grund. Diesmal wird sich die Familie Mertens nicht vertreiben lassen, das sollten Sie wissen, Frau Böhme.«

Diese alte Fehde – ich konnte kaum glauben, dass dieser Mann sie immer noch ausfechten wollte.

»Ziehen Sie sich besser warm an. Nur ein gut gemeinter Rat«, sagte er, dann fuhr die Scheibe wieder hoch, die Limo wendete, brauste davon. Dabei hatte er so viel offenbart. Es ging ihm wirklich um Rache. Wie besessen konnte ein Mensch sein? Es war mehr als ein halbes Jahrhundert her, seit unsere Familien gegeneinander um ihre Existenz gekämpft hatten. Damals hatte dieser Schnösel noch in die Windeln gemacht, doch er nahm es so persönlich, als hätte ich ihm Unrecht angetan.

Mir schauderte erneut, ich ging besser rein.

»Nova, was ist mit dir?«, fragte Nathan, der wie immer sofort wusste, wenn etwas mit mir nicht stimmte. Er stellte den Besen zur Seite und kam auf mich zu.

»Die meinen es ernst«, sagte ich ihm und unterdrückte die Tränen. »Die Mertens wollen meinen Laden vernichten. Das hat Roald Mertens eben gesagt.«

Nathan ballte die Hände zu Fäusten, wollte schon rausstürmen. »Den knöpfe ich mir jetzt vor!«

»Warte, er ist doch schon weggefahren.«

Vielleicht merkte Nathan, dass ich ihn jetzt hier brauchte, denn er kam erneut auf mich zu, drückte mich an sich. »Das lasse ich nicht zu, Nova.«

»Wie willst du ihn denn aufhalten?«

»Wir haben vorgesorgt, und wir halten zusammen. Das ist das Wichtigste. Du wirst sehen, es wird alles gut.«

Doch schon am nächsten Tag konnte ich beobachten, wie mein persönlicher Albtraum wahr wurde und die Leute dem Kuchen & Meer die Türen einrannten. Sie hatten bereits Schlange gestanden, noch bevor das Geschäft seine Pforten geöffnet hatte. Auch dort gab es Rabattaktionen zur Neueröffnung, natürlich. Es dröhnte Musik über den Platz, und Luftballons hingen vom Dach. Die Mertens boten eine gute Show, sogar eine Tombola wurde veranstaltet. Auch die Presse war vor Ort.

Stella und Em gingen ein paar Mal als Spione rüber in den Laden, nur um mit dem ernüchternden Bericht zurückzukehren, dass es dort proppenvoll sei und die Angestellten kaum hinterherkämen mit dem Verkauf der süßen Stückchen.

Bei uns blieb es fast den ganzen Tag über leer. Nur einige wenige Kunden kamen zu uns, die Hälfte davon waren unsere Freunde und Bekannten aus dem Löwensteg. Die Folge davon war abzusehen.

Am Abend brachten Nathan und ich eine so große Ladung an Kuchen zur Suppenküche, dass Mai mich besorgt ansah. Und mich erdrückte das quälende Gefühl, dass es aus war.

»So viel. Das reicht ja für die ganze Woche.«

So lange würde es sich wohl nicht halten, aber ich verstand, was Mai meinte. Ich fürchtete, dass wir sie nun jeden Tag mit solchen Mengen beliefern würden. Besser ich stellte gar nicht erst so viele Stücken her.

Ich fühlte mich furchtbar. Nachdem ich Caddy in der Garage abgestellt hatte, setzten wir uns auf die Bank vor der Konditorei, und ich blickte den Löwensteg zu beiden Seiten runter, beobachtete die Kuhfleckenkatze Dotti, die im Gras vor der Pension döste, und wollte mich am liebsten zu ihr legen und die nächsten paar Monate verschlafen, um gar nicht mitzubekommen, was aus dem Bei Agnes wurde.

»Es ist noch nichts verloren«, sagte Nathan. »Hat sich der Mann vom Liefer-Engel schon gemeldet?«

»Noch nicht …«

»Sobald das startet, wird es besser …«

Nur was, wenn es das doch war? Dann würde die wunderschöne Geschichte der Familie Böhme und ihrer traumhaften Konditorei mit mir enden? Das tat am meisten weh. All die Jahre hatte sich das Geschäft gehalten, sogar gegen die Mertens bestanden. Aber nun, da ich es übernommen hatte, drohte ihm das Aus. Das sagte ich ihm, und er schien es zu verstehen.

»Ich fühle mich total allein.« Mit dieser riesigen Verantwortung. Aber Agnes konnte ich nicht einweihen, sie hatte ihre eigenen Sorgen.

Nathan legte sanft den Arm um mich. Diesmal war die Berührung inniger als sonst. Ich sah überrascht zu ihm. Und ich verspürte wieder das Kribbeln im Bauch und überall sonst.

»Du bist nicht allein. Du hast mich«, sagte er.

Mein Herz hüpfte, stolperte, hüpfte noch weiter. So harmlose Worte, und dann solch eine Reaktion. Wie konnte ich es vor mir länger verbergen, was ich empfand? Meine harte Sicht auf die Liebe war nach und nach zerbröckelt. In der letzten Zeit waren wir uns noch nähergekommen, wir hatten an einem Strang gezogen, uns gegen die Mertens verbündet. Seine Fürsorge, seine Loyalität, das bedeutete mir so unendlich viel. Die Zeit davor waren wir gute Freunde gewesen, aber immer hatte ich auch das Gefühl gehabt, dass etwas zwischen uns stand, worüber er nicht hatte reden wollen. Dieses Gefühl war jetzt verschwunden.

»Ich bin bei dir, egal was passiert«, versprach er mir.

So etwas Nettes hatte schon lange niemand mehr zu mir gesagt. Ich lächelte unwillkürlich, dachte daran, was Leo gesagt hatte, dass das alles, aber sicher kein Zufall war. Ich sah ihn an, schüttelte den Kopf über meine Gedanken. Aber konnte es doch sein? Dass er mein Schicksal war?

Seine Lippen öffneten sich leicht. Meine taten es auch. Ich fühlte etwas in mir, das mich in seine Richtung zog. Es fehlte nur ein winziges Stück, und sie würden sich berühren, verschmelzen. Ich ertappte mich bei der Frage, wie seine wohl schmeckten.

Mein Herz klopfte so laut, dass ich es in meinen Ohren lauter hörte als alles andere. Und dann war noch etwas zu hören.

Just in dem Moment knurrte mein Magen. Und zwar so laut, dass es sogar mein Herz übertönte. Ich musste unweigerlich lachen. Auch Nathan grinste. Aber der schöne Moment war dennoch zerstört. Allerdings stimmte sein Magen prompt mit ein, und das nicht weniger leise, was wiederum ziemlich witzig war.

»Lust, noch mit hochzukommen? Ich kann uns ein paar Ofenbrote à la Agnes machen«, schlug ich spontan vor. Denn eigentlich wollte ich nicht, dass unser Abend jetzt schon endete.

Nathan lächelte. »Das würde ich gerne.«

Ich führte ihn hoch. Es war das erste Mal, dass er mein privates Reich betrat. Er sah sich um, während ich in der Küche verschwand, ein paar Brote mit Salami und Käse belegte und dann in den Ofen schob. Als ich wieder rauskam, stand Nathan vor dem Fenster, das auf den Innenhof rausging, und betrachtete das alte Mertens-Haus, das nun gar nicht mehr so alt aussah, sondern in den bunten Farben der typischen Kuchen & Meer-Filialen glitzerte.

»Setz dich doch, möchtest du etwas trinken?«

Er drehte sich um und lächelte mich an. »Gerne.«

»Ich hab etwas Wein da …«

»Wein zu Ofenbroten klingt gut«, sagte er und zwinkerte.

Ich holte die Flasche und Gläser, goss uns ein und nippte an meinem Wein. Wir setzten uns. Auf dem Tisch lag das Album meiner Familie, weil ich erst heute Morgen drin geblättert und es nicht in den Schrank zurückgelegt hatte. Nathan griff danach und sah mich dann fragend an. »Darf ich?«

Ich nickte. »Ist für dich sicher langweilig.« Aber mir lag das Album am Herzen und die Geschichte, die es erzählte.

Er blätterte durch und lächelte. »Schon cool, das alte Fräulein Zucker zu sehen. Und sieh dir die Frisuren und die Kleidung der Leute an. Das waren noch ganz andere Zeiten«, meinte er.

Das stimmte, viele Dinge, die heute selbstverständlich waren, waren es damals nicht gewesen. Ein unverheirateter Mann und eine unverheiratete Frau wie wir beide, die hier allein saßen und einen Abend verbrachten, das wäre verpönt gewesen. In mancherlei Hinsicht war es also gut, dass wir im Hier und Jetzt lebten.

Beim Anblick der alten Bilder wurde ich jedoch schnell wieder schwermütig. Dann hatte ich auch schon ein halbes Glas Wein intus, was bei mir immer schnell wirkte und die Gefühle verstärkte.

»Ich fühle mich ... ach, nein, das war dumm ...«, brach ich ab.

»Wie fühlst du dich?«, hakte er nach und klappte das Album wieder zu. Dabei drängte er mich nicht, obwohl ich bereute, es überhaupt angesprochen zu haben. Aber sein Blick verriet, dass er mir zuhören wollte, wenn ich zu sprechen bereit war.

Ich seufzte. »Wie eine ... Versagerin.«

»Das solltest du nicht«, meinte er prompt, aber was hätte er auch anderes sagen sollen?

»Ich ... bin die Letzte in der Reihe, die die Konditorei führt, und offensichtlich geht alles schief, seit ich das Ruder übernommen habe.« Wie eigentlich alles in meinem Leben, die Sache mit Lucas und nun das, es war wie ein Fluch.

»Es läuft nicht ganz rund, das stimmt, aber es ist nicht deine Schuld.«

Ich lächelte. »Wieso bist du immer da, wenn ich dich brauche?«

Er runzelte die Stirn, schmunzelte dann aber. »Bin ich das?«

Ich nickte. »Irgendwie schon. Damals auf Leos Geburtstagsparty, dann die Autobahnraststätte …«

Er winkte ab. »Das waren doch nur Kleinigkeiten. Du wärst deinen Weg auch ohne mein Lob zu deiner Torte gegangen, und du hättest dir auch auf der Raststätte selbst helfen können.«

Ich zweifelte an beidem.

»Ich meine es ehrlich, Nova. Du hast was drauf, das weißt du hoffentlich.«

Der Ofen signalisierte, dass die Brote fertig waren. Ich holte sie rasch raus und brachte sie auf einem großen Teller zurück, den ich vor uns platzierte.

»Greif zu.«

»Lecker«, meinte er.

Ich freute mich, dass es ihm schmeckte.

»Doch auch wenn ich weiß, dass du stark bist, unterstütze ich dich dennoch gerne«, sagte er.

»Ist das so?«

»Ist so«, sagte er knapp, aber auf eine Weise, die keinen Zweifel zuließ. Dabei sah er mich sanft an, sodass meine Wangen unweigerlich kribbelten. Vorhin hätten wir uns fast geküsst, schoss es mir durch den Kopf. Und meine Lippen vibrierten immer noch.

»Und ich bin gern mit dir zusammen«, fügte er hinzu.

Mein Gesicht glühte.

»Was ist?«, wunderte er sich.

»Ich … höre so was nicht oft.«

Er legte sein Brot zur Seite und hob eine Braue.

»Na ja … dass ein Mann gerne mit mir zusammen ist …« Ich musste an Lucas denken.

»Leute, die einem das Gefühl geben, man wäre nicht genug, sind einfach nicht die richtigen Leute, mit denen man Umgang haben sollte«, überlegte er. Doch ein bisschen klang es auch, als spräche er nicht nur von mir, sondern auch von sich selbst.

»Warst du in einer Beziehung, in der du dich als nicht genug empfunden hast?«, hakte ich erstaunt, aber auch ein bisschen neugierig nach. Denn an Nathan konnte man doch nun wirklich nichts aussetzen. Er war der netteste und hilfsbereiteste Mensch, den ich nur kannte. Wenn man getrost sagen konnte, dass jemand das Herz am rechten Fleck hatte, dann war er es. Er war jemand, der sich nicht selbst in den Vordergrund stellte, sondern einem den Rücken stärkte. Einfach ein total guter Freund … der mein Herz zum Schwingen brachte.

»Nein, es war keine Beziehung. Keine Liebesbeziehung zumindest«, deutete er an. »Ich bin in einer Familie groß geworden, in der Leistung und Erfolg über allem stehen«, erklärte er. »Man hat von mir Großes erwartet. Eine leitende Position zum Beispiel. Dabei ist das gar nicht das, was ich möchte.«

Oh, so eine Aufsteiger-Familie also. Wo man ständig unter Druck war. Immerzu Erwartungen erfüllen musste.

»Mein Vater … sieht mich als das schwarze Schaf der Familie an. Er spricht es nicht laut aus, aber lässt es mich immer spüren, wenn wir uns sehen.«

Ich erinnerte mich an das Telefonat, das ich kürzlich im Laden mitbekommen hatte. Nathans Vater hatte ihn wegen irgendetwas unter Druck gesetzt, was wiederum Nathan ziemlich fertig gemacht hatte.

»Da ist dieser Blick, den er jedes Mal drauf hat. Voller Enttäuschung und …. Ablehnung.« Ich sah, wie er bei den Worten schluckte, und ich tat es auch, verspürte den Wunsch, seine Hand zu greifen, weil das absoluter Blödsinn war, was sein Vater da machte. Aber ich saß zu weit weg, und ich war nicht sicher, ob er die Nähe jetzt überhaupt wollte oder brauchen konnte. Also wartete ich erst mal ab, hörte ihm zu, weil ich glaubte, dass er im Augenblick nicht mehr wollte.

»Als ich klein war, wollte ich ihm unbedingt beweisen, dass ich was wert bin. Ich habe versucht, die besten Noten zu bekommen, alles immer richtig zu machen. Und trotzdem war es nie genug. Ich hab lange gebraucht, um zu kapieren, dass gar nicht ich das Problem war, sondern er, seine Erwartungshaltung. Er sieht nicht, wer man ist, sondern nur, inwiefern man ihm nützen kann.« Nathans Blick glitt zum Fenster.

Ich ahnte, dass da noch einiges mehr dahintersteckte. Aber ich wusste nicht, ob ich nachhaken sollte oder nicht.

Sein Blick wanderte wieder zu mir. »Du bist das genaue Gegenteil«, meinte er. »Du akzeptierst einen, wie man ist.«

Dito, dachte ich.

»Das ist ein unglaublich gutes Gefühl. Und deswegen muss ich dir was sagen … ich weiß aber nicht, wie … denn um ehrlich zu sein … weißt du noch nicht alles über mich.«

Mein Herz schlug ein wenig schneller, denn sein Blick wurde intensiver. Er hatte also wirklich ein Geheimnis?

»Wenn ich es sage, besteht die ernste Gefahr, dass sich alles zwischen uns ändert.«

»Wäre das … denn schlimm?« Ich merkte, dass ich mich nach seiner Nähe sehnte. Und hoffte, dass er davon sprach.

»Wenn es das, was sich entwickelt, zerstört, dann ja.«

Ich erschrak ein bisschen, war nicht sicher, was er meinte. Und ausgerechnet da klingelte auch noch mein Handy. Hin und her gerissen sah ich ihn an und dann auf mein Smartphone. Es war Agnes, die mich jede Woche um diese Zeit anrief, einfach, um zu plaudern. Daher entschied ich mich, dass ihr Anruf diesmal warten konnte. Ich schaltete das Gerät auf stumm.

»Entschuldige ...«

»Nein, geh nur ran. Es ist sicher wichtig.«

»Aber ...«

Er nickte mir zu, also nahm ich den Anruf an und verschwand im Flur. Ich wusste, dass es ihm so lieber war.

Agnes berichtete mir aufgeregt, dass sich Jerriks Motorik in den Händen verbessert hatte. Er konnte nun sogar wieder Messer und Gabel benutzen, was sie in Form eines Restaurantbesuchs gefeiert hatten. Ich hörte ihr an, wie glücklich sie war, freute mich für sie, denn niemand hatte es mehr verdient als Tante Agnes.

Für einen Moment konnte ich alle Sorgen vergessen, einfach, weil ich ihre Stimme gerne hörte und mich mit ihr freute. Und doch war ich in Gedanken auch bei Nathan, um den ich mich sorgte. Vielleicht merkte Agnes daher, dass ich auch ein Stück weit woanders war, als sie sagte: »Nun muss ich aber auflegen, meine Liebe, Jerriks und meine Lieblingsserie beginnt gleich. Hab einen schönen Abend.«

»Du auch.«

Als ich ins Wohnzimmer zurückkam, hatte sich Nathan aufgerichtet. Gerade konnte ich noch sehen, wie er sein Handy weggesteckt hatte. Nervös schaute er sich um. Irgendetwas stimmte nicht.

»Ich kann nicht tatenlos rumsitzen, ich muss gehen«, sagte er. Tatenlos rumsitzen? Was hatte er vor? Und er hatte auch nicht gesagt, was das war, was alles zerstören konnte ...

»Okay, aber ...«

Mein Herz fing unweigerlich zu rasen an. Was war hier nur plötzlich los? Ich hatte mit einem ruhigen Abend gerechnet, mit einem tiefgründigen Gespräch, vielleicht auch mehr. Doch nun schien er wie auf der Flucht.

»Tut mir leid, ich wollte dir den Abend nicht ruinieren.«

»Das hast du doch gar nicht, überhaupt nicht! Aber was ist denn mit einem Mal passiert?«

»Ich … kann nicht anders. Ich muss etwas in Ordnung bringen.«

»Ja, was denn nur?«

Er ging voraus, ich folgte ihm. Doch kaum waren wir die Treppe runter und standen vor der Haustür, wandte er sich noch mal zu mir um. Seine Pupillen zuckten nervös. Lief er vor mir weg? Oder wegen mir?

»Ich mag dich wirklich gerne, Nova. Sehr sogar«, offenbarte er. »Mehr, als ich selbst je gedacht hätte …«

Nun wurden meine Knie ganz weich.

Ich dich auch, wollte ich sagen, aber ich öffnete nur die Lippen, sagte jedoch nichts. Unsere Blicke trafen sich dennoch.

Dann beugte er sich vor, fixierte meinen Mund mit seinem Blick, was mir den Atem vor Aufregung nahm.

Eigentlich hatte mich noch nie ein Mann so angesehen.

Keine Ahnung, was Lucas gedacht hatte, wenn er mich angesehen hatte. Aber nie hatte ich mich bei ihm begehrenswert gefühlt.

Aber jetzt war das anders. Und das merkte ich erst, weil mich zum ersten Mal jemand so ansah. In Nathans Blick lag eine gewisse Sehnsucht, die ich ebenso in mir spüren konnte. Sie drängte mich in seine Richtung.

»Ich dich auch«, kam es endlich über meine Lippen. Nathans Augen weiteten sich für einen winzigen Moment in Erstaunen, als hätte er das gar nicht erwartet. Da beugte er sich vor, und unsere Lippen glitten ineinander, als wären sie nur zu diesem Zweck gemacht worden. Als hätten sie all die Zeit nur auf diesen Augenblick gewartet. Ich spürte tausend Schmetterlinge durch meinen Körper tanzen, sie gelangten selbst in meine Zehen- und Fingerspitzen. Für einen winzigen Moment verlor alles andere seine Bedeutung.

Sacht zog er mich an sich. Es fühlte sich so gut an. Wie eine Erlösung. Nach all den Niederlagen war da jemand, der zu mir hielt, der mich mochte.

Sein Kuss wurde leidenschaftlicher und noch zärtlicher. Ich bekam nicht genug von ihm. Die ganze Zeit schon hatte ich ihn gemocht, sehr sogar. Meinen Angestellten, der mein guter Freund und sogar noch mehr geworden war. Und nun wusste ich, dass auch er mich gern hatte.

Seine Stirn drückte sich in einer Atempause an meine. Ich spürte, wie sein warmer Atem meine Nasenspitze kitzelte. Er wirkte immer noch gehetzt. »Nein, es geht nicht. Noch nicht, Nova.«

»Was?« Seine Worte waren wie eiskaltes Wasser, das über meinen Kopf ausgeschüttet wurde. Wieso wollte er immer noch gehen?

»Ich muss vorher etwas tun, etwas, damit wieder alles in Ordnung kommt. Das verspreche ich dir. Du wirst keinen Grund haben, mich zu hassen«, sagte er, und dann ging er. Ließ mich irritiert zurück. Hassen? Wieso hatte er das gesagt? Welches Geheimnis steckte hinter alledem? Und wie kam er drauf, dass ich ihn hassen würde? Nichts wäre doch absurder.

25. Kapitel

Die halbe Nacht lang dachte ich über den merkwürdigen Abend mit Nathan nach. Ich erinnerte mich an den wunderschönen Kuss und an seine Worte, dass er etwas in Ordnung bringen müsse, weil ich ihn sonst hassen würde. Ich verstand nicht, was er damit meinte, doch ich hatte mir vorgenommen, ihn heute früh anzusprechen, wenn er zur Arbeit kam, und ihm klarzumachen, dass es so etwas kaum geben konnte, weswegen ich ihn so sehr hassen würde, wie er befürchtete. Vielleicht hatte er nicht verstanden, was ich empfand? Vielleicht wusste er nicht, wie viel er mir bedeutete.

So nah wie gestern waren wir uns noch nie gekommen. Zum ersten Mal überhaupt seit der Trennung von Lucas hatte ich das Gefühl, dass mein Herz auch für jemand anderen schlagen könnte. Dass es nicht versteinert war, wie Leo gesagt hatte. Ich wollte mit ihm noch mal über alles reden. Ich musste es. Denn ich glaubte, dass da etwas ganz Wunderbares vor uns lag, das wir nur ergreifen mussten, um es wahr zu machen.

Allerdings erhielt ich sehr früh eine Textnachricht von ihm, dass er sich heute verspäten würde, weil es gestern nicht mehr geklappt hatte mit dem Klären. Derjenige, mit dem Nathan etwas klären wolle, sei nicht erreichbar gewesen. Unweigerlich fragte ich mich, wer *er* denn überhaupt war und worum es dabei ging. Sprach er vielleicht von seinem Vater? Hatte ihn unser Gespräch gestern Abend dazu motiviert, ihm die Meinung zu sagen? Aber was hätte das mit seinen kryptischen Andeutungen zu tun? Ich ahnte, dass ich das nicht so schnell erfahren würde, und schrieb ihm zurück, worum es denn gehe. Ich erhielt aber keine Antwort und stand nun etwas allein in der Backstube da. Außer mir gab es niemanden im Laden, ich musste also den Job von mindestens zwei Personen schaffen.

Da klingelte das Handy.

»Nathan?«, ging ich gleich ran.

»Guten Tag, Frau Böhme, hier ist Xaver Gutjahn vom Liefer-Engel. Sie hatten sich bei uns mit Ihrer Konditorei beworben. Haben Sie einen Moment Zeit, um ein paar Fragen diesbezüglich zu beantworten.«

»Wie? Äh … ja …« Das hatte ich fast vergessen. Ich nahm mir die Zeit für den Mann, war es doch ein wichtiges geschäftliches Gespräch, doch es kostete mich viel Kraft, konzentriert zu bleiben. Wir verabschiedeten uns nach einer halben Stunde und waren übereingekommen, dass das Bei Agnes ein guter Kandidat für das Liefer-Engel-Angebot war. Man wollte mir nun eine Seite einrichten, über die Interessenten dann Waren bestellen konnten. Auflisten musste ich unser Sortiment natürlich selbst. Aber dafür hatte ich gerade gar keinen Nerv. Ich verschob es auf den Abend.

Da öffnete sich die Tür, und Stella kam herein, sie wirkte aufgeregt.

»Süße, hast du es schon gehört?«, fragte sie und hielt mir eine unserer berühmten Ostseeträume vor die Nase. Irritiert betrachtete ich die kunstvolle Teigpraline, die nicht aus meiner Stube stammte. Das erkannte ich an der Art, wie die Wellen aus blauer Creme geschwungen waren.

»Die von drüben verkaufen jetzt auch Ostseeträume, sie nennen sie nur anders, nämlich Meerschaumträume.«

»Was? Das kann nicht sein!« Ich riss Stella fast die Kuchenpraline aus der Hand und probierte davon.

Ohne Zweifel, es war nach unserem geheimen Rezept kreiert! Wie waren die Mertens da rangekommen?

»Sie verkaufen die Dinger für die Hälfte des Preises wie

du«, sagte Stella aufgebracht. »Ich hab mir sofort eins mitgenommen, um es dir zu zeigen.«

Ich eilte ins Büro, um im Safe nachzusehen, doch das Originalrezept war noch da, lag unangetastet zwischen Bargeld und wichtigen Dokumenten.

»Das geht zu weit!«, sagte ich durcheinander und kehrte in den Laden zurück. Wie hatten die Mertens das nur geschafft? »Das können die doch nicht machen. Das ist Diebstahl geistigen Eigentums. Meine Oma hat das Rezept entwickelt.«

»Ich weiß. Aber was willst du jetzt tun?«

Ich wusste genau, was ich machen musste. Ich warf meine Schürze in die Ecke, verließ den Laden und verriegelte die Tür. Stella war mir gefolgt.

»Machst du dicht?«

»Nur für ein paar Stunden. Dieser Roald Mertens soll mir jetzt Rede und Antwort stehen. Das lasse ich mir nicht gefallen!« Mit Google Maps suchte ich die Mertens-Zentrale auf meinem Handy. Stunk in der Filiale drüben zu machen, würde ja nichts bringen, das Übel musste an der Wurzel gepackt werden.

»Soll ich mitkommen? Em hält die Stellung im Trödelladen«, schlug Stella vor. Ich nickte langsam. »Du musst vielleicht einen Mord verhindern«, sagte ich verärgert und bestellte uns ein Taxi.

Die Mertens-Zentrale lag in der Lübecker Altstadt, wir fuhren am imposanten Holstentor vorbei, dessen rote Backsteintürme im spätgotischen Baustil in der Sonne glänzten, folgten der dahinterliegenden Holstenstraße, bis das Taxi vor einem großen Gebäude hielt, auf dem der bekannte Schriftzug von Kuchen & Meer prangte. Es handelte sich um ein reines Bürogebäude, ein majestätischer Altbau. Hier wurden all die wichtigen Entscheidungen getroffen.

Wir stiegen aus, ich bezahlte, und wir liefen durch die Eingangstür, steuerten auf den Empfang zu, hinter dem ein Mann im Anzug saß.

»Was kann ich für Sie tun?«, fragte er in freundlichem Ton.

»Wir möchten zu Herrn Roald Mertens«, sagte ich und war entschlossen, mich nicht abwimmeln zu lassen.

»Der Name?«

»Nova Böhme.«

»Haben Sie einen Termin mit Herrn Mertens?«

»Nein. Ich muss ihn dennoch sprechen.« Ich war ein wenig lauter geworden, worauf Stella mir die Hand beruhigend auf die Schulter legte. Der Mann am Empfang verzog das Gesicht.

»Ich fürchte, das ist leider nicht möglich, Herr Mertens hat viele Termine heute.«

Ich blickte hinter den Schönling. An der Wand hing eine Auflistung der Etagen, dort fand ich auch den Hinweis, wo sich Mertens' Büro befand. Ich brauchte den Anzugschnösel also gar nicht, um an die gewünschte Information zu gelangen.

»Na schön, ich komme dann halt unangemeldet«, sagte ich, ließ ihn stehen und ging zum Fahrstuhl. Stella folgte mir.

»Wo wollen Sie denn hin? Sie können doch nicht …«, rief mir der Mann hinterher und erhob sich sogar schon.

Aber da kam der Fahrstuhl, und wir stiegen ein. Ehe uns der Mann vom Empfang erreicht hatte, schloss sich die Tür schon mit einem Pling.

»Oh Mann, meine Knie sind ganz weich«, sagte Stella und schluckte sichtlich. »Was hast du jetzt vor? Hoffentlich nicht wirklich einen Mord begehen?«

»Ich verlange, dass er die Ostseeträume nicht weiter produziert, denn das ist unser Rezept, schon seit Generationen. Ansonsten landet die Sache beim Anwalt.«

»Holla, du meinst es wirklich ernst.«

»Er ist damit zu weit gegangen«, sagte ich. Die Ostseeträume waren nach dem Rezept meiner Großmutter Sophia gefertigt, sie hatte all ihr handwerkliches Können da reingesteckt und dadurch unsere Konditorei vor dem Aus bewahrt. Ich konnte einfach nicht erlauben, dass ihr Erbe so behandelt wurde.

Wieder ertönte das Pling der Fahrstuhltür, und Stella und ich stiegen aus. Ein langer Flur erstreckte sich vor uns. Er kam mir fast unendlich vor.

Das Büro lag laut einer weiteren Anzeigetafel am Ende des Flurs. Wir liefen dort entlang, an den Wänden hingen alte Bilder von Mertens' Konditoreien. Ein bisschen erinnerte es mich an das Fotoalbum meiner Tante. Nur waren dies keine Originalfotos, sondern Vergrößerungen, die in goldenen Rahmen steckten. Es gab auch aktuellere Familienbilder. Roald und seine drei Söhne, wieder einmal in Anzügen. Es erinnerte mich an das Foto, das ich auf dem Schild vor dem alten Mertens-Haus gesehen hatte. Sie versuchten, Familien-Vibes auszustrahlen, obwohl es sich inzwischen um ein riesiges Unternehmen handelte, keinen kleinen Familienbetrieb wie den unseren.

Schließlich landeten Stella und ich vor der Bürotür von Roald Mertens, dessen Name auf einem goldenen Schild direkt neben der Tür hing. Ich tauschte Blicke mit Stella aus, sie nickte mir zu. Doch ich klopfte nicht an, trat einfach ein. Mein Herz klopfte dafür umso schneller.

Aber es war mir egal, ob er in einem Gespräch war oder nicht, denn ich wollte das jetzt klären. Und ich würde mich nicht abwimmeln lassen, selbst wenn er die Security rief. Allerdings hatte er augenscheinlich keinen Termin, saß allein an seinem Schreibtisch, gab gerade etwas in seinen Computer ein und sah dann zu mir auf. Sichtlich verwirrt schien er mich gar nicht zuordnen zu können.

»Sie haben ja Mumm«, sagte er plötzlich lachend. »Mein

Empfang hat mich vorgewarnt, dass Sie uns beehren. Allerdings haben die mir nicht Ihren Namen verraten. Mit wem habe ich denn die ungestüme Ehre?«, fragte er mit einem bissigen Unterton.

War das sein Ernst? Er wusste plötzlich nicht mehr, wer ich war, obwohl er mich kürzlich so süffisant angelächelt und mir erklärt hatte, dass er mein Geschäft zerstören wolle. War das eine Masche, um mir meine Unwichtigkeit vorzuführen? Ich ließ mich nicht aus der Ruhe bringen.

»Nova Böhme. Und mein Name sollte Ihnen bekannt sein. Sie haben unser Familien-Rezept gestohlen!«, sagte ich verärgert und bebte erneut am ganzen Körper. »Wie haben Sie das gemacht?« Ich konnte das nicht verstehen, konnte ich das Rezept doch inzwischen auswendig und hatte es gar nicht mehr aus dem Safe geholt, und dort lag es ja auch noch, wie ich längst überprüft hatte. Doch dass sie die genaue Rezeptur kannten, stand außer Frage. Ich hatte heute ihre Meerschaumträume gekostet. Es war eins zu eins dasselbe Backwerk.

»Frau Böhme, natürlich. Aber verraten Sie mir doch, wie Sie darauf kommen, dass ich Ihr Rezept unerlaubt für meine Produktion verwende?«

Ich hielt ihm den angebissenen Meerschaumtraum hin, den ich in ein Taschentuch gewickelt und mitgenommen hatte, um ihn als Beweismittel verwenden zu können. »Sie wissen ganz genau, wovon ich rede. Wenn Sie die Produktion nicht wieder einstellen, werde ich einen Anwalt einschalten.«

Ich meinte es absolut ernst. Roald Mertens lachte teuflisch. Ich merkte, wie nicht nur ich mich anspannte, sondern sich auch Stella neben mir versteifte.

»Jetzt verdrehen Sie nicht alles, Frau Böhme. Wenn jemand das Rezept der Ostseeträume gestohlen hat, dann Ihre Großmutter von meinem Vater. Der hat nämlich das Originalrezept entwickelt. Aber das hat man Ihnen sicher gar nicht erzählt? Ich wette, das hat man in Ihrer Familie unter den Teppich gekehrt. Es ändert aber nichts an der Tatsache, dass das Rezept schon immer der Familie Mertens gehört hat.«

»Was reden Sie da nur?«

Schon wieder diese absurden Gerüchte!

»Es wird Sie überraschen, Frau Böhme, doch jede Geschichte hat zwei Seiten. Ich will Ihnen die ganze Wahrheit erzählen, denn ich bin überzeugt, dass Sie diese noch gar nicht kennen. Und vielleicht erscheint dann Ihre Großmutter in einem ganz anderen Licht? Mein Vater, Ludwig Mertens, Gott habe ihn selig, war ein junger Mann von achtzehn Jahren, voller Ideale, als seine Eltern das alte Haus in der Kurgartenstraße gekauft und das erste Kuchen & Meer eröffnet haben. Es hat sich schnell gezeigt, dass er ein besonderes Talent hatte, kreierte er doch die vortrefflichsten Kuchen. Aber es gab etwas, das sein Herz verwirrt hat. Die schöne Sophia Böhme von gegenüber war dafür verantwortlich. Obwohl beide Familien in Konkurrenz zueinander standen, ging sie ihm nicht aus dem Kopf, Tag und Nacht hat er an sie gedacht, obwohl sie mit Kunibert Böhme verheiratet war, und sie in Ludwig gewiss ohnehin nur einen Halbwüchsigen sah. Aber das Herz will, was es will, nicht wahr? Weil Ludwig nicht wusste, wie er seine Liebe zu einer vergebenen Frau anders auszudrücken vermochte, kreierte er ein Rezept, das ihn an sie erinnert hat, war es doch perfekt in jeder Hinsicht. Süß und zugleich ein wenig herb, vielseitig und wunderschön verziert. Sie ahnen es gewiss, es war das Rezept, das Sie heute als Ihr Familienrezept bezeichnen. Der junge Ludwig wusste nicht, was er da geschaffen hatte, aber Sophia hat es mitbekommen und geahnt, welcher Schatz das war, und dass sie das Rezept in ihren Besitz bringen musste, um ihre eigene Konditorei zu retten, denn um das Fräulein Zucker stand es zu diesem Zeitpunkt nicht gut. Sie musste schnell handeln, bevor Ludwig begriff, dass diese Kuchenpralinen ein Verkaufsschlager werden könnten. Also hat sie Ludwig mit einem sanften Lächeln und einem verheißungsvollen Augenaufschlag dazu gebracht, ihr das Rezept zu geben. Es heißt, sie habe ihm sogar eingeredet, sie würde Kunibert für Ludwig verlassen, was natürlich nur eine Lüge war. Kurz darauf haben die Böhmes Ludwigs Kreation als ihre eigene verkauft, nannten sie Ostseeträume. Die Leute kamen von überall her, um diese Köstlichkeiten zu probieren. Ludwig aber war am Boden zerstört, als ihm klar wurde, dass er hereingelegt worden war. Eigentlich hätten die Ostseeträume in die Auslage des Kuchen & Meer gehört. Doch er war von Sophias Schönheit geblendet worden, die ihm nun die kalte Schulter zeigte. Aufgrund dieser Schmach hat er seiner Familie gegenüber kein Wort über das verloren, was geschehen war, er hat sein Originalrezept im Zorn zerstört, weil es ihn zu sehr an Sophias Verrat erinnert hat, und beschloss, die Ostseeträume nie mehr zu backen. Sein Schmerz war einfach zu groß. Er hielt es in Sophias Nähe nicht mehr aus und hat Lübeck für lange Zeit verlassen. Den Rest der Geschichte kennen Sie, Frau Böhme. Meine Großeltern haben das Geschäft verloren und die Gegend verlassen. Jahre später lernte Ludwig meine Mutter kennen und lieben. Aber das alte Rezept war in meiner Familie längst in Vergessenheit geraten, hat man es doch nun ohnehin den Böhmes zugeschrieben, weil es sie berühmt gemacht hat. Ich aber kann das nicht vergessen.«

Ich hielt inne. Meinte Herr Mertens das alles ernst? Das war doch an den Haaren herbeigezogen. Nie hatten Agnes oder Mama ein Wort über diese Geschichte verloren. Und das alles klang auch kein bisschen nach der Sophia, über die ich so viel Gutes gehört hatte.

»Sie sollten dankbar sein, dass wir nie einen Anwalt eingeschaltet haben. Alles, was ich getan habe, ist, Gerechtigkeit walten zu lassen. Ein altes Unrecht aufzuheben. Ich werde den Teufel tun und die Produktion einstellen. Und nun entschuldigen Sie mich. Bitte machen Sie die Tür hinter sich zu, wenn Sie gehen, ich habe noch einen Termin.«

Mir blieb der Mund offen stehen. Dieser Lügner verdrehte auch noch alles! Sicher war er auch derjenige, der diese infame Lüge des angeblichen Rezeptdiebstahls durch Sophia überhaupt erst in die Welt gesetzt hatte. Ich erinnerte mich, wie sogar Nathan diese schon mal aufgeschnappt hatte. Offenbar saß der Urheber dieser Frechheit gerade vor mir. Meine Oma hätte niemals ein Rezept von jemand anderem als ihres ausgegeben, schon gar nicht auf diese Weise, das hatte sie auch gar nicht nötig gehabt.

Roald Mertens hingegen war ein Blender, jemand, der andere manipulierte, das merkte man sofort.

Doch ohne unsere Ostseeträume, die unser Alleinstellungsmerkmal waren, sah es für das Bei Agnes übel aus. Denn der Lieferservice war ja noch gar nicht angelaufen, und es war noch nicht sicher, ob sich das überhaupt etablieren, ob genügend Bestellungen getätigt werden würden. Unsere Haupteinnahmequelle sollte das Geschäft bleiben, aber ohne einen Verkaufsschlager würde es mau aussehen. Das wusste ich, das wusste er, und das erklärte auch sein fieses Lächeln, das er immer noch auf den Lippen trug. Ich wollte ihn fragen, warum er uns mit solcher Entschlossenheit zerstören wollte. Aber ich kannte die Antwort. Roald Mertens war von Rache besessen. In seiner Welt hatten wir das Kuchen & Meer vertrieben, und das musste er begradigen. Wen kümmerte es, dass das alles über sechzig Jahre her war? Vielleicht glaubte er diesen Unsinn um Ludwig und Oma Sophia wirklich selbst.

»Damit kommen Sie nicht durch«, sagte ich mit heiserer Stimme. Hoffentlich kamen mir jetzt nicht noch die Tränen, das gönnte ich diesem Anzugschnösel nicht!

»Warten Sie auf etwas?«, hakte er amüsiert nach. »Bitte gehen Sie.«

»Sie können das nicht machen, Sie …«

Plötzlich klopfte es.

»Ah, komm rein, mein Junge. Entschuldigen Sie, Frau Böhme, da ist ja schon mein Termin.«

Ich blieb immer noch wie erstarrt stehen, konnte nicht fassen, was hier geschah, wie wir abserviert wurden. Stella blieb neben mir, ihr schien es nicht anders zu gehen. Die Tür öffnete sich.

»Nova?«, hörte ich plötzlich eine erstaunte, aber vertraute Stimme hinter mir. Nathan trat ein und sah mich erschrocken an. Ganz offensichtlich hatte er nicht damit gerechnet, dass ich hier sein würde. Zugegebenermaßen galt das auch umgekehrt. Was um alles in der Welt machte er denn hier?

Unsere Blicke trafen sich, ich sah Sorge und Schrecken in seinem, fragte mich zugleich, was er hier suchte. Hatte er auch von den Meerschaumträumen erfahren? Hatte er Mertens zur Rede stellen wollen, wie ich es gerade tat?

»Darf ich vorstellen, mein Stiefsohn Jonathan. Ach, was sage ich denn, Sie kennen ihn ja bereits«, nutzte Mertens die Steilvorlage, um mir noch mehr zuzusetzen.

Stiefsohn? In rasender Geschwindigkeit überschlugen sich die Gedanken in meinem Kopf. Nathan war Mertens' Stiefsohn? Und ausgerechnet der hatte sich bei uns beworben? Das konnte kein Zufall sein. Nie hatte er ein Wort darüber verloren, wer sein Vater war. Ganz im Gegenteil, er hatte ein Geheimnis daraus gemacht. Steckten die beiden unter einer Decke? Ich erinnerte mich an Nathans kryptische Worte gestern Abend, dass er etwas in Ordnung bringen müsse, weil er nicht wolle, dass ich ihn hasste. Und einen Tag später gab es die Meerschaumträume im Sortiment von Kuchen & Meer, die eindeutig eine Kopie der Ostseeträume waren, weil die Mertens an unsere Rezeptanleitung gekommen waren. Nur wie? Durch wen? Nathan senkte den Blick. Er, das angeblich schwarze Schaf der Familie, das sich unbedingt beweisen wollte. Ein schrecklicher Verdacht kam mir. Was, wenn Nathan das Rezept kopiert, es abgeschrieben oder abfotografiert hatte, um es dann Roald Mertens zu geben? Nein, ich wollte das nicht glauben, ich schüttelte den Gedanken mit aller Kraft ab. Doch er verharrte, kreiste und polterte durch meinen Kopf.

»Was wird hier gespielt?«, fragte ich mit zitternder Stimme und merkte, wie meine Sicht verschwamm, während ich ihn fokussierte.

»Du bist sein Sohn?«, brachte ich nur hervor, spürte, wie Stella meine Hand ergriff, weil sie merkte, dass ich schwankte.

»Hast du dich deshalb bei uns beworben? Um mich auszuspionieren?«

Nathan sagte nichts.

Ich schüttelte fassungslos den Kopf. Mein Herz raste, überschlug sich, das Atmen fiel mir schwer. Ich hatte doch angefangen, ihn zu mögen …

»Es ist … anders als du denkst. Ich … lass es mich erklären, bitte«, stammelte Nathan, dessen Augen gerötet wirkten.

Mertens genoss die Schau, während ich mich erinnerte, wie Nathan die Post in mein Büro gebracht hatte. Wer wusste schon, ob er da nicht alle Unterlagen durchwühlt hatte, um an das Rezept zu kommen? Hatte ich es doch achtlos liegen lassen? War es irgendwann nicht im Safe gewesen? Oder hatte er die Kombination irgendwie herausbekommen?

Doch wie genau er es gemacht hatte, spielte keine Rolle. Dass er es getan hatte, war offensichtlich. Und es zerriss mir das Herz.

»Nova … bitte warte, bevor du voreilige Schlüsse ziehst.«

Was sollte das Gestammel?

»Ich will nichts hören!«, schrie ich Nathan an, der sofort verstummte.

Die Lage war glasklar. Ich musste hier raus. Aber schnell. Rasch drehte ich mich um, wollte die Tür aufreißen.

Doch ich konnte nicht, Nathan versuchte mich festzuhalten.

»Warte doch.«

»Lass mich in Ruhe, du Verräter!«

Ich riss mich von ihm los und stürzte raus, Stella hinter mir her.

Ich spürte eine Sekunde lang nur einen festen Schlag, der wie ein Blitz durch meinen Körper rauschte und mich fast hinstürzen ließ. Wäre Stella nicht gewesen, um mich zu stützen, ich wäre der Länge nach hingeschlagen. Ich merkte erst Sekunden später, dass es mein Herzschlag gewesen war, der kurz ausgesetzt und dann schmerzhaft wieder eingesetzt hatte.

In meinem Kopf formten sich etliche Gedanken, die wild durcheinanderrauschten. Wenn Nathan der Sohn von Roald Mertens war, wieso hatte ich ihn auf keinem der Bilder gesehen? Weil er nur ein ›Stiefsohn‹ war? Nathans Lebenslauf, seine Geschichte, alles musste gefälscht gewesen sein. Und sicher nicht nur das.

Er hatte mich belogen, mir was vorgemacht, und dann hatte er mir diese Gefühle vorgeheuchelt, um mein Vertrauen zu erschleichen, hatte getan, als wenn er auf meiner Seite wäre, weil er gewusst hatte, wie sehr ich mich nach der Sache mit Lucas nach einem Vertrauten gesehnt hatte. Aber natürlich war das nur ein weiterer Teil dieses hinterhältigen Spiels gewesen. Und das Ergebnis war, dass die Mertens unser Rezept besaßen! Die Ostseeträume nichts Besonderes mehr waren. Mir war übel.

»Nova, bitte«, hörte ich ihn. Nathan kam auch noch hinter uns her.

»Lass sie in Ruhe!«, rief Stella, was Nathan tatsächlich innehalten ließ.

»Bring mich nach Hause, bitte«, sagte ich benommen zu Stella, die genauso blass um die Nase war. Sie nickte, griff mich unter dem Arm und führte mich zu den Fahrstühlen, damit wir hier so schnell wie möglich verschwinden konnten.

26. Kapitel

Ich fühlte mich wie unter einer Dunstglocke gefangen, als ich die Wohnetage betrat. Stella war bei mir und machte mir einen Tee. Heute blieb die Konditorei dicht. Das hatte ich entschieden, denn ich war alles, nur nicht arbeitstauglich. Und da ich derzeit allein das Geschäft leitete, konnte auch niemand sonst übernehmen.

Immer wieder durchlebte ich den Moment in der Mertens-Zentrale. Der Moment, in dem mir klar geworden war, dass es einen Spion gegeben hatte. Und dass dieser Spion versucht hatte, mir das Herz zu stehlen.

Nein, es war eigentlich sogar noch schlimmer, denn es war ihm ja gelungen. Und ich hatte auch noch geglaubt, er sei anders als Manuel oder Lucas oder die anderen Männer, denen ich mein Herz geschenkt hatte. Dabei war er sogar noch viel schlimmer als sie, denn er hatte mir direkt ins Gesicht gelogen.

Ich spürte, wie heiße Tränen über meine Wangen rollten, zum gefühlt hundertsten Mal an diesem Tag. Nachdem Stella mir eine dampfende Tasse auf den Tisch gestellt hatte, setzte sie sich zu mir.

»Sag mal, Nova, Nathan und du …«

Ich seufzte. Ja, es war wohl offensichtlich, dass ich mehr für ihn empfand. Naiv, wie ich gewesen war, hatte ich sogar insgeheim wieder angefangen, ans Schicksal zu glauben, weil wir so perfekt harmoniert hatten. Meine Freundinnen hatten insofern recht gehabt, dass es kein Zufall gewesen war, dass er sich bei uns beworben hatte. Schicksal wollte ich das aber nun nicht mehr nennen, besser: üble Intrige. Sie hatte mir den Boden unter den Füßen weggezogen. Ich kam mir dumm vor, wieder einmal war ich auf die Liebe hereingefallen, obwohl ich es doch besser hätte wissen müssen. Das tat weh. Stella schien mich zu verstehen.

»Tut mir so leid, Novchen, wenn ich was für dich tun kann …«

»Hast du doch schon. Danke, dass du bei mir warst.« Ohne Stella hätte ich mich womöglich vergessen.

»Was hast du jetzt vor?«

Ich nahm die Tasse, nippte daran. »Agnes anrufen.« Ich konnte es ihr nicht länger verschweigen, sie musste erfahren, was hier vor sich ging. »Und einen Anwalt …«

Stella nickte. »Ich hoffe, dass das was bringt.«

Das hoffte ich auch.

Eine Weile saßen wir einfach nur schweigend da. Ich ging dieselben Gedankenspiele wieder und wieder durch. Jedes Mal schienen sie mir nur noch grausamer als beim Mal davor.

»Nova, ich muss leider in den Trödelladen zurück, kann ich dich denn allein lassen?«, sagte Stella irgendwann mit Bedauern.

Ich nickte. Natürlich.

»Wenn was ist, bin ich ja gleich gegenüber.«

»Danke, du bist die Beste.«

Stella strich mir noch mal über die Schulter und ging dann. Sie ließ mich nur ungern zurück, das wusste ich. Aber Em konnte auch nicht den ganzen Tag allein im Laden stehen.

Ich trank meinen Tee aus und rief meine Tante an. Ich musste ihr von all dem erzählen, auch von der dreisten Behauptung, dass Oma Sophia angeblich das Rezept von den Mertens gestohlen habe. Und dann war da noch ein leiser Zweifel in mir, den ich selbst verabscheute. Was, wenn Oma den jungen Mertens tatsächlich ausgetrickst hatte? Nein, das konnte auf keinen Fall sein. Das war erstunken und erlogen!

»Was fällt diesem Mistkerl denn ein?«, war auch schon die Antwort meiner Tante. So wütend hatte ich Agnes noch nie erlebt. Ihre Stimme klang gar nicht sanft, sondern richtig rau. Ich konnte durch den Hörer hören, wie sie am Körper bebte. »Natürlich ist das Rezept von Sophia. Und natürlich hat sie Kunibert geliebt und niemand anderem schöne Augen gemacht! Das kannst du mir aber glauben. Sie war eine talentierte Konditorin, keine Diebin!« Ich war erleichtert. Meine leisen Zweifel kamen mir nun albern vor. »Unglaublich, was dieser Mensch für Lügen verbreitet. Und schlimm, dass die Mertens in ihr altes Haus zurückgekehrt sind, das hättest du mir ruhig früher sagen können.«

»Ich wollte dich nicht beunruhigen, Tante Agnes. Aber jetzt ließ es sich nicht länger verschweigen. Ich will auf jeden Fall einen Anwalt einschalten. Denn sie verkaufen nun auch Ostseeträume.«

»Wie kann das sein? Sie haben doch das Rezept nicht …«

Ich schwieg, spürte, wie meine Augen feucht wurden, weil ich die Schuld an dem Desaster trug. Weil ich jemandem vertraut hatte, dem ich nicht hätte trauen sollen. Tante Agnes verstand.

»Wir lassen uns das nicht gefallen. Erst diese albernen Verleumdungen. Nun das. Das ist Diebstahl. Gut, dass du etwas unternimmst! Ich rege mich gerade so auf … Ich überlege, ob ich direkt zu dir komme, um dir zu helfen.«

Ich war gerührt, dass Agnes sich mehr um mich als um unser Geschäft sorgte.

»Oh nein, nein. Ich wollte dich nur informieren. Du musst nicht zurückkommen deswegen.« Es war ja nun auch mein Geschäft und somit meine Verantwortung. Ich musste wieder in Ordnung bringen, was ich durch meine Vertrauensseligkeit ruiniert hatte.

»Ich würde es immer tun, sag nur Bescheid. Und halte mich auf jeden Fall auf dem Laufenden!«

»Mach ich, versprochen.«

Nachdem ich das Telefonat mit ihr beendet hatte, spürte ich wieder etwas mehr Energie in den Knochen. Der Tag war noch jung, also beschloss ich mit Google nach Kanzleien zu suchen und bekam in einer sogar einen sofortigen Beratungstermin. Gerade, als ich mich auf den Weg dorthin machte, trudelte eine Textnachricht von Nathan ein.

Wir müssen reden. Bitte.

Ich klickte sie weg, wollte von ihm nichts mehr hören. Ich fuhr mit dem Bus nach St. Gertrud, um mich mit Herrn Dr. Walter zu treffen, der allerdings, nachdem er meine Geschichte gehört hatte, wenig Grund zur Hoffnung gab.

»Mit Rezepten und dem Urheberrecht ist das so eine Sache. Es ist schwer zu beweisen, wer Urheberin oder Urheber ist. Und schon kleine Abwandlungen des Rezepts genügen, um das Urheberrecht außer Kraft zu setzen. Außerdem, das muss man auch ehrlich sagen, ist die Familie Mertens sehr wohlhabend, die könnten sich ein ganzes Team aus den besten Anwälten leisten. Da spielt es kaum noch eine Rolle, wer das Rezept wirklich kreiert hat.«

»Sie sagen mir also, dass wir keine Chance haben, obwohl ich das Original im Safe liegen habe?«

»Beweisen Sie, dass es wirklich das Original ist und es nicht davor bereits eine ältere Version desselben Rezepts gab.«

Ich seufzte, denn das war nicht möglich.

Er schaute mich entschuldigend an. »Ich würde Ihnen von dem Schritt einer Klage abraten.«

Damit hatte er genug gesagt. Jetzt verstand ich auch, warum Mertens mir gegenüber so selbstsicher aufgetreten war und praktisch zugegeben hatte, dass sie die Rezeptidee »zurückgeholt« hatten. Er hatte von Anfang an gewusst, dass er damit durchkommen würde und ich mit einer Klage keine Chance hätte.

Ernüchtert kehrte ich heim.

Gegen achtzehn Uhr tauchten Em und Stella in meiner Wohnetage auf. Sie sahen beide sehr besorgt aus und wollten mir Gesellschaft leisten, aber ich wollte lieber allein sein. »Seid mir nicht böse, ich brauche Zeit für mich. Versteht ihr das?« Natürlich taten sie das. Sie verließen mich ungern, das sah ich ihnen an, ich war ihnen trotzdem dankbar für ihr Verständnis. Die Tatsache, dass es mit dem Anwalt nichts bringen würde, hatte mich endgültig in ein Loch gezogen. Denn das war, wie man so schön sagte, mein letzter Strohhalm gewesen.

Kurz darauf klingelte es erneut.

Ich ging runter, öffnete und da stand Gundi mit einem Topf heißer Suppe vor der Tür. Wusste sie auch Bescheid? Sehr wahrscheinlich, im Löwensteg sprach sich alles schnell herum.

»Das wird dich stärken«, meinte sie und blickte mich mitfühlend an. »Und deine Ostseeträume sind viel besser. Die von drüben schmecken mir gar nicht«, erklärte sie. Ich musste grinsen.

Aber es änderte nichts. Ich hatte versagt, war gescheitert, der Laden blieb heute dicht und vielleicht bald auch für immer. Es war so frustrierend, und was noch schlimmer war, ich vermisste Nathan.

Nun ja, das Bild, das ich von ihm hatte. Den Nathan, den er mir vorgespielt hatte, nicht den Betrüger und Spion.

Gundi verabschiedete sich, wünschte mir das Beste, und ich wusste, sie meinte es von Herzen.

Kurz darauf klingelte es erneut. Was war heute nur los? Nun, ich lebte eben im Löwensteg, und hier machten sich die Nachbarinnen und Nachbarn noch Sorgen umeinander. Ich ging wieder runter, erwartete Mandy oder Sam, doch erstarrte, als Nathan vor mir stand, dessen Nummer ich inzwischen blockiert hatte, denn mit ihm wollte ich nichts mehr zu tun haben. Ich hielt den Atem an, schüttelte den Kopf. Der hatte echt Nerven!

»Darf ich reinkommen?«, fragte er. Er war durchnässt, es hatte angefangen zu regnen.

Ich schüttelte erneut den Kopf. Er sollte gehen. Ich hob sogar abwehrend die Hände, als könnte ich ihn so mit telekinetischen Kräften einfach von mir wegschieben.

»Nova, bitte, lass uns miteinander reden, es ist alles anders … als du denkst«, sagte er heiser. Seine Augen wirkten dunkel umrandet.

Mein Herz stolperte. War das wahr? Ich hoffte es, sehr. Doch wahrscheinlich war das nur wieder ein Trick.

Mit einer Hand fuhr sich Nathan über die Stirn. »O Gott, Nova, ich wünschte, ich hätte dir das alles vorher erzählt. Aber ich wusste nicht, wie, und ich habe befürchtet, dass es eskalieren würde.«

So wie jetzt?

»Hast du … mich ausspionieren sollen?«, fragte ich. Denn das war die Frage, auf die ich wirklich eine Antwort brauchte.

Als er zu Boden sah und nickte, brach es mir das Herz.

Wahrscheinlich gab es für so etwas keinen richtigen Zeitpunkt. Für das Geständnis eines Verrats.

Er wirkte erschöpft, ungefähr so, wie ich mich fühlte. Doch ich war nicht nur erschöpft, sondern auch zornig. Wut sammelte sich in meinem Bauch.

»Was hat man dir dafür versprochen?«, spuckte ich aus. »Die Leitung vom Kuchen & Meer gegenüber?«

Er nickte erneut. Also war das der Preis für die Beschaffung des Rezepts gewesen? Ich verspürte nur noch mehr Zorn in mir, sodass es ein Wunder war, dass ich nicht die Tür vor seiner Nase zuknallte. Noch nie im Leben war ich so verletzt worden. Nicht von Manuel, nicht von Lucas. Alles war nur ein Spiel gewesen, eine Täuschung. Aber ich blieb innerlich gefasst und staunte über mich selbst, obwohl mir das Herz blutete.

»Es ist wahr, er hat mich gebeten, das Bei Agnes auszuspionieren, mich hier einzuschleusen …«, fing er an.

Vielleicht waren auch unsere ersten beiden Treffen keine Zufälle gewesen? Nein, den Gedanken verwarf ich gleich wieder. Er war überrascht gewesen, mich im Bei Agnes anzutreffen. Er hatte nicht mit mir gerechnet. Aber ab da war alles eine Farce gewesen.

»Mit einem gefälschten Lebenslauf«, meinte ich verächtlich.

»Er ist unvollständig, aber meine Ausbildung habe ich genau so gemacht, wie es darin steht, und ich habe auch zuletzt in St. Gertrud gearbeitet. Ich sollte verschleiern, dass ich zudem eine weitere Ausbildung zum Konditor bei Mertens gemacht habe.«

Er war also auch Konditor. Noch dazu war er bei Mertens ausgebildet worden? Wie clever, diesen Umstand zu verschweigen, denn dann hätte ich ja sofort gewusst, woher der Wind wehte. Nein, hier war mit Bedacht vorgegangen worden, um den größtmöglichen Schaden anzurichten. Ich fühlte mich elend.

»Roald wollte dieses alte Haus unbedingt zurück, unbedingt die Geschichte neu schreiben. Deswegen hat er es Herrn Antonius teuer abgekauft. Sie haben sich oft getroffen, einmal sogar nachts, um zu verhandeln, bis Antonius nachgegeben hat. Der natürlich einen Riesengewinn gemacht hat. Und nachdem Roald endlich das Haus besessen hat, wollte er auch das alte Rezept.«

»Und dann bist du ins Spiel gekommen. Wie konntest du … mir das antun?«, fragte ich verzweifelt.

»Ich habe zuerst nicht gewusst, dass du es bist. Und als ich deine Antwortmail bekommen habe, habe ich gehofft, dass sie von einer anderen Nova stammt. Denn die Nova, die ich bereits kennengelernt hatte, mochte ich sehr.«

»Aber wenn du mich angeblich mochtest, wieso hast du dann nie etwas zu mir gesagt?«

»Nichts entschuldigt mein Verhalten, das ist mir bewusst, vielleicht will ich einfach nur, dass du mein Handeln verstehst.«

Damit er sich dann besser fühlte?

»Als meine Mutter Roald geheiratet hat, war ich vier Jahre alt. Mein Vater hatte uns verlassen, ist seitdem nie mehr aufgetaucht. Aber Roald war für uns da. Bis zu ihrem krankheitsbedingten Tod vor zwei Jahren war er für meine Mutter der strahlende Ritter. Sie hat mich stets daran erinnert, wie gut wir es bei ihm haben. Ich hatte das Gefühl, in seiner Schuld zu stehen, und bin mit diesen Geschichten von den bösen Böhmes aufgewachsen, die unserer Familie früher großen Schaden zugefügt haben. Es wurde mir erzählt, dass deine Großmutter das Rezept von Ludwig gestohlen hatte.«

»Oh ja, diese Geschichte hat mir dein Stiefvater auch erzählt. Angeblich soll meine Oma Ludwig mit Versprechungen geködert haben, aber das ist lächerlich! So ein Mensch war sie nicht«, regte ich mich auf.

Nun hob Nathan abwehrend die Hände. »Ich verstehe dich, wirklich. Aber zuvor habe ich eben nur diese Version gekannt. Und als Roald mir vorgeschlagen hat, dass ich das Unrecht wiedergutmachen könne, habe ich dies zunächst als Chance gesehen, mich ihm zu beweisen. Als sein einziges nicht-leibliches Kind hat immer ein großer Druck auf mir gelastet. Ich sollte das Rezept in unseren Besitz zurückbringen, und ich habe geglaubt, das wäre das Richtige.« Er lachte bitter. »Dann habe ich hier jedoch erfahren, was für ein Mensch deine Großmutter Sophia wirklich war, war von ihrer Wohltätigkeit beeindruckt und konnte mir immer weniger vorstellen, dass sie wirklich eine Rezeptdiebin gewesen sein soll. Roalds

Erzählungen, an die er selbst wie kein anderer glaubt, haben nicht mehr gepasst. Also habe ich Nachforschungen angestellt, um herauszufinden, was damals wirklich geschehen ist. Deswegen habe ich dir auch zuerst nichts gesagt, denn ich wollte Klarheit über alles gewinnen. Und dann war es irgendwann zu spät, darüber zu reden. Ich habe befürchtet, dass du mich ablehnen könntest.«

Ich schnaubte leise. »Und was haben deine Nachforschungen ergeben?«

»Nicht viel, leider. Aber nach allem, was ich inzwischen über Sophia, deine Familie und dieses Lädchen durch dich weiß, glaube ich nicht mehr, dass sie das Rezept gestohlen hat. Es ist nur eine weitere Lüge der Mertens. Ich finde diese Fehde unnötig, denn der alte Streit schadet nur den Menschen heute, doch es ändert nichts an dem, was war. Ich habe etwas gebraucht, das zu erkennen, aber als ich es begriffen hatte, war es schon zu spät. Ich habe mich bei euch so wohlgefühlt! Es war ganz anders, als es mir erzählt worden war. Roald war jedoch wie besessen von dem Gedanken, eure Konditorei zu zerstören. Nichts und niemand konnte ihn davon abbringen. Ich habe versucht, ihm zu erklären, dass das Vergangene in die Vergangenheit gehört. Dir und dem Bei Agnes jetzt zu schaden, wäre ein noch größeres Unrecht, daran wollte ich mich nicht beteiligen. Aber Roald wurde wütend auf mich, konnte nicht vergessen, nicht loslassen. Gestern Abend, als ich bei dir war, hat Roald mir dann eine triumphierende SMS geschrieben, dass er endlich das Rezept hat. Ich habe keine Ahnung, woher er es bekommen hat. Das musst du mir glauben. Von mir hat er es nicht!«

Ich hielt inne. Nathan war nicht der Rezept-Dieb? Oder war das nur … eine weitere Ausrede?

»Ich wusste, ich musste ihn davon abbringen, die Ostseeträume auch zu produzieren, weil ich geahnt habe, dass es das Aus für das Bei Agnes bedeuten würde. Aber ich konnte ihn gestern nicht mehr erreichen. Also bin ich heute zur Zentrale gefahren, um ihm noch einmal ins Gewissen zu reden. Aber dann warst du plötzlich da … und ich konnte nichts erklären.«

Ich verschränkte die Arme, wollte ihm so sehr glauben, aber meine Zweifel waren zu groß. Immer noch plätscherte der Regen auf ihn herunter, was ihm jedoch nichts auszumachen schien.

»Nova, wenn du nur verstehen würdest, dass ich mich in diesen wenigen Wochen bei dir verändert habe. Durch die Arbeit mit dir habe ich gemerkt, wie schön es ist, das Handwerk der Konditorei mit Liebe und Hingabe auszuüben. Die Art, wie du das Geschäft führst, ist so anders als alles, was ich bei Mertens kennengelernt habe, wo alles wie am Fließband läuft, wo Massenproduktion ohne Seele stattfindet. Selbst in St. Gertrud war es nie so voller Leidenschaft. Ich bin ein anderer geworden. Die Zeit mit dir … ist die beste Zeit, die ich je erlebt habe …« Er sah mich sehnsüchtig an, ich konnte das Funkeln in seinen Augen sehen. »Ich habe Konsequenzen gezogen. Nachdem du heute gegangen bist, habe ich mit Roald gebrochen. Ich habe ihm gesagt, dass ich weder Interesse habe, ihn weiter zu unterstützen noch die neue Kuchen & Meer-Filiale zu leiten. Ich will mit ihm nichts mehr zu tun haben, er hat zu vielen Menschen wehgetan. Nicht nur dir, auch all den anderen kleinen Konditoreien, die für Kuchen & Meer weichen mussten.«

Mit Roald und somit der Familie zu brechen, musste ihm schwergefallen sein. Das kostete Mut, sofern es denn wahr war. Doch ich wusste nicht, was ich glauben sollte.

»Woher hat Roald das Rezept?« Diese Frage war noch offen. Und es war die Wichtigste.

Nathan ließ die Schultern hängen. »Wie schon gesagt. Darauf habe ich keine Antwort, Nova. Er hat es mir nicht gesagt. Das schwöre ich dir.« Nathan kam einen Schritt auf mich zu. »Du bist mir wichtig. Ich will nicht weg von hier oder von dir.«

Mein verräterisches Herz hielt inne. Ich wusste genau, was es wollte: ihm glauben. Aber ich konnte es nicht. Er hatte mich angelogen, mir dabei ins Gesicht gesehen. Er war in meinem Büro gewesen, angeblich, um Post abzulegen. Dann war das Rezept mit einem Mal bei Mertens gelandet. Was sollte ich da denken? Mertens hatte das Rezept und nutzte es bereits. Selbst wenn das alles nicht so offensichtlich gewesen wäre, welchen Sinn hatte das alles überhaupt noch? Es änderte nichts an der Lage des Bei Agnes. Ich war zu erschöpft, um weiterzukämpfen. Dadurch, dass Mertens nun unser Rezept für Ostseeträume hatte, war das, was uns ausgemacht hatte, verloren. Warum sollte noch jemand zu uns kommen, wenn es guten Kuchen zu besseren Preisen gegenüber gab? Mit diesen Großkonzern-Angeboten konnten wir nicht mithalten.

»Ich dachte, ich würde das Richtige tun, doch es war genau das Falsche. Es tut mir leid, Nova.«

»Mir auch. Sag deinem Vater, dass er gewonnen hat«, meinte ich bitter.

»Was soll das heißen?« Seine Augen weiteten sich. »Du willst den Laden doch nicht etwa schließen?«

Hatte ich eine andere Wahl? Wenn es so weiterging, würden wir uns vielleicht noch einen Monat halten, danach wären wir in den Miesen. Gegen eine Mertens-Filiale bestand heutzutage niemand. Das war wie ein Gesetz.

»Du solltest jetzt gehen«, sagte ich.

»Nova …«

»Es ist vorbei.« Ich wandte mich um, atmete tief ein und schloss die Tür.

27. Kapitel

Ich musste es Tante Agnes beibringen. Ihr erklären, dass der Anwalt keine Chance für eine Klage sah und das Bei Agnes nicht mehr lange würde bestehen können. Ich fühlte mich schrecklich deswegen. Gerade saß ich im Wohnzimmer und versuchte, mich mit einer Tasse Tee zu beruhigen, während es draußen in Strömen regnete. Ein Sommergewitter brach auch über mich herein.

Die Konditorei lag in ihren letzten Atemzügen. Ich fühlte mich schuldig. Ich hätte es besser machen müssen. Ich hatte mich von Mertens ausbooten lassen.

Wenn mir doch nur eine Idee käme, wie ich das Ruder rumreißen könnte. Aber wir waren mit den Preisen bereits runtergegangen, mehr war nicht drin. Und meine eigenen neuen Rezepte waren gut, aber nicht gut genug. Der Lieferservice allein würde uns nicht retten. Ein Ladengeschäft brauchte Kundschaft, die herkam, das Haus belebte und weitere Kundschaft anlockte.

Aus Sentimentalität griff ich nach dem alten Album, das noch auf dem Tisch lag, blätterte darin, betrachtete das alte Fräulein Zucker und meine Familie, die etwas Großartiges aufgebaut hatte, das nun mit mir unterging. Ich musste mich von meinen Träumen verabschieden.

Ich betrachtete Sophias gütiges Gesicht. Mama hatte mir oft gesagt, dass ich Ähnlichkeit mit ihr hätte. Das gefiel mir, auch wenn ich es persönlich gar nicht sah. Auf dem Bild lächelte sie zart, beinahe, als würde das Lächeln mir gelten. Irgendwann hatte sie persönlich dieses Album begonnen und die Bilder eingeklebt. Dann hatte sie es Agnes gegeben. Und die hatte eigene Fotos hinzugefügt.

Ich aber würde keine neuen Fotos beisteuern können. Das tat weh. Unsere Geschichte endete hier, also klappte ich das Buch zu und erhob mich, lief zu dem alten Schrank rüber, der schon zu Großmutters Zeiten hier gestanden hatte, und schob das Album in das Regal zurück. Dabei bemerkte ich, dass sich die Rückwand leicht bewegte. Hatte ich mir das nur eingebildet? Vorsichtig steckte ich den Arm in das Fach und berührte die Wand. Bei solch alten Schränken waren die Rückwände keine dünnen Holzplatten, wie das heute der Fall war. Aber diese hier war definitiv dünn und beweglich. Vielleicht war sie irgendwann ausgetauscht worden. Vorsichtig drückte ich stärker dagegen, sie gab nach, ließ sich zur Seite schieben, was ich tat, und gab ein kleines verborgenes Fach dahinter frei.

Irritiert holte ich mein Mobiltelefon, um mit der Taschenlampe meines Handys hineinzuleuchten. Bildete ich mir das nur ein oder lag da tatsächlich ein metallenes Kästchen? Ich griff vorsichtig hinein, spürte das kühle Metall unter den Fingern und hob es vorsichtig heraus.

Es handelte sich tatsächlich um eine kleine Schatulle. Und darunter konnte ich noch etwas ertasten: eine Art Buch.

Behutsam barg ich die beiden Funde und legte sie auf dem Wohnzimmertisch ab. Die Kiste war reich verziert, aber auch ziemlich eingestaubt, also wischte ich sie erst einmal vorsichtig mit einem feuchten Tuch ab. Dann klappte ich sie auf und fand eine Sammlung loser Papiere darin, die handschriftlich beschrieben waren. Und diese Handschrift kannte ich inzwischen!

Neugierig nahm ich eines der Blätter heraus. Es handelte sich um ein Rezept. Ich brauchte eine ganze Weile, ehe ich begriff, dass dies eines von Sophias verschollenen Rezepten sein musste. Das Datum in der unteren rechten Ecke verriet, dass es vom Ende der fünfziger Jahre stammen musste. Und es waren noch viele weitere Rezepte in der Kiste!

Eine ganze Sammlung alter Backwaren, die heute so gar nicht mehr hergestellt wurden. Ich vertiefte mich in die unerwartete Lektüre, verlor darüber sogar all die Probleme für einen Moment aus den Augen, und in mir wuchs der Wunsch, all diese Köstlichkeiten nachzubacken, klangen sie doch zu verführerisch. Eine besser als die nächste. Wasserkringel mit Nüssen und Mandeln sowie einer Zuckerglasur, Buchteln, oder alte Apfelgitterkuchen nach alter Tradition. Ein richtiger Schatz. Wo bekam man heute noch solche Leckereien? Auch das Buch hatte es in sich, es enthielt eine Sammlung alter Hochzeitstortenrezepte, aber nicht irgendwelche Hochzeitstorten. Es waren jene, die berühmte Paare zu ihrer Hochzeit hatten anfertigen lassen. Artikel aus Zeitungen, die Oma Sophia fein säuberlich ausgeschnitten und eingeklebt hatte. Die Bilder in dem Buch waren alt und schwarz-weiß, doch vor meinen Augen wurden sie bunt. Ich sah die prominenten Paare am schönsten Tag ihres Lebens vor mir, wie sie glücklich die Torte anschnitten.

Und dann war ich plötzlich im Löwensteg, der jedoch ganz anders aussah, als ich ihn kannte. Alte Autos parkten in der ersten Reihe, sie wirkten ein wenig unförmig. Als wären sie aus Pappe. Es war zweifelsohne dieselbe Straße, aber nicht dieselben Geschäfte. Ein Schuster, ein Zeitungsladen, und schließlich ging mein Blick hoch zu dem Schild, auf dem *Fräulein Zucker* in bunter, geschwungener Schrift stand.

Magisch wurde ich in die kleine Konditorei gezogen, in der die Leute Schlange standen. Ich schaute mich um, entdeckte ein Regal mit Gläsern, in denen bunte Bonbons lagen. Ich nahm den Geruch von frisch gemahlenem Kaffee wahr. Ich hörte die Leute murmeln, sah, wie eine Angestellte wunderschönen Kuchen in die Auslage legte, der so altmodisch wirkte, als wäre er aus dem letzten Jahrhundert, bis mir klar wurde, dass er es auch war.

Ein kleiner bunter Laden voller Süßigkeiten und Kuchen. Und dann stand plötzlich Sophia vor mir mit einem Blech köstlicher Ostseeträume. Sie war jung, so jung wie ich, lächelte mich an, wie sie auch auf den Fotos gelächelt hatte.

»Willkommen im Fräulein Zucker. Du wirst doch jetzt nicht aufgeben, oder, Nova?«, sprach sie mich an. Woher wusste sie, wer ich war?

Ich schreckte hoch, musste mich erst orientieren. Ich war nicht im Geschäft, sondern auf der Couch des Wohnzimmers eine Etage darüber. Und ich war auch wieder im Hier und Jetzt. Ich wischte mir den Schlaf aus den Augen. Das Buch mit den Torten lag aufgeklappt auf meiner Brust.

Ich musste eingeschlafen sein. Dennoch hatte ich das Gefühl, tatsächlich meiner Großmutter begegnet zu sein. Ihre Worte hallten in meinem Kopf nach.

»Du wirst doch jetzt nicht aufgeben, oder, Nova?«

Ich richtete mich auf, ordnete die losen Rezepte in die Kiste zurück, legte das Tortenbuch zur Seite und versuchte, diese Worte zu greifen.

Und plötzlich kam mir die Idee. Es war erst nur ein flüchtiger Gedanke, der aber wuchs und gedieh: Wenn es mir gelang, diese Dinge nachzubacken, und zwar so, wie sie früher hergestellt worden waren, konnte ich mein Angebot komplett verändern. Vintage-Gebäck und Vintage-Torten.

Was gäbe es für ein besseres Alleinstellungsmerkmal als die Backwaren aus dem alten Fräulein Zucker, weil es doch so etwas heutzutage kaum noch gab? In jedem Fall nicht bei Kuchen & Meer.

Vor meinem geistigen Auge belebte ich die alte Konditorei wieder. Ich sah die Möbel vor mir, die mir eben auch im Traum erschienen waren. Jene Möbel, die unten im Lager einstaubten.

Ich war mit einem Mal so aufgeregt, dass ich nicht anders konnte. Zwar war längst Feierabend, aber wen störte es, wenn ich sofort loslegte? Ich war doch die Chefin. Ich eilte mit zwei Rezepten, die mir besonders gefielen, aus der Wohnetage runter in die Backstube und warf die Teigmaschine an.

Viele Zutaten hatte ich auf Vorrat hier, also konnte ich in mühevoller und sorgfältiger Handarbeit Omas Werke herstellen, denen sie allen eine ganz eigene Note hinzugefügt hatte, sodass jedes Rezept ihre Handschrift trug. Ich huschte hin und her, schnappte mir die frischen Mandeln aus dem Regal, suchte nach den Schokostreuseln und der Sahne, vermengte Eier zur Creme, rührte und rollte Teig aus, ließ es backen und abkühlen. Und während dies geschah, ging ich in den Ladenbereich, versuchte mich zu erinnern, was ich im Traum gesehen hatte, wo die Möbel gestanden hatten und malte mir aus, sie würden erneut dort stehen.

Ich lachte, erinnerte mich, dass Oma Sophia auch durch ihren Traum zu den grandiosen Ostseeträumen inspiriert worden war. Und genau so erging es mir nun auch. Offenbar hatten wir tatsächlich einiges gemeinsam, meine Oma und ich. Auch mein Traum sollte Wirklichkeit werden.

Ich ging in die Backstube zurück.

Fertig waren nun das Nussbeugel und die Quarkstangen. Sie sahen ziemlich altmodisch aus. Aber genau das war ja der Clou! Eine Kunst für sich aus alten Tagen.

Ich probierte ein Stück. Es zerging auf der Zunge, einfach ein Hochgenuss. Sophia hatte wirklich ein besonderes Talent gehabt. Und es wäre zu schade, wenn das in Vergessenheit geraten würde.

Ich jedenfalls würde ihren alten Rezepten zu neuem Glanz verhelfen, das Fräulein Zucker zu neuem Leben erwecken. Ja, genau. Und um das zu bewerkstelligen, fehlte mir noch etwas ganz Wichtiges.

Ich ging ins Lager runter, verschwand in dem kleinen Nebenbereich, hob dort eines der Laken hoch und holte das alte Schild hervor, auf dem in bunter schnörkeliger Schrift der wahre Name dieses Ladens stand.

Fräulein Zucker.

Altmodisch, ja. Aber genau das brauchte das Geschäft. Einen Hauch von Nostalgie. Gute Backküche. Und das Original-Schild. Ich trug es nach oben, wischte es sauber und betrachtete es erneut. Zum ersten Mal fiel mir der kleine Löwe mit der Bäckermütze auf, der über dem Schriftzug eingraviert war. Na klar, eine Anspielung auf den Löwensteg und Lübecks Verbindung zu Löwen. In der Ferne sah man auch ein Segelboot, weil wir ja hier an der See waren. Jetzt war es ein bisschen zu dunkel, um es anbringen zu lassen, aber mein Plan stand fest. Aus dem Bei Agnes würde wieder das Fräulein Zucker werden. Die ganze Zeit hatte ich nach einem Namen für das Geschäft gesucht, nun hatte ich ihn gefunden. Denn wenn jemand dem Kuchen & Meer die Stirn bieten konnte, war es das Fräulein Zucker.

28. Kapitel

Ich hatte einen Plan. Als Erstes musste das Schild ausgetauscht werden. Gleich am nächsten Morgen machte ich mich daran, aber es war eine wackelige Angelegenheit.

Als Bernd von drüben mich auf der Leiter vor der Eingangstür balancieren sah, kam er gleich rüber und hielt sie fest. »Geht's?«

»Na ja, die alten Schrauben sitzen sehr fest.«

»Na, dann lass mich mal.«

Ich ging runter, er hoch, und er brauchte gar nicht lange, bis das Bei-Agnes-Schild abmontiert war.

»Und was soll jetzt stattdessen ran?«

Entschlossen hievte ich ihm das alte Fräulein-Zucker-Schild hoch, hielt dann die Leiter fest, damit sie nicht umkippte, während Bernd das gute Stück anbrachte. Kurz darauf sahen wir uns unser Werk an. Ich hatte das Schild poliert, nun glänzte es wie neu, obwohl ihm auch sein alter Charme anzumerken war.

»Das sieht schick aus«, meinte Bernd. »Erinnert mich an früher.«

»Das ist das Schild von früher«, erklärte ich lachend.

»Wirklich? Das ist ja was.« Er hob den Daumen.

Auch Stella und Em kamen zu mir rüber, denn sie hatten vom kleinen Trödelladen aus längst bemerkt, dass hier etwas im Gange war. »Was wird denn das?«, wollten die Schwestern wie aus einem Munde wissen.

»Ich präsentiere euch die neue und zugleich alte Konditorei Fräulein Zucker mit Vintage-Charme und Vintage-Kuchen«, sagte ich und breitete stolz die Hände zu beiden Seiten aus.

»Ich verstehe nicht ganz«, erwiderte Em. Ich erklärte es den beiden genauer, und spontan entschieden sie, mir am Wochenende zu helfen, ein paar Möbel auszurangieren und durch das alte Inventar des Fräulein Zucker aus dem Keller zu ersetzen.

»Nach allem, was war, merke ich, dass dir dieser Plan gut tut, das unterstützen wir!«, sagte Stella. Ich nickte ihr zu, gab ihr zu verstehen, dass es mir besser ging. Ich hatte eine Aufgabe, auf die ich mich voll und ganz konzentrieren konnte.

»Stimmt, Novchen ist wieder fast die Alte. Mit diesem ehrgeizigen Glitzern in den Augen.«

Das glaubte ich sofort, denn ich wollte den Laden umdekorieren, damit er seinem alten Selbst ein bisschen ähnlicher sah. Und das alte Fräulein Zucker war nicht nur urgemütlich gewesen und hatte mit köstlichen Leckereien aufgewartet, es hatte auch gegen die Mertens bestanden.

»Ich wette, Tante Agnes ist begeistert von der Idee«, sagte Em.

»Sie weiß es ehrlich gesagt noch gar nicht. Aber ich glaube auch, dass es ihr gefallen würde. Insbesondere, wenn es seinen Zweck erfüllt: die Erhaltung der Konditorei.« Heute Abend wollte ich sie anrufen und ihr sagen, dass ich eine Lösung für unsere Probleme gefunden hatte, damit sie sich nicht zu sehr sorgte. Ich war überzeugt, dass es genau das Richtige war.

»Was immer du vor hast, wir helfen dir«, sagte Stella, und Em nickte.

Gleich Samstag früh legten wir zusammen los. Bernd, Sam und Mandy halfen uns, wo sie nur konnten. Und Gundi versorgte uns mit Proviant. So landeten die bisherigen Möbel vorübergehend im Innenhof, ohne schlechtes Gewissen, eigentlich war es sogar eine kleine Genugtuung, dass die Servierer vom Kuchen & Meer argwöhnisch zu dem Möbelstapel linsten. Währenddessen wurden die alten Sachen aus dem Keller hochgeschleppt und gesäubert. Ein paar Tische aus richtig schwerem Holz, die aber noch toll aussahen und schnörkelige Beine hatten, wurden im Café-Bereich aufgestellt. Gemeinsam montierten wir ein Regal mit Retro-Charme an der Wand, in das man Keksdosen legen konnte. Bis zum Abend des folgenden Tags sah das Fräulein Zucker wie verwandelt aus. Betrat man es, hatte man das Gefühl, einen Schritt in eine andere Zeit zu machen.

»Ich finde dein neues Konzept aufregend«, gestand Stella, als wir geschafft das Ladeninnere betraten.

Die Sonne war schon am Untergehen, so drang warmes Licht durch die Schaufenster, überzog alles mit einem orangenen Schatten.

»Ich konnte es mir zuerst nicht richtig vorstellen. Aber nun ist es stimmig«, fügte sie hinzu.

»Der Laden hat ein neues Gesicht bekommen, aber wie geht es denn nun weiter?«, hakte Em nach.

»Ich werde Vintage-Kuchen backen und verkaufen. Außerdem muss ich unsere Online-Profile updaten, auch das vom Lieferservice, damit die Leute wissen, dass das Bei Agnes passé und das Fräulein Zucker wieder da ist.«

Ich dachte auch an eine eigene Facebook-Seite und Flyer, die ich verteilen wollte, um so viel Aufmerksamkeit wie nur möglich auf das Fräulein Zucker zu lenken.

»Dabei können wir dir helfen«, sagte Em. »Wenn du die Flyer hast, gib uns ein paar, die legen wir in unserem Laden aus.«

»Super, vielen Dank.«

»Gibt es denn keine Neueröffnungsfeier?«, hakte Sam nach. »So etwas erzielt immer Aufmerksamkeit.«

»Doch, genau das habe ich vor. Mit ganz viel Kuchen nach Omas Rezepten.«

»Das wird bestimmt großartig. Aber was noch fehlt, ist so was wie ein Schutzpatron oder eine Schutzpatronin«, grübelte Mandy.

»Was meinst du damit?«, hakte ich nach.

»Na ja, so was wie einen Paten, der für ganz viele neugierige Besucherinnen und Besucher sorgt. Jemand wie ... Tessa Forster.«

Natürlich, die hatte ich fast vergessen. Für ihre Freundin hatte sie ja bei mir einen Jubiläumskuchen bestellt. Wenn eine Influencerin wie Tessa mit tausenden Followerinnen und Followern zur Wiedereröffnung des Fräulein Zucker kam, konnte das hohe Wellen schlagen. Das war im Prinzip das Social-Media-Äquivalent zu guter Presse. Und wenn man so jemanden in der Nachbarschaft hatte, dann sollte man die Gunst der Stunde nutzen.

»Mandy, das ist ein fantastischer Vorschlag. Ich werde sie auf jeden Fall fragen, ob sie das Fräulein Zucker unterstützen würde.«

Mandy lächelte stolz.

Aber damit war es mit den guten Vorschlägen noch nicht vorbei.

»Was hältst du davon, wenn wir Proben deiner Kuchen bei uns im Gasthaus verteilen?«, meinte Bernd.

»Und im Trödelladen können wir doch auch einen kleinen Tisch mit Kuchen aufstellen, den man sich einfach mitnehmen kann. Mit dem Hinweis, wo diese Köstlichkeiten herkommen.«

Ich merkte, wie wir uns gegenseitig mit Begeisterung und neuen Ideen ansteckten.

»So machen wir es! Und die Wiedereröffnung findet am Samstag in zwei Wochen statt!«

Als ich kurz darauf meine Freundinnen und Freunde verabschiedete, war ich voller Hoffnung, dass ich die Konditorei doch noch würde retten können.

Ich verbrachte den Vormittag des nächsten und übernächsten Tages in der Backstube, um weitere von Sophias Rezepten auszuprobieren, bis ich ein neues Sortiment zusammengestellt hatte. Ich vergaß darüber alles andere, auch Nathan, war ich doch in meinem Element. Zudem bemerkte ich, dass die Leute auf der Straße neugierig wurden, weil sich das Geschäft fast über Nacht verändert hatte.

»Ist das jetzt ein ganz neues Geschäft?«, wollte eine Dame wissen, als ich am Mittag die Scheiben wusch.

»Es ist ein altes Geschäft. Das Fräulein Zucker von früher ist zurück. Am Samstag in zwei Wochen eröffnet es«, verkündete ich dann. Und gerade die ältere Kundschaft aus der Gegend, die sich noch an das Fräulein Zucker erinnerte, schien das zu freuen. Mit einem Leuchten in den Augen linsten die älteren Herrschaften durch das Schaufenster und versprachen, es allen aus ihrem Bekanntenkreis zu erzählen. »Früher habe ich hier immer leckeren Kuchen gegessen. Das mache ich wieder, wenn Sie eröffnen.«

Am frühen Nachmittag tauschte ich das alte gegen das neue Angebot im Schaukasten aus, das ich nun zusammengestellt hatte, als ich jemanden in meinem Rücken spürte.

»Fräulein Zucker«, las eine Frauenstimme vor, die ganz sanft und leise war, mich an die von Agnes erinnerte. Aber Tante Agnes konnte nicht hier sein. Als ich mich jedoch umdrehte, standen zu meiner Überraschung tatsächlich Tante Agnes und Mama hinter mir und lächelten mich an.

Mir klappte die Kinnlade herunter.

»Was … macht ihr denn hier?«, fragte ich und befreite mich aus meiner Starre, um sie beide zu umarmen. Ich hatte nicht mit ihnen gerechnet. Schon gar nicht mit Agnes. Wieso war meine Tante nicht in Dänemark?

»Meine Süße, wir wollen dir natürlich gegen die Mertens helfen«, sagte Mama und wollte mich gar nicht mehr loslassen.

Agnes ballte, wie immer sanft, aber dennoch spürbar erzürnt die zarte Hand zur Faust.

»In so einer Situation lassen wir dich nicht allein.«

»Ich … ja vielen Dank. Etwas Hilfe könnte ich schon gebrauchen.« Und da Lotta und Nathan sowie Fabiana nicht mehr hier waren, war jede helfende Hand mehr als willkommen. Für unseren Eröffnungstag hatte ich bereits ein paar Helferinnen und Helfer über die Agentur engagiert, die ich für solche Fälle immer kontaktierte, auf lange Sicht reichte das aber nicht aus, weswegen ich eine Stellenanzeige aufgegeben hatte. Denn allein konnte ich das nicht mehr stemmen, ich brauchte wenigstens jemanden für den Verkauf.

»Das haben wir schon gesehen, das alte Fräulein-Zucker-Schild hängt ja bereits über dem Eingang«, sagte Mama.

»Am Telefon hast du nur Andeutungen gemacht, dass du *die* Lösung gefunden hast. Warum hast du denn nichts gesagt, Kind?«

»Ach, ich wollte erst mal sehen, ob die Idee überhaupt funktioniert.«

»Das alte Geschäft wieder auferstehen zu lassen, finde ich großartig«, ließ mich Agnes wissen. »Das Fräulein Zucker hat diese furchtbaren Mertens schon einmal in die Flucht getrieben. Das bekommen wir auch ein zweites Mal hin.«

So viel Zuversicht von allen Seiten, das baute mich auf.

»Aber sag, Agnes, geht das denn, dass du Jerrik allein lässt?«, hakte ich besorgt nach.

Agnes nickte überzeugt. »Es geht ihm so viel besser, er ist auf einem sehr guten Weg. Und als ich ihm gesagt habe, was hier auf dem Spiel steht, hat er gemeint, dass ich zurückkehren soll, um das zu regeln. Denn die Konditorei ist ja auch mein Lebenswerk und das unserer Familie. Ich bleibe daher so lange, bis wir wieder alles in trockenen Tüchern haben.«

»Das sehe ich ganz genauso. Ich bin vielleicht keine Konditorin, aber ich bin eine Böhme«, stimmte Mama zu.

Ich lächelte dankbar. Mit Agnes und Mama an der Seite konnte ja kaum etwas schiefgehen.

»Ich danke euch, aber kommt doch erst mal rein.«

Gemeinsam betraten wir das Geschäft, und ich konnte sehen, wie sich Mamas und Agnes' Augen gleichzeitig weiteten.

»Das sieht … ja aus wie früher«, entwich es Mama.

»Und das riecht auch wie früher«, meinte Tante Agnes und bewegte sich in Richtung Backstube.

»Ja, das kann gut sein. Ihr werdet es nicht glauben, ich habe Sophias alte Rezepte gefunden.«

»Wirklich? Die galten doch als verschollen«, meinte Mama.

»Sie waren hinter der Schrankwand.«

»Das ist dein Ernst? Ach, darauf hätte ich kommen können! Die gute Sophia«, meinte Agnes. »Der Schrank stand ja schon damals im Wohnzimmer, als unsere Mutter noch gelebt hat.«

»Ich wundere mich nur, warum sie sie überhaupt versteckt hat«, überlegte ich, denn das war mir ein Rätsel.

»Nun das war so … dein Opa hat irgendwann alles modernisiert, auch das Angebot, man mochte irgendwann andere Dinge, anders zubereitet, da hat er die alten Waren nach und nach aussortiert. So hat er eine neue Ära der Konditorei eingeläutet. Aber deine Oma hat offenbar alle Rezepte aufgehoben. Warum sie sie allerdings versteckt hat … da kann ich dir auch keine klare Antwort geben. Sie ist mit den Jahren wunderlicher geworden. Vielleicht hat sie befürchtet, dass jemand sie stehlen würde.«

Was ja gar nicht so unrealistisch war, wie man an den Ostseeträumen sah.

»Nun weih uns aber in alles ein«, meinte Mama, und das tat ich dann. Wir setzten uns mit ein paar Buchteln an einen der Tische, und ich schilderte ihnen meinen Plan von der Erneuerung des Angebots, den Werbemaßnahmen, die mir vorschwebten, sowie der offiziellen Wiedereröffnung, die schon in etwas weniger als zwei Wochen sein sollte.

»Also, du hast ja schon toll umdekoriert, aber eine Idee hätte ich noch«, sagte Mama. »Wir könnten die Vorhänge und Tischdecken austauschen. Das ist gar nicht so teuer, und ich fertige sie dann an. Wir müssten nur den Stoff bezahlen.«

»Das wäre großartig. Aber um ehrlich zu sein, hätte ich gerne Vorhänge und Tischdecken, wie sie im alten Fräulein Zucker waren. Es soll nach Möglichkeit so authentisch wie möglich aussehen.«

»Ich erinnere mich nur ungenau. Hast du denn Fotos von den Decken?«

»Klar, sie sind im Album, ich hole es schnell.«

Als ich Mama kurz darauf die Fotos zeigte, seufzte sie und bekam ein nostalgisches Funkeln in den Augen. Sie blätterte darin, strich liebevoll über die einzelnen Seiten. »Hier sieht man die Decken und Vorhänge gut. Die sind schön. Das bekommen wir hin. Ich habe eine gute Stoffhändlerin, die garantiert etwas in der Art auf Lager hat.«

»Das wäre großartig, vielen Dank!«

»Also bitte, Liebes, das hier ist auch mein Zuhause. Und wir sind doch eine Familie. Natürlich helfe ich dir.«

Agnes deutete auf ein anderes Foto in dem Album. »Ich habe damals deinem Opa geholfen, wenn er Bonbons gemacht hat. Da kann ich dir ein paar Tipps geben. Und vielleicht können wir auch das alte Bonbonregal aus dem Keller wieder aufbauen«, schlug Agnes vor. »Wenn ich mich nicht irre, haben wir nämlich noch die alte Bonbonmaschine. Zu einer Vintage-Konditorei gehören nicht nur Kuchen, sondern auch exquisite Bonbons.«

»Das wäre ein absoluter Traum, Tante Agnes! Ich würde zu gerne eigene Bonbons herstellen.«

Wir gingen gemeinsam in den Keller runter, und tatsächlich gab es die alte Maschine noch, sie war hinter ein paar Kisten versteckt gewesen. Wir schleppten sie zu zweit hoch, zwar war sie einigermaßen handlich, aber unerwartet schwer. Gemeinsam hievten wir sie auf eine freie Arbeitsfläche in der Backstube, wo wir sie reinigten. Fasziniert musterte ich das Konstrukt, das aus zwei Walzen mit Bonbonformen und einer Kurbel bestand.

»Ich weiß auch, wo wir richtig schöne bauchige Gläser herbekommen. Das wird alles ganz wunderbar«, prophezeite Agnes mir. »Aber jetzt lass uns die Maschine einweihen. Dazu müssen wir erst die Bonbonmasse kochen. Und siehst du den Haken über der Backfläche neben dem Fenster?«

Ich hatte ihn schon oft bemerkt, aber nie gewusst, wozu er da war.

»An dem wird die Bonbonmasse gezogen und gehärtet. Also, legen wir los?«

»Auf jeden Fall. So machen wir das.«

Mama tauchte kopfschüttelnd hinter uns auf. »Da seid ihr in eurem Element. Na, da will ich mal nicht stören und kümmere mich um die Stoffe für Decken und Vorhänge.«

»Danke, Mama, du bist die Beste.«

Agnes hatte derweil einen großen Topf aus einem der Schränke hervorgeholt und gab die Zutaten hinein, um die Bonbonmasse zu kochen.

»Damit sie schön bunt und fruchtig werden, geben wir auch Fruchtsaft hinzu. Im Lager hatten wir allerdings nur Himbeersaft, also werden es diesmal nur Himbeerbonbons.«

»Klingt doch nach einem guten Start.« Ich zwinkerte und beobachtete, wie Agnes eine abgemessene Menge Saft der Mischung hinzugab, bis sich beides vermengte.

Kurz darauf gaben wir die heiße rote Masse auf die metallene Arbeitsfläche, wo sie sich zähflüssig ausbreitete und allmählich abkühlte, sodass man sie kneten konnte. Konzentriert bearbeiteten wir die Masse, zogen sie an dem Haken lang, und schließlich gaben wir sie durch die beiden Walzen der Bonbonmaschine, die uns im Gegenzug wunderschön glänzende Bonbons ausgab. Begeistert nahm ich einen davon in die Hand, betrachtete ihn von allen Seiten. Er hatte die Form einer Muschel. Beherzt steckte ich mir die fruchtige Leckerei in den Mund.

»Und?«, fragte Agnes neugierig.

»Wunderbar!«, schwärmte ich. Ich hatte noch nie einen besseren Bonbon gegessen. Er schmeckte herrlich süß und fruchtig, so, wie es eben sein sollte.

Ich hatte es im Gefühl, die selbst gemachten Vintage-Bonbons konnten ein Verkaufsschlager werden. Und als ich mir noch einen zweiten in den Mund steckte, war ich mir sogar sehr sicher.

»Ist es wahr?«, schallte es plötzlich aus dem Verkaufsraum. Unverkennbar war es Gundis Stimme.

»Agnes, du bist wieder hier?«

Agnes und ich liefen gleich hinaus, um die gute Nachbarin zu empfangen. Doch kaum hatte Gundi Agnes erspäht, stürzte sie schon auf sie zu, umarmte meine Tante kräftig und hob sie sogar hoch. Ich lächelte über die Wiedersehensfreude der beiden guten Freundinnen.

»Sag, meine Gute, wie lange bleibst du denn?« Gundi setzte Agnes wieder ab, die nun ein bisschen schwankte.

»So lange es nötig ist«, sagte Agnes und blickte dabei zuversichtlich zu mir.

29. Kapitel

Als ich abends im Bett lag, fühlte ich mich erschöpft, aber guter Dinge. Agnes war in ihr altes Schlafzimmer nebenan gezogen. Fast war alles wie früher. Aber eben nur fast.

Mein Blick glitt zu meinem Fenster. Von meiner Position aus konnte ich es nicht sehen, aber ich wusste, draußen, nur wenige Meter entfernt, war das Kuchen & Meer. Von dort aus war der Gedankensprung zu Nathan nur klein. Unweigerlich sank meine Laune, ich fühlte mich einsam, vermisste ihn, und zugleich wünschte ich ihn in die Wüste. Unzählige Male hatte ich in den Nächten zuvor, wenn alles um mich herum ruhig geworden und die Zeit zum Nachdenken gekommen war, meine Gedanken um ihn kreisen lassen. Agnes und Mama glaubten auch, dass er das Rezept gestohlen und kopiert hatte, nachdem ich ihnen die Geschichte erzählt hatte. Was sollte ich also glauben? Dass er auf dem Holzweg gewesen war, dass er den Erzählungen seines Vaters geglaubt hatte, weil sie ihm von klein auf erzählt worden waren, das konnte ich noch verzeihen. Aber wenn er die Rezeptidee wirklich an sich genommen und an seine Familie weitergegeben hatte … Wer sollte es auch sonst gewesen sein? Aber wenn er es nicht gewesen war, wer dann?

Was machte ich mir vor? Ich war in die übliche Falle getappt, hatte gehofft, jemanden gefunden zu haben, der mich wirklich sah, mich mochte, wie ich war, stattdessen war ich verarscht worden. Trotzdem hoffte ein Teil von mir immer noch, dass er die Wahrheit gesagt hatte, was nur zeigte, dass ich noch nicht losgelassen hatte. Aber das musste ich. Ich fuhr mir übers Gesicht, merkte, dass meine Wangen feucht geworden waren. Ich drückte mein Gesicht ins Kissen, wollte meine kreisenden Gedanken am liebsten ersticken, damit ich Ruhe fand. Doch so lange nicht klar war, wer der Dieb war, würde ich wohl keine Ruhe finden. Ironischerweise schlief ich genau über dieser Erkenntnis ein.

Tags darauf machte ich mich mit ein paar selbst gemachten Bonbons und Omas Hochzeitstorten-Sammlung auf den Weg zu Tessa, um sie zu fragen, ob sie unser Testimonial für die Wiedereröffnung des Fräulein Zuckers werden wollte und wie es um ihre Hochzeitstortenplanung stand. Denn ich hatte von Stella erfahren, dass Tessa und ihr Verlobter bald Nägel mit Köpfen machen wollten. Eine große Hochzeitsfeier sollte es geben, und ich hatte mich erinnert, dass sie mir ja schon mal von einem baldigen Auftrag erzählt hatte, den sie vielleicht für mich hätte. So hatte ich eins und eins zusammengezählt. Wo eine Hochzeit war, musste auch eine Hochzeitstorte her. Und da hatte ich dank Oma Sophia ein ganz besonderes Sortiment zur Hand. Vielleicht gefielen ihr meine Vorschläge und wir kamen ins Geschäft?

Guter Dinge lief ich über die Rosenkreuzung in den Unteren Löwensteg und blickte zum Nobel-Restaurant Dreizack, wo unser leicht versnobter Nachbar Gideon Jansen gerade mit einem Gast über teure Weine sprach. Ich fing seinen hochnäsigen Blick auf, ließ mich davon aber nicht aus dem Konzept bringen. Ich wusste, dass er nur einen Katzensprung von uns entfernt wohnte, aber dennoch glaubte, es sei die deutlich bessere Adresse. Der Untere Löwensteg steckte voller einzigartiger Läden, die sich an ein gänzlich anderes Publikum richteten als die Geschäfte in unserem Teil der Straße. Die Preise hier waren eine Sache für sich. Nicht jeder konnte sich das leisten. Entsprechend sah auch die Kundschaft ganz anders aus als bei uns. Ich fühlte mich in meinen normalen Klamotten beinahe wie ein Fremdkörper.

Da klingelte mein Handy, wofür ich dankbar war, denn so hatte ich etwas, worauf ich mich stattdessen konzentrieren konnte. Ich ging gleich ran.

»Oh, Süße, tut mir ja so leid«, erklang Leos Stimme. »Stella und Em haben mir alles erzählt! Von diesem hinterhältigen Mistkerl, der dich ausspioniert hat. Und ich hab dir auch noch den Floh ins Ohr gesetzt, dass es keine Zufälle gibt, sondern nur Schicksal. Dabei war alles von diesem Kerl geplant …« Leo klang total aufgelöst.

»Es ist schon gut«, beruhigte ich sie.

»Nein, das ist es nicht. Ich muss das wiedergutmachen.«

Ich hatte eine quälende Nacht hinter mir, in der ich wieder und wieder aufgewacht war. Jetzt wollte ich meine Ruhe vor diesem Thema haben, mich auf meine Arbeit konzentrieren.

»Musst du nicht. Ich bin froh, dass ich jetzt weiß, woran ich bin.« Aber wusste ich das wirklich?

Ich musste daran denken, dass er immer wieder behauptet hatte, das Rezept nicht gestohlen zu haben. Dass er angeblich durch mich und das Geschäft den Spaß am Konditorleben wiedergefunden und sich sogar gegen seinen Stiefvater gestellt hatte. Wieso hätte er das sagen sollen, wenn dem nicht so war? Es hätte ihm keinen Vorteil gebracht, denn Roald Mertens hatte ja bereits das Rezept für die Ostseeträume in seinen Besitz gebracht.

»Er ist wirklich ein Arsch«, meinte Leo, was mich erschreckte. Alle schienen zu denken, dass er es gewesen war.

Endlich erreichte ich Tessas Juweliergeschäft. Es war ein sehr schmales Lädchen, doch gut gesichert, wie man auf den ersten Blick sah. Ich entdeckte sogar eine Überwachungskamera am Eingang, schaute mir dann die Schmuckstücke im Schaufenster an. Darunter war nichts, was ich selbst tragen würde. Denn das waren Kollektionen aus Diamanten und Rubinen, die mehr für den roten Teppich geeignet waren als für den Alltag.

»Jedenfalls wollte ich mich entschuldigen, ich hab das Gefühl, ich hätte dich da reingeritten.«

»Hast du nicht, ehrlich.«

»Okay … aber …«

»Ach, Leo …«

»Na schön … Ich hab auch vom Fräulein Zucker gehört, super Idee! Da wünsche ich alles Gute. Vielleicht schaffe ich es zur Neueröffnung.«

»Das wäre natürlich super! Aber sei nicht böse, Leo, ich muss jetzt Schluss machen, tut mir leid«, sagte ich. »Wir reden später, ja?«

»Alles klar«, verabschiedete sich Leo.

Ich betrachtete weiter fasziniert die schönen Edelsteine im Schaufenster, die mir entgegenfunkelten.

Ich beneidete Tessa ein wenig. Sie war eine sehr erfolgreiche Geschäftsfrau, die über fünfzigtausend Follower auf Instagram hatte. Ich hatte auch mal einen Blick auf ihr Profil geworfen. Die meisten ihrer Bilder hatten mit Schmuck aus ihrem Geschäft zu tun. Doch es gab auch immer wieder Fotos von ihren Reisen und natürlich von ihr selbst. Mal sah man sie beim Surfen, mal an einer Strandbar mit einem Cocktail in der Hand. Ebenso viele Bilder gab es mit ihrem Verlobten, dem Schlagersänger Jürgen Hollerbach. Und der hatte sogar hunderttausend Follower. Wenn ich eine Torte für das Paar machen durfte, und die sie auf ihren Accounts zeigten, dann konnte ja wirklich nichts mehr schiefgehen.

Eine Frau in einem schillernden Kleid verließ gerade das Juweliergeschäft. Sie schaute mich an, als wäre ich von einem anderen Stern, rümpfte kaum merklich die Nase und ging ihrer Wege. Das konnte ja heiter werden. Ich atmete tief ein und betrat das Geschäft.

Sofort kam Tessa aus einem der hinteren Räume, um mich zu begrüßen. Sie sah umwerfend aus mit ihrem hellblonden Pagenschnitt und den trendigen Klamotten. An ihren Ohren baumelten goldene Creolen-Anhänger. Als sie mich erkannte, lächelte sie plötzlich ganz natürlich und freundlich, nicht wie jemand, der einem etwas verkaufen wollte. Immerhin sah sie mich nicht an wie die Dame davor.

»Nova? Was kann ich denn für Sie tun?«, fragte sie.

»Ähm … können wir uns kurz unterhalten?«

»Sicher. Kommen Sie mit.«

Sie winkte mich hinter die Kulissen, und wir setzten uns in eine kleine, gut ausgestattete Küche, in der sie sicher die eine oder andere Mittagspause verbrachte.

»Ich habe ein ganz besonderes Anliegen.«

»Ach ja, was denn für eines? Möchten Sie vielleicht etwas trinken?«

»Oh, nein danke. Also es geht um das Fräulein Zucker. Sicher haben Sie mitbekommen, dass ich eine Wiedereröffnung der Konditorei plane, und ich hatte mich gefragt, ob Sie vielleicht mein Testimonial sein möchten?«

Ich hoffte, sie würde das nicht blöd finden. Immerhin hatte sie sicher viel zu tun und einen vollen Terminplan.

Tessas Lächeln nahm jedoch begeisterte Züge an. »Das ist ja allerliebst. Aber wozu brauchen Sie denn ein Testimonial? Das ist nicht allzu üblich für kleinere Geschäfte.«

»Nun, wir haben ziemlich starke Konkurrenz gegenüber bekommen. Ausgerechnet von der großen Kette Kuchen & Meer. Das haben Sie vielleicht auch schon gehört. Deswegen war ich auch gezwungen, das Konzept unseres Ladens zu ändern. Wir versuchen uns nun als Vintage-Konditorei zu etablieren, mit Kuchen nach alten Rezepten. Aber es ist schwer, Aufmerksamkeit zu erzielen. Zumal unsere Konkurrenz sehr bekannt und beliebt bei den Leuten ist. Da könnten wir so etwas wie einen kleinen Schubs gebrauchen.«

»Ich verstehe, Sie fragen mich also, ob ich zu Ihrer Eröffnungsfeier komme und diese auch bewerbe?«

Ich nickte und holte noch eine kleine Tüte mit unseren

Bonbons hervor. »Das ist eines unserer neuen Produkte zum Testen.« Sie nahm die Süßigkeiten entgegen. »Das sieht lecker aus«, meinte sie und gönnte sich auch einen. Trotzdem war ich mir plötzlich nicht mehr sicher, ob ich da nicht zu viel verlangte. Zu meiner Überraschung schlug sie jedoch die Hände zusammen.

»Der schmeckt vorzüglich. Ich bin sehr gerne dabei, Nova. Normalerweise mache ich das nicht einfach so. Aber meine Freundin Ingrid schwärmt heute noch von Ihrer Torte. Deswegen wollte ich ohnehin schon auf Sie zukommen.«

Mein Herz klopfte vor Glück schneller. Ging es um die Hochzeitstorte? Ich hoffte es, hielt mein Buch schon parat.

»Jürgen und ich wollen am Timmendorfer Strand heiraten, ganz romantisch. Mit einem großen Festzelt, Live-Musik …« Ihre Augen funkelten. Sie musste sehr in Jürgen verliebt sein. Jetzt fiel mir auch das Poster an der gegenüberliegenden Wand auf, das Jürgen auf der Bühne zeigte. Bunte Lichter wirbelten um den Sänger, der in sein Mikrofon rockte. *Live Konzert* stand in dicken Lettern darüber. Es fand genau zur Eröffnung des Fräulein Zucker, nur natürlich zu einer anderen Uhrzeit statt.

Tessa folgte meinem Blick. »Zwei Wochen nach seinem Auftritt wollen wir uns das Ja-Wort geben. Es ist also höchste Zeit, an eine Torte zu denken.«

»Zufällig hab ich ein Tortenbuch dabei«, sagte ich, und es kam mir im selben Moment unpassend vor, sie gleich mit zwei Bitten zu bombardieren.

Aber Tessa sah das anders. »Sie sind geschäftstüchtig, das gefällt mir. Zeigen Sie mal her.«

Ich reichte ihr das Buch meiner Oma. Darin enthalten war eine Sammlung von Vintage-Torten berühmter Paare wie Grace Kelly oder Elvis Presley.

»Sie nehmen das mit dem Vintage-Stil sehr ernst«, meinte Tessa.

»Das sind Originalrezepte«, erklärte ich ihr.

Sie blätterte in dem Angebot und staunte. »Berühmte Torten? Das ist ja mal eine schnuckelige Idee.«

Ich faltete aufgeregt die Hände, hoffte, dass da etwas dabei sein würde, und tatsächlich schien ihr eine zu gefallen. Ganz verliebt betrachtete sie eine Seite und hielt mir dann das Buch hin, sodass ich sehen konnte, um welche Torte es ging. Um die von Elvis und Priscilla. Sechs Stockwerke umfasste sie.

»Was für ein Traum. Also diese hier würde ich liebend gerne haben«, sagte sie und deutete auf das Bild, auf dem Priscilla und Elvis die Torte gemeinsam anschnitten.

»Natürlich mit anderen Namen versehen.«

Ich lächelte. »Selbstredend.«

Sie hörte nicht auf, die Torte anzusehen. »Also diese Torte …«, schwärmte sie noch mal. »Die muss es sein, und keine andere!«

Ich hatte nicht zu hoffen gewagt, dass das hier so gut laufen würde.

»Dann haben wir einen Deal?«

Sie nickte, und ich machte in Gedanken Luftsprünge.

»Ich hätte außerdem gerne Erdbeertörtchen für das Buffet«, fuhr sie fort. »An die dreihundert Stück sollten reichen.«

Wow, das war ja ein Groß-, nein, ein Riesenauftrag, der kam genau recht. »Sehr gerne, das ist überhaupt kein Problem«, sagte ich und überlegte, wie viele Hilfskonditoren ich dafür wohl durch die Agentur engagieren musste.

Tessa strahlte mich an und reichte mir das Buch von Oma zurück. »Wunderbar, dann sehen wir uns spätestens zu Ihrer Wiedereröffnung. Am besten schicken Sie mir alle Daten per SMS. Hier ist meine Nummer.« Sie beugte sich über den Tisch, gab mir eine Visitenkarte und streckte mir die Hand hin, und ich schlug ein.

»Das werden Sie nicht bereuen«, versprach ich ihr voller Tatendrang.

30. Kapitel

Im Laufe der nächsten Tage setzten Agnes, Mama und ich all unsere Energie dafür ein, das Fräulein Zucker zu neuem Leben zu erwecken, damit es bis zur Wiedereröffnung strahlte.

Zudem fühlte sich das Haus viel lebendiger an, seit Agnes wieder eingezogen war. Täglich erkundigte sie sich nach Jerrik, und ich merkte ihr an, wie verliebt sie in ihn war. Ich gönnte ihr das Glück von Herzen. Zugleich zeigte sie aber auch wieder ihren typischen Agnes-Ehrgeiz, und gepaart mit Mamas unermüdlich flinken Fingern sah die Konditorei eine Woche später schon ganz anders aus. Die neuen Tischdecken und Vorhänge ließen sie nur noch mehr in einem gemütlichen Retro-Stil erscheinen. Auch das Bonbonregal war aufgebaut. Dabei hatte uns Bernd erneut geholfen. Die neu erworbenen Gläser wurden schnell darin platziert und die Maschine täglich angeworfen, um das Sortiment zu erweitern. Die bunten Pastillen kamen in die großen Gläser in dem Regal, das aufgrund seiner bunten Farbenpracht wunderschön leuchtete. Ich würde die Leckereien abwiegen, selbstverständlich auf einer Vintage-Waage, und in kleine Tütchen füllen.

Zwischendrin hatte ich noch ein Bewerbungsgespräch mit einer jungen Frau geführt, die sich für die Stelle im Verkauf interessierte. Allerdings waren ihre Gehaltsvorstellungen so fernab meiner Möglichkeiten gewesen, dass ich ihr hatte absagen müssen, obwohl ich dringend Hilfe brauchte. Besser war es mit der Agentur gelaufen. Ich hatte über diese zwei Helferinnen für den Neueröffnungstag bestellt und überlegte nun, ob ich vielleicht eine davon für den Übergang, bis ich jemand Festes gefunden hatte, behielt. Außerdem hatte ich es endlich geschafft, meine Seite beim Liefer-Engel upzudaten mit all den Leckereien, die wir nun anboten. Starten würde der Lieferservice des Fräulein Zucker allerdings erst nach der Eröffnung. Ich hatte zu diesem Zweck wunderschöne Vintage-Kuchenboxen aus recycelbarer Pappe bestellt, in welchen wir die Waren an die Kundschaft liefern lassen würden.

Agnes fand, dass das eine wunderbare Idee war. »So kann ganz Lübeck von den Köstlichkeiten des Fräulein Zucker profitieren.«

Und genau so war es ja auch gedacht.

Einen Abend vor der Eröffnungsfeier standen Mama, Agnes und ich gemeinsam in dem Lädchen der Konditorei und betrachteten das neue Antlitz. Auch Stella, Em, Mandy und Sam gesellten sich zu uns. Wir waren rechtzeitig mit allem fertig geworden, ich war unheimlich stolz auf uns alle.

»Es sieht großartig aus«, waren sich alle schnell einig. Und tatsächlich fühlte es sich an, als könnten Opa Kunibert und Oma Sophia jeden Moment aus dem hinteren Bereich des Ladens hervorkommen, um ihre Gäste zu begrüßen.

Ich konnte es kaum glauben, wie gut alles gelaufen war, wie schnell wir vorangekommen waren. Hand in Hand hatten wir gearbeitet, um diesen Traum wahrzumachen.

Schon morgen wollte das Fräulein Zucker seine Pforten wieder öffnen. Und ich hoffte sehr, dass es eine Sogwirkung entfalten und die Leute in Scharen zu uns kommen würden, wie sie es früher getan hatten, als Sophia und Kunibert noch das Geschäft geleitet hatten.

»Kommt, wir haben uns alle einen schönen Kaffee verdient«, lud ich die anderen ein, bot ihnen einen Platz an unserem besten Tisch an und warf die Kaffeemaschine an.

»Ist zwar schon spät, aber zu Kaffee sag ich nie nein«, meinte Stella.

»Für mich bitte nur einen Tee«, sagte Mandy.

»Will noch jemand lieber Tee statt Kaffee?«, fragte ich in

die Runde, als plötzlich die Glöckchen über der Tür bimmelten.

»Ich nehme auch einen Tee!«, verkündete Lotta.

Verblüfft ruckte mein Kopf zu ihr herum.

»Ich hab gehört, dass es hier nicht mehr gut läuft, seit die Mertens nebenan aufgemacht haben. Aber auf mich könnt ihr zählen. Ich bin wieder mit dabei!«, verkündete sie.

»Oh mein Gott, Lotta!« Ich eilte auf sie zu und umarmte sie. Ich war mir sicher, dass Tante Agnes ihre Finger im Spiel gehabt und Lotta überzeugt hatte zurückzukehren.

»Nicht so stürmisch mit den jungen Pferden!«, sagte Lotta und lachte.

»Aber du bist doch im Ruhestand«, erinnerte ich sie.

»Ich hab doch gesagt, ruft mich an, wenn Not am Mann oder vielmehr der Frau ist.« Sie schüttelte tadelnd, aber zugleich amüsiert den Kopf. »Außerdem, der Ruhestand war ziemlich langweilig. Und dann rate mal, was ich im *Tagesanzeiger* gelesen habe? Dass hier eine Stelle frei ist.«

Also steckte doch nicht Agnes hinter Lottas Rückkehr?

»Die alte Lotta würde gerne wieder hier arbeiten, wenn du sie lässt.«

»Oh, nur zu gerne.« Ich drückte sie noch mal. Somit war auch die Suche nach einer Servicekraft vorerst beendet.

»Setz dich zu uns, Lottchen!«, rief Agnes und breitete schon die Arme aus. Lotta zögerte nicht lange und umarmte die gute Freundin.

»Da sagt sie, der Ruhestand sei langweilig gewesen«, meinte Agnes amüsiert, während ich mich um Kaffee und Tee kümmerte.

Doch langweilig würde es ab morgen ganz gewiss nicht mehr sein. Da war ich mir sicher. Zumal ja auch mein Testimonial aufschlagen wollte. Und mit Tessa Forster kam ganz bestimmt viel Aufmerksamkeit und Leben in die Bude.

31. Kapitel

Am Samstag öffnete das Fräulein Zucker in aller Früh seine Pforten. Ich hatte nachts kaum geschlafen vor lauter Aufregung. Jetzt musste sich das Konzept beweisen. Wenn es aufging, würde die Konditorei gerettet sein.

Agnes und Mama standen hinter mir, als die ersten Gäste den Laden betraten. Luftballons hingen unter der Decke und wir drei trugen entzückende altmodische Uniformen, wie man sie aus amerikanischen Süßwarenläden in der Mitte des letzten Jahrhunderts kannte. Mama hatte sie für uns angefertigt und uns erst gestern Abend damit überrascht. Sie sahen einfach traumhaft aus und passten perfekt zum Stil des Lädchens.

Mama hatte sogar eine Haarschleife für Tessa angefertigt. Ich war mir nicht sicher, ob unser Stargast diese tragen würde, aber fragen kostete ja nichts.

Die Leute, die zu uns kamen, staunten, das sah ich in ihren Augen, war es doch, als würden sie ein kleines Wunderland betreten. Meine Werbeaktionen hatten gefruchtet, aber auch die Kuchenproben, die im Löwensteg von unseren Nachbarinnen und Nachbarn verteilt wurden, trugen ihren Teil bei, noch mehr Menschen anzulocken.

Mir fiel auf, dass auch viele ältere Menschen unter den Gästen waren. »Ich habe Ihnen ja gesagt, dass ich es rumerzählen werde, dass das Fräulein Zucker wieder da ist«, meinte eine ältere Dame zu mir. »Ich habe es der Inge gesagt und die hat den Dieter angerufen und der hat …« Sie hatten wohl eine Art Telefonkette gebildet, und nun durfte ich viele Menschen begrüßen, die als junge Leute bereits das Fräulein Zucker aufgesucht hatten.

»Es ist genau wie früher«, hörte ich viele dieser Gäste sagen und nahm es als Kompliment, denn genau das war ja mein Ziel gewesen.

Es wurden Vintage-Törtchen und Buchteln bestellt, einige setzten sich in den Cafébereich, andere nahmen draußen Platz. Lotta und die beiden Helferinnen von der Agentur kamen kaum hinterher, die Leute zu bedienen. Agnes und ich mussten schon bald in der Backstube für Nachschub sorgen. Dabei konnte ich durchs Fenster sehen, wie die Angestellten des Kuchen & Meer gegenüber immer besorgter dreinblickten, denn bei uns war wirklich was los. Ein paar Gäste der Mertens-Filiale kamen sogar zu uns rüber, um auch unser Angebot zu testen.

So hatten wir fast den ganzen Tag über ein volles Geschäft, was ein echter Segen für uns war.

»Wann will deine Freundin denn herkommen und Fotos für das Internet für uns machen?«, hakte Agnes irgendwann am frühen Nachmittag nach, als wir gerade frische Wasserkringel in die Auslage legten. In der Tat hatte sich Tessa bisher nicht gezeigt, was ich komisch fand. Eigentlich hatte sie viel früher hier sein wollen. Das hatte sie mir gestern Abend noch getextet. Im Augenblick lief es ja auch so sehr gut, aber mit Tessa als Testimonial würde es sicher noch besser werden.

»Ich frage sie mal«, beschloss ich und schickte ihr eine Textnachricht, bekam jedoch keine Antwort, was mich nur noch mehr irritierte. Ich hatte sie nicht so unzuverlässig eingeschätzt.

Da betraten Gundi und Bernd das Geschäft. »Das habt ihr toll hinbekommen!«, lobte Gundi voller Begeisterung. »Wir haben schon heute Morgen damit angefangen, jeden Gast auf eure Neueröffnung aufmerksam zu machen. Bernd hat alle zu euch rübergeschickt, und ich hab das auch gemacht. Es sieht so schön hier aus, da wird man ja richtig nostalgisch.«

»Ah, Gundi, Bernd, ich danke euch!«, freute ich mich, weil sie die Werbetrommel kräftig gerührt hatten.

»Aber sicher doch. Bitte zwei Stück von der Schwarzwälder Kirschtorte«, bestellte sie dann und setzte sich mit Bernd an einen der Tische, der gerade erst frei geworden war.

»Kommt sofort«, versprach ich und bemühte mich, alle so schnell wie möglich zu bedienen. Als ich kurz darauf im Innenhof ein paar Getränke servierte, linste ich zum Mertens-Haus rüber, wie schon so oft in den letzten Tagen.

Vielleicht hoffte ein Teil von mir, Nathan dort zu sehen. Aber er war nicht aufgetaucht, hatte, wie er es ja gesagt hatte, nicht die Leitung der Kuchen & Meer-Filiale übernommen.

Plötzlich fiel mir auf der gegenüberliegenden Seite eine junge Frau mit schwarzem Pferdeschwanz auf, die aus dem Fenster der Backstube des Kuchen & Meer zu mir rübersah. Sie erschien mir vertraut. War das nicht … Fabiana? Schon war sie wieder verschwunden. Vielleicht hatte ich sie auch verwechselt. Es war doch sehr unwahrscheinlich, dass Kuchen & Meer einer Frau mit ihrem Werdegang eine Chance gab, nicht wahr?

Ich widmete mich wieder unseren Gästen, beschloss aber, die Sache im Auge zu behalten. Am Abend trafen auch noch Stella und Sam sowie Mandy und Em ein, die sich auch gerne mit Kuchen nach alten Originalrezepten verwöhnen lassen wollten.

»Unsere Kuchenproben sind weggegangen wie warme Semmeln. Wir haben alle Leute direkt zu euch geschickt«, erklärte Stella.

»Da sind auch einige hier aufgeschlagen. Vielen Dank für euren Einsatz!«

»Wir sind auch irre stolz auf dich, das hast du alles ganz wunderbar hinbekommen. Nur schade, dass Leo es heute nicht hergeschafft hat. Ich wette, sie wäre vor Stolz auf dich beinahe geplatzt«, meinte Stella lachend. Leider hatte Leo gerade einiges um die Ohren, aber sie hatte mir liebe Glückwünsche geschickt.

»Ihr unterstützt mich alle ganz toll, vielen Dank!«

»Das ist ja nicht alles. Em, das verrückte Huhn, hat sich vorhin in die Kurgartenstraße gestellt, nur ein paar Meter vom Kuchen & Meer entfernt, um dort eure Flyer zu verteilen und die Leute auf die Neueröffnung des Fräulein Zucker aufmerksam zu machen. Ist sie nicht genial?«, fragte Mandy und drückte Em ein Küsschen auf die Schläfe.

»Ihr hättet mal sehen sollen, wie viele Leute dadurch gar nicht erst zum Kuchen & Meer, sondern zu euch gegangen sind«, meinte Em gewitzt.

Ich lachte. Das war richtig klasse von ihr.

»Wie war es denn mit Tessa?«, wollte Mandy wissen.

Ja, richtig. Tessa war nicht gekommen. Zum Glück hatte das Fräulein Zucker es auch allein gut hinbekommen. Aber ich hatte mich auf Tessa verlassen. Enttäuscht erzählte ich meinen Freunden davon.

»Das passt doch gar nicht zu ihr«, sagte Stella. »Ich meine, ich kenne sie nicht gut, aber gut genug, um das zu beurteilen. Wir sind ab und zu mal einen trinken in die Blue Bar gegangen, und sie hat immer einen bodenständigen und zuverlässigen Eindruck gemacht. Sie ist definitiv niemand, dem der Ruhm zu Kopf steigt. Wenn sie bei etwas zusagt, macht sie das auch, so ist zumindest mein Eindruck von ihr. Da muss irgendetwas vorgefallen sein.«

Nun machte ich mir direkt Sorgen. Sicherheitshalber schaute ich noch mal auf mein Handy. Zwischenzeitlich war eine Nachricht von Tessa eingetroffen, doch ich hatte sie wohl überhört.

Es ist alles aus. Jürgen hat mich verlassen. Wegen der Torte!

Oh nein, das war ja schrecklich! Die Ärmste. Und ich hatte sie noch als unzuverlässig bezeichnet. Dabei hatte Tessa offenbar allen Grund, sich zurückzuziehen. Aber was hatte die Torte damit zu tun? Meinte sie meine Torte, die ich für ihre Hochzeit anfertigen sollte? Das ließ mir keine Ruhe. Ich beschloss, nach Feierabend bei ihr vorbeizusehen, vielleicht konnte ich ja etwas für sie tun. Doch nun musste ich mich erst mal um meine Gäste kümmern. Und dabei kehrte meine Freude zurück, denn so voll war die Konditorei schon lange nicht mehr gewesen.

Nach Ladenschluss zogen wir Bilanz. Die Wiedereröffnung war ein voller Erfolg gewesen. Agnes, Mama und ich waren guter Dinge. Aber ein großes Lob gebührte auch Lotta und den beiden Helferinnen, ohne die wir die zahlreiche Kundschaft gar nicht hätten bedienen können. Inzwischen war ich aus meiner Fräulein-Zucker-Uniform und in etwas legerere Kleidung geschlüpft, um mit meinen Unterstützerinnen anzustoßen.

»Auf das Fräulein Zucker, möge es glanzvollen Zeiten entgegenblicken«, sagte Agnes, dann klirrten die Gläser aneinander. Ich war stolz auf uns alle. Alles hatte Hand in Hand gegriffen, jede hatte ihren Teil beigetragen, und auf keinen hätte ich verzichten wollen, denn nur so war es uns geglückt, einen super Start hinzulegen, und ich hoffte, dass es so blieb.

Nach einer halben Stunde, in der wir noch ausgelassen geplaudert hatten, verabschiedeten sich die beiden Helferinnen. Auch ich wollte mich dann auf den Weg zu Tessa machen. Denn dass meine noch gar nicht gebackene Torte an ihrem Unglück Schuld war, das musste ich bereinigen. Und natürlich machte ich mir auch Sorgen. Vielleicht spielte es aber auch eine Rolle, dass ich den Schmerz, den sie gerade zweifelsohne empfand, nachspüren konnte. Es war richtig gewesen, Nathan aus meinem Leben zu verbannen. Wieso nur dachte ich trotzdem immer wieder an ihn? »Seid mir nicht böse, aber ich habe noch etwas Dringendes zu erledigen«, erklärte ich daher Lotta, Agnes und Mama.

»Kind, willst du dich nicht auch mal ausruhen? Du warst den ganzen Tag auf den Beinen«, sagte meine Mutter besorgt, aber noch war ans Ausruhen nicht zu denken.

»Die Nacht ist zum Ausruhen da«, erklärte ich.

»Wenn es wichtig ist, mache es gleich, sonst bekommst du nämlich kein Auge zu, und dann ist es Schiete mit dem Ausruhen«, meinte Agnes, und hatte damit völlig recht.

Ich hob den Daumen und eilte aus dem Laden, den Löwensteg runter bis zum Juweliergeschäft. Dort klingelte ich Sturm. Doch Tessa öffnete nicht, was meine Sorge verstärkte. Als ich schon aufgeben wollte und mich umwandte, ging plötzlich die Tür hinter mir doch noch auf.

»Was willst du?«, lallte sie.

Als ich mich zu ihr umdrehte, erschrak ich, denn die sonst so perfekt gestylte junge Frau sah völlig derangiert aus. Ihr Mascara war zerlaufen, die Haare standen zu allen Seiten ab.

»Tessa … ich … wollte nach Ihnen sehen.«

»Das ist dir gelungen. War's das?« Sie wollte die Tür schon wieder zuschlagen.

»Nein, warten Sie … bitte … was ist denn nur passiert?«

Jetzt schob sie die Tür weit auf und verschränkte die Arme vor ihrer Brust.

»Was passiert ist, das … kann ich dir sagen. Deine Torte hat meine Beziehung … zer… zerstört.« Sie hickste.

»Aber wie …« Ich verstand immer noch nicht.

»Jürgen wollte eine … Torte von Kuchen & Meer … weil er … den Besitzer kennt. Aber ich habe gesagt … nein, Jürgen, nein, ich will … Elvis. Die Elvis-Torte.«

Ich nickte langsam, schien allmählich zu verstehen, dass das Paar über die Hochzeitstorte in einen Streit geraten war, der offenbar zur Aufhebung der Verlobung geführt hatte. An Tessas Hand sah ich auch keinen Ring mehr. Wie schrecklich.

»Wir haben uns ... noch nie ... so gestritten.«

Wegen einer Torte?

»Er sagt ... ich bin kontrollierend ... und würde immer ... meinen Kopf durchsetzen wollen ... und das kann er nicht mehr ... er braucht ... was sagte er? Freiraum?«

»Tut mir so leid ...«

Ich fühlte mich furchtbar, auch wenn meine Torte sicher nur der Tropfen gewesen war, der das Fass zum Überlaufen gebracht hatte.

»Tja ... so ist das Leben ... es ist alles aus ... alles aus ...«

Sie weinte, ich zog rasch ein Taschentuch hervor, doch schon fiel sie mir in die Arme.

»Ich liebe ihn doch!«, weinte sie.

Behutsam strich ich ihr über den Rücken, spürte, wie sich mein eigenes Herz zusammenkrampfte.

»Vielleicht hilft es ja, noch mal mit ihm zu reden?«, schlug ich etwas hilflos vor.

»Oh ja ... würdest du das machen, Nova? Bitte!« Jetzt griff sie mich bei den Schultern und sah mich flehend an.

»Eigentlich meinte ich, dass du noch mal mit ihm reden soll...«

»Du bist ... meine letzte Hoffnung. Auf dich hört er bestimmt.«

»Er kennt mich doch gar nicht.«

»Tu es für mich. Dann ... kriegst du auch deine ... Werbung.«

Darum ging es doch jetzt gar nicht mehr. Aber Tessa schwankte, und es war wohl besser, wenn ich sie wieder rein und ins Bett brachte, denn gerade stand sie barfuß auf der Straße vor ihrem Haus.

»Du solltest dich jetzt ausruhen, Tessa«, sagte ich, merkte nun erst, dass auch ich zum Du übergegangen war, und führte sie wieder rein. Ich brachte sie in ihr Schlafzimmer, um sie dort auf ihr Bett zu legen.

»Nova, danke … du bist 'ne echte Freundin.«

Mein Blick fiel auf das Jürgen-Hollerbach-Poster an ihrer Tür, dasselbe, das auch in ihrer Personalküche hing. Heute Abend war sein Auftritt. Wenn ich nun hinfuhr und … mit ihm redete … was dann? Sollte ich das tun?

Hinter mir schnarchte Tessa leise, sie war schon eingeschlafen. Und ich haderte mit mir, was ich nun machen sollte.

32. Kapitel

Das war eine ganz blöde Idee gewesen. Ich stand in einer superlangen Schlange vor dem Club Vega in der Innenstadt und hoffte, dass ich noch reinkam, um Jürgen Hollerbachs Auftritt zu sehen und danach mit ihm über Tessa zu reden. Aber bei dem Andrang schien das völlig unrealistisch.

Man hätte wohl Karten vorbestellen müssen. Die Chance, auch noch hinter die Bühne zu gelangen, tendierte gegen Null. Warum also war ich überhaupt hier? Die Antwort war einfach: Ich fühlte mich schuldig. Zwar war mir klar, dass meine Torte, die ja noch nicht mal gebacken worden war, ihren Teil geleistet hatte, aber zwischen Tessa und Jürgen musste es vorher schon gekriselt haben. Denn nur wegen einer Torte löste man doch keine Verlobung auf.

Vielleicht war es aber auch der innige Wunsch, etwas zu kitten, das bei mir selbst nicht zu kitten gewesen war. »Wir sind voll, es geht keiner mehr rein!«, rief einer der Türsteher. Vor mir standen noch an die zwanzig Leute. Selbst wenn sie noch für zwei oder drei Personen eine Ausnahme machten, wäre ich nicht darunter. So ein Mist.

Die Leute um mich herum fluchten, viele waren enttäuscht. Langsam löste sich die Reihe auf. Ich beschloss, mein Glück dennoch zu versuchen, denn fragen kostete ja bekanntlich nichts.

»Können Sie mich bitte noch reinlassen, nur ausnahmsweise?«, bat ich den Türsteher. Der aber lachte.

»Darum bittet mich jeder hier. Wir können aber keinen mehr reinlassen, sonst platzt der Club aus allen Nähten. Gibt auch Sicherheitsvorschriften, wissen Sie?«

Ich seufzte. »Ich muss aber mit Jürgen Hollerbach reden.«

»Vielleicht hast du später Glück, warte am Hinterausgang, nach dem Konzert kommt er da raus. Wahrscheinlich.«

»Wahrscheinlich?«

Der bullige Mann zuckte mit den Schultern. »Ja, oder er nimmt halt 'nen anderen Ausgang.«

Ja, toll. Am Ende stand ich da noch zwei Stunden, und Hollerbach war längst auf und davon. Was sollte ich denn jetzt machen?

»Schon in Ordnung, lass sie rein, ich kenne sie«, erklang plötzlich eine Stimme neben mir. Ich linste hoch und traute meinen Augen kaum, denn da stand auf einmal Nathan neben mir. Wie aus dem Nichts. Dabei hatte ich sogar eben noch an ihn gedacht. Keine Ahnung, was er hier machte, aber ich war erst einmal völlig perplex, dass er hier war. So nah, dass ich nur die Hand auszustrecken brauchte, um ihn zu berühren. Aber das tat ich nicht, ich erstarrte stattdessen, wusste nicht, wie ich eigentlich reagieren sollte.

»Na schön, wenn Sie das sagen, Herr Patlitz«, gab der bullige Türsteher nach und winkte mich rein.

Ich begriff gar nichts mehr.

Nathan aber schloss schon zu mir auf. »Komm mit. Wir können rein. Ich wusste ja nicht, dass du ein Hollerbach-Fan bist.«

Langsam befreite ich mich aus meiner Starre, ging mit ihm mit und spürte doch meine Knie kaum. Ausgerechnet er, ausgerechnet hier.

»Wieso … hat der auf dich gehört?«, fragte ich und vergaß einen Moment, dass ich mit Nathan gar nicht mehr hatte reden wollen. Wieder einmal half er mir, einfach so.

»Ich bin oft hier, man kennt mich … und natürlich meinen Stiefvater …«

Vitamin B – na klar. So hatte er mir ja schon mal einen Großauftrag verschafft. Der Gedanke erinnerte mich daran, dass er mich oft unterstützt hatte mit seiner motivierenden Art, aber eben auch dem Vitamin B.

»Ich bin kein Fan, aber ich muss mit Jürgen reden. Es ist wichtig.«

»Da kann ich was machen. Er kennt meine Familie.«

Wir quetschten uns an den Leuten im Vorraum vorbei, die dicht an dicht gedrängt standen, während von der Bühne die Songs der Vorgruppe zu hören waren. Nathan führte mich an ein paar Ordnungsleuten vorbei in einen der hinteren Flure, wo es viel leerer war, weil hier niemand aus dem Publikum hindurfte. Hier konnte ich durchatmen.

»Das ist seine Garderobe. Ich kündige dich kurz an«, schlug er vor und klopfte, trat dann ein. Ich hörte die beiden Männer miteinander reden, kaum ein paar Augenblicke später trat Nathan wieder heraus.

Dass das nun doch so einfach gehen würde, hätte ich nicht erwartet.

»Er hat ein paar Minuten für dich.«

Ich schaute zu ihm hoch, da war etwas in seinen dunklen Augen. Etwas Fernes. Es brachte mich durcheinander. Besser, ich kümmerte mich um meine Mission. Ich nickte also, wollte mich an ihm vorbeischieben und bemerkte doch seinen angenehmen Duft.

»Nova … ich hab versucht, dich anzurufen …«

Ich hielt inne, sah ihn erneut an, bemerkte den Glanz in seinen dunklen Augen, der jetzt sogar noch stärker war.

»Ich verstehe, dass du mich blockiert hast, mir nicht mehr vertraust. Vielleicht könnte ich das an deiner Stelle auch nicht. Ich habe in dieselbe Kerbe gehauen, wie dein Ex es getan hat, dir etwas vorgemacht. Es ist erschreckend leicht, Vertrauen zu verspielen, doch unglaublich schwer, es zurückzugewinnen. Vielleicht habe ich unwiederbringlich etwas zerstört, das mir wirklich wichtig war.«

Ich wusste nicht, was ich sagen oder tun sollte, was ich glauben sollte, daher wandte ich mich ab.

»Nova, nur eines noch: Ich möchte, dass du weißt, dass ich für dich da bin, wenn du mich brauchst. Du kannst dich immer an mich wenden. Egal, worum es geht. Das … das wollte ich dir einfach gesagt haben.«

Ich hob den Blick. Nathan klang so ehrlich. Er sah mich kurz an, nickte mir entschlossen zu, dann wandte er sich um und ging. Ich sah ihm noch einen Moment nach, unschlüssig, was zu tun war, bis mir einfiel, dass die Uhr tickte.

Dann trat ich ein, ich hatte schließlich nur ein paar Minuten mit dem Star. Rasch versuchte ich mich zu ordnen.

Jürgen Hollerbach saß vor einem riesigen Garderobenspiegel, um den ringsherum Glühbirnen leuchteten. Über den Spiegel sah er zu mir. Mir fiel auf, wie stark er für seinen Auftritt geschminkt war.

»Was kann ich für dich tun?«, fragte er freundlich. Dabei duzte er mich einfach, vielleicht hielt er mich für einen Fan?

Ich knetete meine Hände, wusste gar nicht so recht, wo ich anfangen sollte, und redete dann doch einfach drauf los. »Ich bin … die Tortenmacherin.«

Er hob eine Braue, schien dann aber zu verstehen.

»Ich … war vorhin bei Tessa, und sie ist am Boden zerstört. Sie sagt, sie liebt Sie immer noch … und ich wollte doch keinen Zwist auslösen mit einer Hochzeitstorte. Wenn Sie vielleicht noch mal mit ihr reden könnten, das würde ihr alles bedeuten.«

Jürgens Augen verengten sich, ich musste schlucken. Keine Ahnung, mit welcher Reaktion ich gerechnet hatte, aber sicher nicht mit dieser.

»So ist das also. Die Tortenmacherin. Na schön, dann will ich dir was erklären: Es ist alles gesagt. Und das schon mehr als ein Mal. Tessa und ich streiten uns nur noch, es hat alles keinen Sinn.«

»Aber …«

»Hör mal, es ist ja ganz reizend, dass du dich da einmischst, aber es geht dich nichts an, wie Tessa und ich unser Leben führen.«

»Ich wollte ja auch nicht …«

Die Tür ging auf, eine Frau mit Wuschelmähne und einem Funkgerät in der Hand lugte herein. »Auftritt in fünf Minuten.«

»Danke, Magda!«

Jürgen Hollerbach erhob sich, streifte sich eine glitzernde Jacke über.

»Entschuldige mich, ich habe zu arbeiten.«

Mit diesen Worten ging er an mir vorbei nach draußen. Ich folgte ihm aus dem Raum, war enttäuscht, dass er nicht mit Tessa reden wollte. Nachdem Jürgen verschwunden war, war der Flur leer. Nathan war nicht mehr hier. Doch das kurze Wiedersehen mit ihm hatte mich durcheinandergebracht, hatte es sich doch vertraut und somit auch gut angefühlt. Ein bisschen schlug mir das Herz bis zum Hals, ich wusste jedoch nicht, ob es an unserem unerwarteten Wiedersehen lag oder an dem Gespräch mit Jürgen. Nachdenklich blickte ich den Gang runter, in dem ich nun ganz allein stand. Aus dem Saal tönte Musik. »Seid ihr gut drauf?«, rief Jürgen der Menge zu. Dann brach Jubel aus. Ich entschied, mir ein Taxi zu rufen und wieder nach Hause zu fahren. Ich hatte es zumindest versucht, auch wenn da offenbar nichts mehr zu kitten war zwischen Tessa und Jürgen.

33. Kapitel

Als Agnes und ich am nächsten Morgen die Backstube öffneten, war ich recht schweigsam. Konzentriert arbeiteten wir an unserem Sortiment, während mir noch der gestrige Abend durch den Kopf ging. Das kurze Wiedersehen mit Nathan, das Gespräch mit Jürgen. Ersterer hatte recht. Es war schwer, Vertrauen zurückzugewinnen, vielleicht sogar unmöglich. Vielleicht musste ich mich damit abfinden.

Irgendwann kam Lotta hinzu. Sie hielt uns ihr Handydisplay vor die Nase.

»Da schau an, es muss gestern sogar Presse vor Ort gewesen sein«, sagte sie. Tatsächlich prangte ein kleiner Artikel über die Vintage-Konditorei auf dem Handy. *Tauchen Sie ein in eine Welt aus vergangenen Tagen*, lautete die Überschrift, dazu gab es noch ein kleines Foto vom Fräulein Zucker. Darauf war Lotta hinter der Theke zu sehen, die gerade Kundschaft bediente.

»Sehr fotogen«, lobte Agnes.

»Ach, wer hat der hat«, sagte Lotta lachend und fuhr sich durch die Haare.

»Das ist großartig!«, freute ich mich, trotzdem wirkte ich wohl niedergeschlagen genug, dass Tante Agnes ihre Hand auf meinen Arm legte und mich mitfühlend ansah, als wüsste sie genau, was in mir vorginge.

»Na, ich kümmere mich mal um den Laden«, meinte Lotta und steckte ihr Handy in ihre Handtasche, während Agnes und ich in die Backstube zurückkehrten.

»Was ist denn los, Liebes? Du kannst doch wirklich stolz

auf dich sein, es lief gestern sehr gut. Wenn das so weitergeht, können wir uns nicht beklagen.«

»Das ist es nicht.« Ich machte mir immer noch Vorwürfe, dass es zwischen Tessa und Jürgen zum Aus gekommen war. Zumindest schob ich das vor, um nicht über Nathan nachdenken zu müssen. Irgendwie musste ich das alles Tessa beibringen.

»Sondern?«

»Nicht … so wichtig. Lass uns weiterbacken.«

»Wie du meinst, aber ich habe immer ein offenes Ohr für dich, das weißt du, oder?«

Ich lächelte. Natürlich wusste ich das, es ging schließlich um Tante Agnes.

Wir erschufen Vintage-Kreationen à la Sophia und wurden auch heute mit einem recht guten Andrang belohnt, denn sonntags hatten viele Lust auf Kuchen. Die Leute waren begeistert von den Backwerken früherer Tage. Lotta hatte ihren Spaß, die Buchteln und Wasserkringel sowie altmodischen Tortenstücke an Frau und Mann zu bringen. Auch das Sortiment für die Kleinen konnte sich sehen lassen, die selbst gemachten Bonbons kamen sehr gut bei ihnen an.

»Wir haben eine erste Lieferbestellung!«, rief Lotta aus dem Verkaufsraum, wo nun auch der Laptop stand, damit wir immer mitbekamen, ob jemand etwas über Liefer-Engel bestellt hatte.

Liefer-Engel – die Idee war von Nathan gewesen. Ich schüttelte den Gedanken an ihn ab und eilte zum Laptop, um mir anzusehen, was bestellt worden war.

»Zwei Wasserkringel, drei Stück Schwarzwälder Kirschtorte und fünf Ostseeträume! Online schon bezahlt.« Das war eine ordentliche Bestellung. Der Liefer-Engel, der unsere Waren zum Kunden bringen soll, würde in zwanzig Minuten hier sein.

Ich machte mich voller Hoffnung, dass sich das Fräulein

Zucker würde behaupten können, ans Werk und packte die Bestellungen in die schönen Boxen, die Lotta dann dem Boten mitgeben sollte. Anschließend stürzte ich mich in neue Backaufgaben. Es war so viel zu tun wie schon lange nicht mehr. Doch es wartete auch noch eine unangenehme Aufgabe auf mich: In der Pause um zehn Uhr beschloss ich, zu Tessa zu gehen, um mit ihr zu reden.

Nachdenklich lief ich über den Löwensteg, die meisten Geschäfte waren geschlossen, aber Restaurants und Cafés hatten geöffnet. Hier tummelte sich das Leben, während ich grübelte, wie ich Tessa beibringen würde, dass Jürgen so hart gewesen war. Als ich schließlich vor ihrem Haus stehen blieb, hatte ich keine Antwort gefunden. Dennoch straffte ich die Schultern, klingelte und wartete, bis Tessa mir öffnete. Sie sah nicht so glamourös aus wie sonst, fast wirkte sie alltäglich mit ihren leicht zerzausten Haaren, die zu einem kleinen Zopf gebunden waren. Mit großen, fragenden Augen sah sie mich an, ich schüttelte nur den Kopf. Da brach sie in Tränen aus, und ich eilte zu ihr hin, um sie zu trösten. Gemeinsam gingen wir ins Haus, die Treppe hoch, in ihr Wohnzimmer, wo sie sich setzte.

»Er will mich nicht mehr, ist es so?«

Ich strich ihr über die Schulter. »Im Augenblick macht er dicht, aber das muss ja nichts Endgültiges sein.«

»Oh, du kennst ihn schlecht, Nova. Eine einmal getroffene Entscheidung nimmt er nicht zurück.«

»Sag das doch nicht.« Ich machte ihr einen Tee.

»Vielleicht ist es doch meine Schuld, vielleicht war ich zu kontrollierend.« Sie strich sich übers Gesicht, ihr Mascara war zerlaufen.

Umsichtig reichte ich ihr den Tee.

»Danke, Nova, dass du für mich da bist. Du bist eine gute Freundin.«

Ich wünschte nur, ich hätte mehr für sie tun können.

Wenig später stand ich wieder in der Backstube. Ich hatte noch versucht, Tessa ein bisschen aufzubauen. Aber das war mir kaum gelungen. Ich konnte sie verstehen. All ihre Hoffnungen waren mit einem Schlag zerstört worden. Zum Glück hatte sie Ingrid, die sie noch eben angerufen hatte, damit die sich um sie kümmerte. So hatte ich sie guten Gewissens zurücklassen können.

»Noch eine Bestellung vom Liefer-Engel!«, rief Lotta. Ich sah mir diese an, stellte sie zusammen und verrichtete dann weiter mein Werk in der Backstube. Agnes machte gerade Pause und hatte sich ein bisschen hingelegt, der Tag gestern war doch recht anstrengend für sie gewesen, aber ich konnte problemlos alles allein hier unten managen.

Dabei glitt mein Blick aus dem Fenster. Erneut fiel mir die Frau mit dem schwarzen Zopf auf. Diesmal stand sie jedoch im Innenhof, um eine zu rauchen. Offenbar machte sie Pause. Kein Zweifel, es war Fabiana. Wieso arbeitete sie denn jetzt bei Kuchen & Meer? Konnte das ein Zufall sein? Sie glänzte ja nicht gerade mit einem beeindruckenden Lebenslauf. Ihr Blick traf meinen, und ein kleines, aber fieses Lächeln umspielte ihre Mundwinkel.

Vor meinem geistigen Auge sah ich Nathan, der mir versicherte, dass er unser Ostseeträume-Rezept nicht gestohlen habe.

Was, wenn sie das Rezept den Mertens gegeben hatte, um im Gegenzug die Anstellung zu bekommen? Aber ich hatte es nie herumliegen lassen. Und ich traute ihr nicht zu, dass sie eine Safeknackerin war. Doch dass sie in der Sache mit drin hing, war plötzlich offensichtlich. Und wie genau, das wollte ich nun herausfinden.

Ich ließ alles stehen und liegen, verließ die Backstube durch die Hintertür und lief über den Innenhof auf Fabiana zu, die gerade einen Rauchkringel in die Luft pustete.

»Du bist es gewesen, oder?«, sagte ich frei heraus.

»Nova, was willst du denn hier?«, fragte sie gelangweilt, was meine Wut schürte.

»Ich hab dich was gefragt«, sagte ich verärgert. Ich wurde mir immer sicherer, dass sie die Rezept-Diebin war.

»Jetzt mach mal hier keinen Aufstand. Wovon redest du denn nur?«, flüsterte sie, um keine Aufmerksamkeit zu erregen.

»Du hast den Mertens mein Rezept gegeben, von den Ostseeträumen. Du hast es aus dem Safe genommen und abgeschrieben oder kopiert, dafür hast du offensichtlich eine Anstellung bekommen.«

Fabianas unschuldige Miene, in der auch eine gewisse Ahnungslosigkeit lag, verwandelte sich in ein hämisches Grinsen.

»Das glaubst du doch nicht wirklich.«

War das so abwegig? Sie hatte sich ja auch an der Kasse bedienen wollen.

Ihre Augen verengten sich. »Wenn ich es gewesen wäre, und ich sage nicht, dass es so war, dann hätte ich das schon vor einiger Zeit geplant, als du noch gar nicht hier warst. Ich hätte auf einen unachtsamen Moment deiner vertrauensseligen Tante gewartet, beobachtet, wie sie den Zahlencode in den Safe eingibt, um etwas hineinzulegen. Dann hätte ich mir die Kombination gemerkt und zu einem späteren Zeitpunkt das Rezept herausgeholt und mit dem Handy abfotografiert, in dem Wissen, dass es etwas Wertvolles ist, das mir irgendwann mal nützen könnte.« Demonstrativ hielt sie mir ihr Smartphone vor die Nase.

Ich war baff. Das war doch … ein Geständnis! Sie hatte Agnes ausgetrickst.

»Also gibst du es zu!«

»Nicht doch, ich habe doch gar nicht gesagt, dass es so war, oder?«

»Was sollen diese kryptischen Formulierungen?«

»Es war doch nur ein Gedankenspiel, …«

Etwas blitzte in ihren Augen. Und obwohl sie nichts gestanden hatte, wusste ich, dass es genau so gewesen war. Sie spielte mit mir und genoss es offensichtlich. Aus einem Impuls heraus versuchte ich, nach dem Handy zu greifen, aber Fabiana steckte es weg, bevor ich es zu fassen bekam.

»Hätte ich das Foto gemacht, wäre es bestimmt nicht auf meinem aktuellen Handy.« Sie zwinkerte.

»Das ist das Letzte!«

Sie zuckte mit den Schultern. »Ich habe nicht gesagt, dass ich es war, oder? Vielleicht sollte ich Krimiautorin werden? Ich habe ganz schön viel Fantasie. Nun muss ich aber an die Arbeit zurück und du sicher auch. Ach nein, ihr habt ja nur zwei Gäste, da kannst du dir natürlich mehr Zeit lassen als ich in unserem übervollen Laden.«

»Von wegen! Das Fräulein Zucker kommt gut an. Wir haben sehr viele Gäste.«

Sie tänzelte lachend fort, mit einem wippenden Pferdeschwanz, der hin und her schwang, und warf ihre Zigarette in den Müll. Ich war fassungslos. Wie hatte sie das meiner Tante antun können, obwohl die ihr doch eine Chance gegeben hatte, nachdem sie in ihrem alten Betrieb immer wieder angeeckt war. Wie hatte sie alle täuschen können?

Nathan war unschuldig, das wusste ich nun, tief im Innern hatte ich es sogar die ganze Zeit gewusst, mir aber nicht selbst vertraut. Er hatte das Rezept nicht gestohlen, sondern Fabiana. Und da er die Wahrheit gesagt hatte, war ich auch bereit, ihm all die anderen Dinge zu glauben, die er gesagt hatte.

Nachdenklich ging ich zurück, spürte einen Druck im Magen. Ich musste ihn anzurufen. Dringender als je zuvor! Eine Aussprache war ich ihm schuldig. Ja, er hatte viele Fehler gemacht, aber er hatte uns nicht bestohlen. Ich dachte an unser letztes Wiedersehen, wie er mich angesehen hatte, und hoffte, dass er mein Vertrauen wiedergewinnen konnte …

34. Kapitel

Nachdem ich Nathan entblockt hatte, erhielt ich mit einem Mal an die zwanzig Nachrichten, in denen er immer wieder beteuerte, wie wichtig ich ihm sei und dass er hoffe, dass ich mit ihm reden würde. Beim Lesen zog sich etwas in meiner Brust zusammen. Nach Feierabend hatte ich mich an die See begeben, weil es dort ruhig war und man nirgendwo mehr bei sich sein konnte. Nach und nach studierte ich dort all seine Nachrichten, um ihm schließlich endlich zu antworten.

Können wir reden? Ich bin am Molenfeuer, textete ich ihm.

Ich bin auf dem Weg!, kam es prompt zurück.

Ich saß auf dem Metallgitter der Plattform, die mir einen Blick auf die wunderschöne Ostsee erlaubte. Zu meiner Seite befand sich der kleine grüne Leuchtturm, den ich nur im Augenwinkel wahrnahm. Um diese Uhrzeit waren nicht mehr allzu viele Leute hier. Also hatte ich genügend Zeit nachzudenken, bevor Nathan eintraf.

Mein Blick schweifte über die sanften Wellen, die gemütlich anrollten, als hätten sie es nicht eilig, oder als wollten sie sich selbst bald zur Ruhe begeben. Da es etwas frisch war, zog ich meine Strickjacke vor meiner Brust zusammen, spielte mit der Schleife und dachte darüber nach, was ich Nathan sagen wollte.

Eine Entschuldigung meinerseits war fällig. Er war nicht der Dieb, nur ein Spion, der die Seiten gewechselt hatte. War es nicht sogar eine Stärke, von einem alten Weltbild abzurücken und ein neues zuzulassen? Einzusehen, dass man einen falschen Weg eingeschlagen hatte, um ihn dann zu korrigieren, so wie Nathan es getan hatte, als er sich gegen seinen Vater gestellt hatte?

»Nova?«, erklang eine Stimme links von mir, ich sah hinter mich und erblickte ihn. Seine dunklen Haare wehten sanft im Ostseewind. Er wirkte außer Atem, hatte sich offenbar sehr beeilt, um schnell zu mir zu gelangen. Mein Herz schlug sofort schneller. Ich konnte es nicht verleugnen, er bedeutete mir immer noch viel.

»Nathan …«

»Darf ich?«

Er deutete zu dem Gitter, auf dem ich saß. Ich nickte.

Sportlich schwang er sich hoch. Ich sog seinen Duft ein, als er sich zu mir setzte, erinnerte mich an seinen Kuss in meinem Haus und vermisste ihn. Dieser kurze Moment, in dem alles gut gewesen war.

»Es gibt keinen schöneren Flecken Erde als diesen hier, oder?«, raunte er mit Blick auf das Meer.

Nein, den gab es nicht. Ich hatte das alles sehr vermisst, als ich in Bremen gewesen war. Und ich konnte heute nicht mehr verstehen, wieso ich Lübeck nach dem Abi überhaupt verlassen hatte. Aber hinterher war man immer schlauer. Das galt nicht nur für meinen Umzug.

»Wie geht es dir?«, fragte er sanft, und es war nicht nur eine Floskel, es interessierte ihn ehrlich.

Ich nickte nur.

»Wie kommt es, dass du mich plötzlich sehen möchtest?«, hakte er nach.

Ich straffte die Schultern. Was raus musste, musste raus. »Es tut mir leid, dass ich dir nicht geglaubt habe.«

»Aber du tust es jetzt?«

Ich nickte.

Ein kleines Lächeln bildete sich rund um seine Augen. Dann fingen sie sogar an zu leuchten. »Das ist alles, was ich mir die ganze Zeit erhofft habe.« Er wirkte mit einem Mal unendlich erleichtert, und ich fühlte mich ebenfalls so. »Es gibt neue Entwicklungen, Fabiana hat … ach, es ist kompliziert. Das mit ihr, das mit uns.«

»Vielleicht ist es das gar nicht. Eigentlich ist es sogar sehr einfach. Seit du nicht mehr in meinem Leben bist, vermisse ich dich jeden Tag. Du, das Bei Agnes, das war wie Familie für mich. Ich würde alles tun, wenn ich rückgängig machen könnte, was geschehen ist.« Er sah mich an, seine Augen wirkten groß und aufrichtig. »Ich werde mich dir beweisen. Dir zeigen, dass du mir vertrauen kannst. Und von jetzt an immer.«

Ich schluckte. Mein Herz wollte sich ihm am liebsten in die Arme werfen. Aber ich musste vernünftig sein. Ich brauchte Zeit, immer noch.

»Vielleicht ist es ja möglich, vielleicht können wir zunächst wieder Freunde sein?«, schlug ich vor. Einen Schritt nach dem anderen.

Seine Augen weiteten sich. »Das würde mich sehr freuen, Nova.« Sein Lächeln war so herzlich und seine Lippen so schön, dass ich versucht war, sie zu küssen. Doch ich rief mich zur Raison.

Ich musste es langsam angehen. Wohin auch immer es führen würde. Aber ich war zum ersten Schritt bereit.

»Ich habe einen Verdacht, was wirklich geschehen ist«, deutete ich an, doch ich brauchte mehr Beweise.

»Und es hat mit Fabiana zu tun?«

Ich nickte wieder.

Nathan hob eine Braue. »Aber du willst nicht mehr darüber sagen?«

»Noch nicht«, betonte ich.

»Alles klar. Ich kann warten.« Er schaute wieder aufs Meer.

Ich folgte seinem Blick. Wie schön sie war, die See. Sie beruhigte und besänftigte. Und wie schön es war, so entspannt mit ihm hier sein zu können. Ein Stück Normalität.

»Wie läuft es denn jetzt bei euch?«, fragte er nach einer Weile und kletterte wieder vom Gerüst.

»Oh … wir haben das Geschäft komplett umgemodelt. Es heißt jetzt wieder Fräulein Zucker, wie früher. Und wir bieten nun Kuchen nach alten Original-Rezepten an.«

»Wow, das klingt toll. Mein Konditorherz geht auf.«

»Und wie läuft es bei dir?«

»Ich lebe derzeit von meinen Ersparnissen, aber ich überlege auch, eine eigene Konditorei zu eröffnen. Eine, wie ihr sie betreibt, mit Herz und mit eigenen Kreationen. Meine Tante mütterlicherseits meint, dass ich mich an Roald wenden soll. Wegen des Startkapitals. Würde meine Mutter noch leben, würde sie genau dasselbe sagen. Aber ich kann nicht. Ich will mit Roald so wenig wie möglich zu tun haben, mich schon gar nicht finanziell von ihm abhängig machen. Deswegen habe ich ein paar Beratungstermine bei der Bank ausgemacht.«

Das klang gut.

Der Wind blies in meinen Rücken, er wurde immer stärker. Vielleicht drohte uns ein Unwetter.

»Ich hoffe, du konntest mit Jürgen regeln, was du regeln musstest?«

Ich seufzte. »Das ging leider nicht gut aus.«

»Wieso?« Er stützte sich nun mit den Oberarmen auf das Gitter.

Ich erzählte ihm von der Hochzeitstorte, die Tessa und Jürgen auseinandergebracht hatte, obwohl sie noch nicht einmal gebacken worden war. Ein bisschen ironisch war das ja schon, ausgerechnet eine Hochzeitstorte brachte die geplante

Hochzeit zum Platzen … Und dann war es auch noch die Torte vom King.

»Ich wünschte, ich könnte etwas tun. Tessa war am Boden zerstört.«

»Vielleicht kann ich ja helfen«, überlegte Nathan.

»Was schwebt dir vor?«, fragte ich erstaunt.

»Ich habe doch Beziehungen, auch zu Jürgen Hollerbach, wie du ja schon weißt«, meinte er zwinkernd.

Ja, wenn er da mehr erreichen konnte als ich, wäre das wunderbar. Nur konnte ich mir nach meinem Gespräch mit Jürgen überhaupt nicht vorstellen, dass man den Sänger zum Einlenken bewegen konnte.

Wieder drückte mir der Wind in den Rücken, diesmal so fest, dass ich den Halt verlor und ins Wasser zu stürzten drohte. Doch ich konnte mich gerade noch festhalten, bevor Schlimmeres geschah.

Erst einen Wimpernschlag später merkte ich, dass ich mich nicht allein festgehalten hatte, sondern dass auch Nathans Arme um mich lagen. Er schien es im selben Moment zu registrieren wie ich. Es fühlte sich schön an, viel zu schön. Ein Teil von mir wollte nicht, dass er mich wieder losließ.

»Entschuldige, das war nur ein Reflex«, sagte er und hielt mich noch den Bruchteil einer Sekunde länger fest als nötig, ehe er mir die Hand reichte, damit ich von dem Gitter heruntersteigen konnte.

Meine Knie waren nun ein bisschen weich, und ich war nicht sicher, ob es an meinem Beinahe-Sturz lag oder an seinen Armen, die mich gehalten hatten.

»Alles klar bei dir?« Nathan sah mich an.

Ich spürte ein Kribbeln in der Brust, das mir verriet, dass er mir nicht egal war. Nein, ganz im Gegenteil. Unsere Geschichte war noch lange nicht zu Ende, ging es mir durch den Kopf. Vielleicht fing sie jetzt erst an?

35. Kapitel

Zwei Tage später grübelte ich immer noch über das Wiedersehen mit Nathan nach. Es hatte sich so richtig angefühlt, von ihm gehalten zu werden, bei ihm zu sein. Wir wollten in Kontakt bleiben, sehen, wie sich alles weiterentwickelte. Aber ganz langsam. Erst mal nur als Freunde.

»Da träumt aber jemand mit offenen Augen«, unterbrach mich Agnes. Zur Sicherheit wollte sie noch ein Weilchen in Lübeck bleiben, bis sich alles eingependelt hatte. Jerrik hatte ihr auch dazu geraten. Aber eigentlich lief das Fräulein Zucker recht gut. Ich konnte mich jedenfalls nicht beklagen. Das Konzept mit den alten Rezepten kam bei den Leuten sehr gut an, machte neugierig, und es schmeckte natürlich auch ungewöhnlich, aber sehr lecker. Gerade kümmerten wir uns um ein paar Sahnetörtchen mit Limettencreme, als meine Tante plötzlich ganz aufgekratzt wurde.

»Ist das Fabiana da drüben?«, wunderte sie sich und winkte plötzlich aus dem Fenster.

»Was machst du denn da?«

»Fabiana arbeitet drüben«, erklärte sie, als wüsste ich das nicht längst.

Ich nahm Agnes zur Seite. Es wurde Zeit, dass sie einiges über ihre ehemalige Mitarbeiterin erfuhr. »Ich habe Grund zur Annahme, dass Fabiana das Rezept kopiert und weitergegeben hat.«

»Die Kleine? Niemals!«, sagte Agnes und lachte, als hätte ich gerade einen absurden Witz gemacht.

»Leider ist das nicht zum Lachen, sie hat es im Prinzip gestanden.«

»Im Prinzip.«

»Sie hat Andeutungen gemacht …« Und ich musste mir was überlegen, wie ich daraus würde handfeste Beweise machen können. Also erzählte ich ihr, was Fabiana mir erzählt hatte.

»Ach, Kind, lass dir doch keinen Bären aufbinden.« Agnes wandte sich wieder der Limettencreme zu. Irritiert beobachtete ich, wie meine Tante alle Hinweise einfach ausblendete.

»Wer sollte es sonst gewesen sein?«

»Na, dieser Stiefsohn vom alten Mertens.«

»Er war es nicht«, verteidigte ich ihn, denn wenn ich mir einer Sache sicher war, dann dieser.

Agnes nickte langsam. »Vielleicht … war es ja auch jemand ganz anderes?«

Ich schüttelte den Kopf.

»Hast du einen Moment Zeit?«, holte mich Lotta aus der Backstube.

»Was gibt es denn?«, fragte ich noch immer etwas durcheinander.

»Da steht so eine schicke Dame im Laden.«

Schicke Dame? Etwa … ich beeilte mich und stieß fast mit Tessa Forster zusammen. Das war ja eine Überraschung! Und wie großartig sie aussah! Nicht mehr wie ein Trauerkloß, sondern die stylishe Tessa war zurück! Ich rieb mir die mehligen Hände an der Schürze ab, um ihr die Hand zu reichen. Aber ehe ich etwas sagen konnte, ergriff sie das Wort. »Ich weiß nicht, wie Nathan und du es geschafft haben, aber Jürgen und ich haben uns ausgesprochen und beschlossen, dass wir doch heiraten werden«, sagte sie und riss die Arme auseinander, den Mund zu einem stummen Freudenschrei auf, beinahe als erwartete sie, dass gleich eine Kamera klick machte.

Mir fiel ein Stein vom Herzen. Dann hatte Nathan also tatsächlich etwas bei Jürgen bewirken können. Wie großartig war das denn? Nur wie hatte er das geschafft, wo Jürgen doch so ein Dickkopf war, der seine Meinung nie änderte?

»Ich freue mich so für dich.«

Tessa strahlte von einem Ohr bis zum anderen, erst dann schien sie ihre Umgebung zu bemerken. »Aber Herzchen, wie sieht es denn hier aus? Du hast es ja schon gesagt, dass hier alles voll Vintage ist. Aber es ist mehr als das! Entzückend! Dieses Flair, hinreißend. Und sind das die hausgemachten Bonbons, von denen du mir welche mitgebracht hast?«

»Ja, klar. Möchtest welche?«

»Zu gerne.«

Ich nahm vorsichtig ein paar mit einer Bonbonschaufel heraus und ließ die glitzernden bunten Pastillen in eine Tüte gleiten. Diese gab ich Tessa, die sich unumwunden einen in den Mund steckte. Er zerging ihr auf der Zunge. »Ich fürchte, ich bin verliebt. In dieses Lädchen. Und diese Bonbons. Ich mache ein paar Bilder für Instagram, ja?«

Ich lachte leise. »Natürlich, das wäre uns eine Ehre.« Das war ja auch super Werbung für uns. Schon knipste sie mit dem Handy drauf los.

»Die Torte muss einfach vom Fräulein Zucker stammen. Das hat nun Gott sei Dank auch Jürgen eingesehen.«

»Hat er das?« Also hatte Jürgen jetzt sogar schon zwei Mal seine Meinung geändert? Man durfte wohl beeindruckt sein.

Sie nickte. »Elvis und Priscilla, da kenne ich keinen Kompromiss.«

»Ja, wunderbar! Bis wann braucht ihr denn das gute Stück?«

»Der Termin ist gleich geblieben, Jürgen hatte ihn nämlich noch gar nicht abgesagt. Wir brauchen die Torte geliefert und zwar zum Timmendorfer Strand, wir haben den ganzen Abschnitt gemietet. Die Trauung findet im Standesamt von Timmendorf statt, aber die Feier dann direkt am Meer.«

Hoffentlich gab es dann gutes Wetter, ging es mir durch

den Kopf, aber Tessa hatte wohl einen ähnlichen Gedanken und erklärte, dass dort auch mehrere Festzelte aufgebaut würden.

Also konnte kaum etwas schiefgehen.

»Danke, Tessa. Du wirst diesen Entschluss nicht bereuen. Ich zaubere dir die wundervollste Hochzeitstorte aller Zeiten.«

»Das weiß ich doch, Herzchen.«

»Auf Nova, die den Auftrag für Tessas Hochzeitstorte an Land gezogen hat«, wurde ich gefeiert, als ich am selben Abend mit Stella, Em, Mandy und Sam auf der Dachloggia des Trödelladens saß. Die Gläser klirrten aneinander, und jeder trank einen großen Schluck.

»Es geht also bergauf, ich freue mich so für euch«, sagte Sam gut gelaunt.

»Ja, die Leute nehmen das neue Konzept super an.«

Stella legte den Arm um meine Schulter. »Da siehst du es, Nova, du hast das Zeug zur Konditorin. Es gehört nicht nur Backkunst dazu, sondern auch der richtige Sinn fürs Geschäftliche. Mit dem Fräulein Zucker wirst du Erfolg haben, du und das Fräulein, ihr gehört einfach zusammen.«

»Und wisst ihr, was ich beobachtet habe?«, fragte Em und presste genussvoll die Fingerspitzen beider Hände aneinander.

»Was denn?«, fragte Mandy.

»Im Kuchen & Meer gibt es jetzt gar keine langen Schlangen mehr. Denn die sind plötzlich im Fräulein Zucker.«

»Ist nicht wahr? Im Kuchen & Meer herrscht Flaute?«, fragte Sam verblüfft.

»Das nun nicht, aber der Kundenandrang ist sehr zurückgegangen, und das liegt daran, dass das Angebot im Fräulein Zucker viel abwechslungsreicher und interessanter ist. Dank Nova«, endete Em genauso genussvoll, wie sie begonnen hatte.

Ich konnte das gar nicht glauben, hatte auch nicht die Zeit gehabt, es zu beobachten. Also lief es im alten Mertens-Haus nicht mehr rund? Fabiana hatte zwar was anderes behauptet, aber bei ihr musste man eh Vorsicht walten lassen.

Aber es war noch zu früh zum Feiern. Ein Gefühl sagte mir, dass die Familie Mertens sich nicht so leicht würde geschlagen geben. Und als hätte ich es geahnt, surrte in dem Moment mein Handy. Eine Nachricht von Nathan traf ein.

Wo bist du? Ich muss mit dir reden, es ist dringend. Nathan.

Ich schrieb es ihm und bekam gleich eine Antwort zurück, dass er in der Nähe sei und mich abholen wolle.

»War die Nachricht von Nathan?«, hakte Mandy nach, die mir offenbar über die Schulter geschaut hatte.

Ich sah sie verärgert an, das war ja nicht die feine Art.

»Sorry«, sagte sie rasch. »War keine böse Absicht, ehrlich.«

Dennoch hatte sie was ausgelöst. Alle sahen mich plötzlich an, als hätte ich den Verstand verloren. Jeder am Tisch wusste, was Nathan mir angetan hatte. Ihre Blicke schienen zu sagen: Wie kannst du nur, Nova? Aber sie wussten ja nicht, dass alles ganz anders war.

»Wir haben uns ausgesprochen«, erklärte ich, doch ich sah Zweifel in den Gesichtern meiner Freunde, die sich um mich sorgten, mich beschützen wollten, vielleicht auch glaubten, dass ich zu gutmütig war. »Er hat uns nicht hintergangen, das weiß ich nun. Außerdem vertraue ich ihm, ohne ihn hätte ich den Auftrag für Tessas Torte nicht an Land gezogen, denn er hat für die Versöhnung gesorgt. Nun will er etwas mit mir besprechen, und es klang wichtig«, setzte ich an.

»Ist es dir denn wichtig?«, wollte Stella wissen.

Ich nickte.

»Wenn das so ist«, meinte Em gelassen, »dann solltest du ihn nicht warten lassen, oder? Und wir stehen doch sowieso hinter dir.«

Ich atmete auf und machte mich auf den Weg nach unten. Nathan hatte dort auf mich gewartet. Er stieg aus seinem Wagen und kam mir entgegen.

Er sah ganz anders aus als sonst. Mehr denn je sah man ihm an, dass er aus einem reichen Hause kam. Ein Jackett, darunter ein weißes Hemd, teure Schuhe. Mir wurde bewusst, er führte ein ganz anderes Leben als ich, kannte Stars wie Jürgen Hollerbach.

»Abend«, sagte er und klang fast schüchtern.

»Was gibt es denn so Dringendes?«

Mein Herz klopfte in seiner Nähe viel zu schnell.

»Machen wir einen Spaziergang?«, schlug er vor. Dagegen hatte ich nichts einzuwenden. Trotzdem wurde ich das Gefühl nicht los, dass etwas passiert war. Etwas, das die Sorge in seinen Augen erklärte.

Nathan sah mich ernst an. »Ich komme gerade von einem Familienessen.« Daher die Aufmachung.

»Hummer mit Roald. Findet einmal im Monat statt, und alle müssen kommen. Er hat auch darauf bestanden, dass ich anwesend bin, trotz unseres Streits und meinem Bruch mit ihm. Aber ich hatte das Gefühl, dass ich besser hingehe, weil ich geahnt habe, dass er was vorhat. Das Kuchen & Meer in der Kurgartenstraße läuft nämlich nicht nach seiner Erwartung.«

Wir hatten ihm wohl tatsächlich einen Strich durch die Rechnung gemacht.

Klang jedenfalls, als wäre dieser Abend für Nathan kein Spaß gewesen. Wir liefen den Löwensteg runter, vorbei an der Krabbenstube 2.0, in der Yvonna und Tobias ihre zahlreichen Gäste bedienten. Kurz nickten sie mir zu. Dann widmete ich meine Aufmerksamkeit wieder Nathan.

Ich hatte eine Ahnung, und als wollte der Himmel mir recht geben, zogen dunkle Wolken über unsere Köpfe hinweg.

Wir blieben an einer Bank stehen. »Roald hat mitbekommen, dass ihr den Auftrag für Tessas Hochzeitstorte an Land gezogen habt. Das hat ihn total aufgeregt. Nicht nur, dass das Fräulein Zucker wieder da ist, was ihm bereits die Stimmung vermiest hat. Er war wohl fest davon ausgegangen, dass ihm der Auftrag für die Hochzeitstorte gehört. Schließlich hatte Jürgen ihm ja zuerst zugesagt. Doch heute Morgen hat Jürgen die Sache abgesagt und auch euch erwähnt. Das hat Roald den Rest gegeben. Ich glaube, er wird nervös, weil das Fräulein Zucker viel besser läuft als das Kuchen & Meer. Das Prestige, das mit der Ausstattung der Hochzeitsfeier einhergeht, hätte er gut gebrauchen können. Aber wie das so ist, gibt es für ihn nur einen Schuldigen, nämlich deine Familie und dich.«

Das konnte ja heiter werden, ein Mann wie Roald Mertens verlor nicht gerne.

»Ich habe ihm erklärt, dass Tessa und Jürgen sich meinetwegen versöhnt haben. Und dass es daher auch nicht die Schuld des Fräulein Zucker ist, wenn sie sich nun auf die Elvis-Torte geeinigt haben. Aber das wollte er nicht hören. Er hat wieder von der alten Fehde zwischen unseren Familien angefangen. Dabei hat er nicht ausgelassen, wie sehr er von mir enttäuscht ist, aber dass wir ihn alle noch kennenlernen werden. Ich glaube, ich war nur zu dem Essen eingeladen, damit er seinen Frust rauslassen konnte. Ich hatte noch gehofft, dass er sich besinnt und Frieden schließen will, sonst wäre ich gar nicht hingegangen.«

»Tut mir so leid, dass du einen schlimmen Abend hattest. Was hat er denn nur vor?«, sorgte ich mich.

»Er hat nichts Konkretes gesagt, aber ich kenne ihn. Ich denke, dass er das sehr persönlich nimmt. Er ist ein Mann, der nach dem Prinzip Auge um Auge verfährt. Daher will ich dich warnen. Ich traue ihm alles zu. Sei also bitte vorsichtig. Ich will nicht, dass er dir schadet.«

Nathan klang so aufrichtig, dass es mich berührte. Zugleich stürzten mich seine Worte in tiefe Sorge.

»Danke, dass du mir das gesagt hast.« Es war ein echter Vertrauensbeweis. »Ich werde wachsam sein und die Leute von gegenüber im Auge behalten.«

Inzwischen waren wir beim Zippel-Park angekommen. Über den grünen Baumwipfeln zogen sich noch mehr Wolken zusammen, und ein frischer Wind kam auf. Es war direkt ein bisschen kühl für einen Sommerabend. Und dann landete ein Tropfen auf meiner Stirn.

»Möchtest du meine Jacke haben?«, fragte Nathan. Bevor ich darauf reagieren konnte, ergoss sich ein Schwall über uns. Ein kurzes Sommerunwetter, das von einer Sekunde zur nächsten ausgebrochen war und die Luft um uns erfrischte.

Es strömte auf uns hinab, sodass wir im Nu nass waren und ich die Jacke nicht brauchte, weil auch die bereits klitschnass geworden war.

Nathan lachte, und ich schloss mich ihm an. Damit hatte ich nicht gerechnet. Doch irgendwie war der kleine Schauer befreiend. Völlig aufgeweicht suchten wir Schutz unter einem der Bäume. Es war wohl besser, wir warteten hier, bis der Schauer vorüber war.

Mein Blick glitt an Nathan vorbei zu einem Baum nur wenige Schritte entfernt, unter dem sich ein Pärchen in Sicherheit gebracht hatte. Der Mann hielt schützend die Arme um seine Freundin, küsste sie zärtlich. Ich spürte ein sehnsüchtiges Kribbeln im Magen, als mein Blick den von Nathan auffing. Aber dann sprengte ein greller Blitz den Himmel über uns. Wir zuckten beide zusammen, instinktiv hielt er mich fest, was sich viel zu schön anfühlte. Ein Grollen folgte. Wir stoben wieder auseinander. Aber diese Millisekunde war wunderschön gewesen.

Das Pärchen rannte durch den Park, und auch wir sollten uns aufmachen, denn das Gewitter war sehr nah. Doch bis zum Fräulein Zucker würden wir es kaum schaffen.

»Die Suppenküche ist in der Nähe«, schlug ich vor, und Nathan nickte mir zu.

Wir rannten los, durch den strömenden Regen.

Als wir kurz darauf in den kleinen Laden platzten, ereilte mich die nächste Überraschung, denn es war so voll, dass viele Leute keinen Sitzplatz mehr fanden, sondern stehen mussten.

Mai schlängelte sich an den Männern und Frauen vorbei, verteilte Suppenschüsseln und war ziemlich im Stress. Sie bemerkte uns erst auf den zweiten Blick, strahlte dann aber übers ganze Gesicht und winkte uns mit sich.

»Ach, ihr Ärmsten. Da hat's euch wohl erwischt. Aber ihr müsst doch hier nicht rumstehen, kommt mit!«, sagte sie laut und ging voran, wir folgten ihr in den Küchenbereich, wo wieder zwei große Töpfe blubberten.

»Was kann ich für euch tun?«

»Oh, wir wollten eigentlich nur einen Unterschlupf finden …«, stammelte ich. Ich hätte dran denken sollen, dass die Leute gerade bei so einem Wetter hierherkamen.

»Gar kein Problem. Bei dem Regen ist es natürlich voll hier, das müsst ihr schon entschuldigen. Auch ein Süppchen? Ihr zwei seht aus, als könntet ihr etwas Warmes vertragen«, meinte sie und deutete auf unsere durchnässte Kleidung.

»Nein, danke. Die Suppen sind für bedürftige Menschen gedacht, außerdem habe ich schon Abendbrot gegessen«, sagte ich, ehe Mai sich Nathan zuwandte.

»Für mich auch nichts, aber danke«, sagte er. Wahrscheinlich lag ihm der Hummer noch im Magen.

»Wie ihr meint, ihr Lieben. Nun setzt euch doch zumindest an den kleinen Tisch im Flur«, bat Mai, weil wir ein bisschen wie bestellt und nicht abgeholt in der Küche herumstanden.

Nathan nickte, zog sein Jackett aus und folgte Mai in den Flur, der sehr wohnlich eingerichtet war und dabei den Gastraum mit der Küche verband. Dort setzte er sich hin, ich tat es ihm gleich.

Mai ging noch mal kurz in die Küche zurück und warf uns dann je ein frisches Handtuch zu. »Rubbelt euch mal trocken, nicht, dass ihr euch erkältet. Ich habe leider keine Zeit zum Plaudern, aber ich freue mich trotzdem, dass ihr hier seid.« Sie brachte noch ein paar Schüsseln raus.

Ich musterte Nathan, mit seinen nassen Haaren sah er irgendwie besonders süß aus. Da fiel mir noch was ein.

»Wie hast du das jetzt eigentlich geschafft?«

»Was denn geschafft?«

»Jürgen Hollerbach zur Besinnung zu bringen.«

Er lachte leise. »Das war gar nicht so schwer.«

Konnte ich kaum glauben, nachdem ich mit ihm geredet hatte.

»Ich hab ihm einfach nur erzählt, wie man sich fühlt, wenn man nicht mit der Person zusammen sein kann, die man gern hat. Dass dann alles viel trister und leer ist. Man sich in Gedankenschleifen verheddert und immerzu nur an diese eine Person denken muss, die man vermisst.«

War das eine Anspielung auf uns? Nathan sah mich an, als hätte er genau das gemeint. Mein Herz schlug ein wenig schneller. Wieder sah ich seine Lippen, wie schon vorhin im Park. Sie öffneten sich leicht, formten ein schönes Lächeln.

»Das hat Jürgen die Augen geöffnet.«

Vielleicht nicht nur Jürgen.

»Einen Moment! Die Suppe kommt sofort!«, schallte es aus dem Gastraum.

»Bin gleich bei Ihnen, nur die Ruhe!« Mai lief zwischen Küche und Gastraum hin und her und wirkte ziemlich abgehetzt.

»Wenn wir schon da sind, können wir dir vielleicht helfen?«, schlug Nathan vor und erstaunte mich erneut. Er sah zwar ziemlich schick aus, aber er hatte kein Problem anzupacken. Das wusste ich ja eigentlich bereits.

Mai hielt inne. »Ach, das wäre großartig. Aber ich will euch nicht die Zeit stehlen.«

»Keine Sorge, das tust du nicht«, versicherte Nathan und sah zu mir. Ich nickte. Klar, ich half gerne mit. Dann musterte ich seine teuren Klamotten und hob eine Braue, aber Nathan winkte ab, als wären sie ihm egal.

Mai führte uns in die Küche zurück und deutete zu den Töpfen. »Nehmt immer zwei Kellen pro Schüssel und bringt sie raus. Zwanzig Cent nehmen wir pro Eintopf, alles klar?«

»Sicher.«

Nathan und ich legten sofort los. Es wurde sogar noch voller, wir servierten den Leuten leckere Suppen, die sich herzlich bedankten und daran wärmen konnten. Es machte Spaß, vor allem war herzergreifend, wenn man die Freude in den Augen der Leute sah, weil ihnen Mais Suppen so köstlich schmeckten.

Ich verköstigte eine Mutter mit einem Kleinkind, Nathan brachte zwei Suppen zu einem älteren Pärchen, das, wie es erzählte, seine Rente mit Pfandgut aufstockte und zum Ende des Monats meist trotzdem nicht genug hatte, weswegen es dann hierherkam. Er war so voller Elan, dass er mich ansteckte, mich nur noch mehr motivierte.

Mais Laden war wichtig, das wurde mir wieder einmal klar, und ich fand es toll, dass wir so ein Geschäft nahe am Löwensteg hatten. Noch toller fand ich, dass Nathan mit Herz dabei war. Beim Hummeressen hatte er sich laut eigener Aussage nicht wohlgefühlt, aber hier schien er viel mehr er selbst zu sein, was mir gefiel.

Die Sonne kam wieder hervor, und es wurde taghell, obwohl es bereits Abend war. Viele Menschen gingen nun wieder, aber es gab niemanden, der sich nicht gefreut hatte, was mir sehr zu Herzen ging.

»Ich danke euch«, sagte Mai schließlich.

»Sehr gerne. Jetzt wird es aber Zeit«, sagte ich mit einem Blick auf die Uhr. Schließlich musste ich morgen wieder früh raus. Zudem fühlte ich mich ein bisschen erledigt, aber auf eine gute Weise.

»Habt noch einen schönen Abend, ihr Lieben«, meinte Mai und streichelte gleichzeitig meinen und Nathans Oberarm. Worauf mir dämmerte, dass sie uns wohl für ein Paar hielt. Und irgendwie mochte ich die Vorstellung.

»Das hat mir echt Spaß gemacht«, sagte Nathan, als wir den Laden verlassen hatten und ein Stück weit gegangen waren.

»Mir auch«, gab ich zu. Bei dieser Arbeit lernte man ein wenig Demut. Das war eine wertvolle Einsicht.

»Vielleicht können wir das ja wiederholen?«, fragte er vorsichtig. »Also nicht unbedingt das Kellnern in einer Suppenküche. Obwohl ich auch dazu jederzeit bereit bin. Aber vielleicht können wir uns noch mal wiedersehen? Zu zweit?«

Ich lächelte in mich hinein und biss mir auf die Unterlippe. Mein Herz klopfte wie verrückt. Ich nickte, denn natürlich wünschte ich mir das ebenfalls. Die ganze Zeit über hatte ich mich gefragt, was an ihm echt gewesen war und was nicht, nun glaubte ich, die Antwort zu kennen. Alles war echt gewesen. Denn gerade eben, in der Suppenküche, hatte ich den echten Nathan erlebt. Da war ich mir ganz sicher.

36. Kapitel

Willst du ihm eine zweite Chance geben?

Stellas WhatsApp-Nachricht blinkte mir am nächsten Morgen fragend entgegen, als ich im Büro des Fräulein Zucker saß. Eigentlich wollte ich ein paar Rechnungen durchgehen, stattdessen las ich sie wieder und wieder, wusste aber keine Antwort darauf. Oder vielmehr schwirrten mir viel zu viele Möglichkeiten durch den Kopf. Der Abend mit Nathan hatte mir Spaß gemacht. Keine Ahnung, wann ich mich zuletzt so gelöst gefühlt hatte.

Außerdem verdiente doch jeder eine zweite Chance. Hatte er nicht bewiesen, dass er es ernst meinte?

Ich würde ihn auf jeden Fall wiedersehen, so viel stand fest. Und dann würde ich sehen, wie es weiterging. Genau das schrieb ich ihr zurück.

Was immer dich glücklich macht, wir stehen hinter dir, war ihre Antwort. Mit einer anderen hatte ich nicht gerechnet.

Nachdem ich die Rechnungen gesichtet hatte, engagierte ich über meine bevorzugte Agentur ein paar Helferinnen und Helfer, die mir einen Tag vor der Hochzeitsfeier zur Seite stehen sollten, um den Dessert-Plan und die Torte zu realisieren. Zwar hatte Agnes versprochen, noch bis zur Fertigstellung der Elvis-Torte hierzubleiben, doch ich fürchtete, dass wir zu zweit einfach zu wenige waren, schließlich mussten ja auch noch die dreihundert Erdbeertörtchen à la Sophia kreiert werden.

Inzwischen hatte ich außerdem einen Backplan aufgestellt, ihn von Tessa absegnen lassen und freute mich auf das Ereignis. Tessa hatte ihrerseits bereits auf Instagram bekanntgegeben, dass wir für die Kuchen auf ihrer Feier sorgen würden. Was daraus folgte, war atemberaubend. Ich hätte nicht gedacht, dass diese Bekanntgabe genügen würde, um unsere Kundenzahl zu verdoppeln. Aber genau das geschah. Sowohl im Ladengeschäft als auch über den Liefer-Engel.

Lotta kam kaum hinterher, die Leute zu bedienen, die alle begeistert waren von dem Vintage-Stil des Ladens und den Retro-Kuchen. Sie stachen in der heutigen Zeit hervor, weil sie völlig anders aussahen als die modernen Naked Cakes.

Unser Erfolg entging auch den Angestellten des Kuchen & Meer nicht. Immer wieder beobachtete ich Fabiana dabei, wie sie zu uns herüberlinste in einer Weise, die man nur missgünstig nennen konnte. Kein Wunder, das Kuchen & Meer hatte definitiv schon bessere Zeiten gesehen. Es schien, als hätte sich alles um hundertachtzig Grad gedreht. Jetzt waren wir »in« bei den Leuten. Aber ich hatte auch noch Nathans Warnung im Kopf, dass sein Stiefvater womöglich etwas gegen uns plante. Und nun, da es jeden Tag besser und besser bei uns lief, nahm auch meine Sorge zu, dass er schon bald etwas würde unternehmen können. Er – oder einer seiner Handlanger. Wieder fixierte ich Fabiana.

»Mach dir keine Gedanken um sie«, meinte Agnes und formte ein paar Verzierungen aus Marzipan. »Sie tut nur so böse.«

»Ich weiß nicht, wie du sie immer noch verteidigen kannst, sie hat womöglich das Rezept an Mertens weitergegeben.« Zwar hatte sie nur Andeutungen gemacht, aber ihr Blick hatte ziemlich deutlich gesagt, dass sie es gewesen war. Und dann war da ja noch die Sache mit der Kasse.

»Das kann doch nicht sein. Du musst dich irren. Weißt du, als wir zusammengearbeitet haben, haben wir uns prächtig verstanden.«

»Tante Agnes, ich sage es nur ungern, aber du bist zu gutgläubig. Ich habe sie doch erwischt.«

»Dann muss sie aber sehr verzweifelt gewesen sein. Ich kenne sie, sie hat mir einiges erzählt, als sie noch hier war«, erklärte sie.

Typisch Tante Agnes, dachte ich. Sie war so ein herzensguter Mensch, dass sie einfach in niemandem etwas Schlechtes sah.

»Fabiana hat es nicht immer leicht gehabt. In ihrem alten Betrieb hat man sie ausgenutzt, ständig musste sie da Überstunden machen und sich Beschimpfungen vom Boss anhören. So etwas geht gar nicht.«

Ich nickte. Da gab ich meiner Tante recht. Es rechtfertigte aber nicht ihr Verhalten. Erst recht nicht das Stehlen aus unserer Kasse. Sie konnte froh sein, dass ich das nicht zur Anzeige gebracht und es so neutral wie möglich in ihrem Zeugnis vermerkt hatte. Und was Omas Rezept anging, das ließ sich bisher nicht beweisen, aber Vorsicht walten lassen wollte ich dennoch. Zumal sie mir mit ihren Blicken einen kleinen Schauer über den Rücken jagte.

»Es gibt doch noch mehr über sie zu sagen«, meinte Agnes und hielt mir eine Erdbeere hin, die ganz aus Marzipan bestand. Ich musterte das filigrane Stück, sogar die Poren hatte sie nachgebildet.

»Sieht gut aus«, sagte ich anerkennend. Meine eigenen Marzipan-Erdbeeren sahen nicht ganz so brillant aus wie die meiner Tante. Für das heutige Tortenangebot sollte es kleine Petit-Fours-ähnliche Köstlichkeiten geben, die reichlich verziert sein sollten.

»Ihr Vater ist spielsüchtig«, erklärte Agnes ernst. »Er hat das Geld der Familie verzockt, hohe Schulden gemacht, und Fabiana gibt einen Teil ihres ohnehin schon geringen Verdienstes an die Eltern ab, damit die ihre Schulden begleichen können.«

Ich hielt überrascht inne. »Das habe ich nicht gewusst.« Deswegen hatte sie also ihre Finger in der Kasse gehabt. Das war sicher kein leichtes Los. Ihr Verhalten entschuldigte das aber nicht.

»Ich weiß, dass sie eine schwierige Person ist, aber sie ist nicht der Teufel, den du aus ihr machst«, sagte Agnes überzeugt.

»Wie du meinst, Tante Agnes ...«

In den nächsten Tagen hatten wir so viel zu tun, dass ich Fabiana schnell wieder vergaß. Einen Tag vor dem großen Hochzeitsfest trudelten zwei Konditoren in aller Herrgottsfrühe im Fräulein Zucker ein, allerdings waren es zwei zu wenige, hatte ich doch vier bei der Agentur beauftragt. Wo die zwei anderen blieben, wusste niemand. Als sie auch eine Stunde später nicht eintrafen, wurde ich unruhig und rief die Agentur an, die wohl auch gerade erst erfahren hatte, dass beide krank geworden waren. Zufällig, am selben Tag, das klang nicht besonders glaubwürdig. Man wollte nach Ersatz Ausschau halten, nur waren dieses Wochenende zahlreiche Veranstaltungen und daher nicht allzu viele flexible Mitarbeiterinnen und Mitarbeiter verfügbar.

»Na gut, schauen Sie, wen Sie schicken können«, bat ich und legte frustriert auf. Ich verließ das Büro und kehrte in die Backstube zurück, linste aus dem Fenster zum Kuchen & Meer. Vielleicht wurde ich allmählich paranoid, doch ich war mir sicher, dass sie die Finger im Spiel hatten. Bestimmt hatten sie unsere Helfer abgefangen und ihnen ein doppelt so hohes Honorar geboten, wenn sie spontan absagten oder etwas in der Art. Das klang natürlich ein bisschen wie aus einem Film, doch ich traute den Mertens alles zu. Zwei Helfer weniger machten sich natürlich bei unserer Planung bemerkbar, und die Agentur rief nicht zurück. Ich schnappte mir mein Handy und rief Nathan an, denn der wusste vielleicht mehr.

»Tut mir leid, ich kann dir nicht sagen, ob Roald dahintersteckt. Er hat mir gegenüber nichts gesagt, sonst hätte ich dich vorgewarnt. Aber er redet kaum noch mit mir, was auf Gegenseitigkeit beruht.«

Das stimmte natürlich, ich vertraute darauf, dass Nathan mich informiert hätte, wie er es ja schon mal getan hatte.

»Soll ich helfen?«, schlug er plötzlich vor.

»Wie?«

»Ich bin auch ausgebildeter Konditor, ich komme schnell vorbei und helfe bei der Torte. Natürlich nur, wenn es dir recht ist.«

Ich zögerte. Konnte ich ihm wirklich vertrauen? Das war eigentlich gar keine Frage mehr. Natürlich konnte ich das.

»Das wäre die Rettung. Wenigstens ein weiterer Helfer, und die Sache ist geritzt.«

Er lachte. »Ich bin auf dem Weg. Bis gleich.«

Ich verständigte die Agentur, dass sich die Suche erledigt hatte.

Wieder klopfte mein Herz, und das tat es sogar noch etwas mehr, als Nathan eintraf.

Agnes staunte nicht schlecht, als er sich ein Haarnetz aufsetzte und eine Schürze umband, um sich dann zu den Backenden hinzuzugesellen.

»Ob das eine gute Idee ist?«, raunte sie mir zu.

»Es ist die beste«, sagte ich voller Vertrauen und beobachtete, wie geschickt er mit dem Teig umging. Geschmeidig bewegte er die Backmasse zwischen seinen Händen.

In der Backstube war es nun richtig voll. Ich war direkt froh, dass wir dann doch nur drei auswärtige Helfer hatten.

Die fertigen Waren landeten in unserer Kühlkammer, die sich rasch füllte.

Nach und nach nahm alles Gestalt an, die einzelnen Stockwerke der Elvis-und-Priscilla Torte wurden zusammengesetzt und mit Marzipandekoration verziert, die Namen des Brautpaars wie beim Original mit Sahne an die Außenwand geschrieben. Es sah großartig aus.

Alle Konditorinnen und Konditoren standen um das prächtige Werk herum. Es war ein fantastischer Anblick. Der nur durch Teamwork geglückt war.

»Vielen Dank für die gute Arbeit.« sagte ich und ließ es mir nicht nehmen, ein Foto zu machen, um es Tessa zu schicken, die ihrerseits verkündete, dass sie das Bild sofort auf ihrer Instagram-Seite hochladen wollte.

Vorsichtig wurde die Torte in die Kühlkammer gebracht. Morgen würden Agnes und ich sie mit Caddy zum Timmendorfer Strand ausliefern, danach war unsere Arbeit getan. Ich merkte wieder einmal, wie viel Spaß mir mein Job machte. Was für ein schönes Gefühl, solche Kunst für besondere Anlässe zu fertigen.

»Wisst ihr, ich finde, wir sollten noch auf unseren Erfolg anstoßen«, meinte Agnes. »Ich lade euch ins Gasthaus ein.«

Es überraschte mich, dass die Einladung auch Nathan galt. Aber Agnes flüsterte mir zu, dass sie ihn nun ganz sympathisch fand. Außerdem verstehe er etwas von unserer Kunst, was ihm weitere Bonuspunkte eingebracht habe.

Die beiden Helfer lehnten das Angebot dankend ab, hatten sie doch noch etwas anderes vor. So gingen nur wir drei rüber. Ich fühlte mich guter Dinge. Doch als wir die Straße kreuzten, hatte ich plötzlich ein seltsames Gefühl.

Ich drehte mich um, sah aber niemanden. Es kam mir vor, als würde uns jemand beobachten. Unwillkürlich musste ich an Fabianas seltsame Blicke denken, als wir uns kürzlich im Innenhof gesehen hatten. Und da war sie wieder, diese Ahnung, dass sie etwas im Schilde führte.

»Kommst du, Liebes?«, fragte Agnes, die uns schon die Tür des Zum Löwen aufhielt.

»Alles okay?«, hakte Nathan nach.

Ich nickte. Sicher war ich nur überarbeitet und hatte mir lediglich eingebildet, dass da jemand im Dunkeln lauerte.

37. Kapitel

Wir nahmen im Gastraum des Zum Löwen Platz, der gut besucht war, wie eigentlich jeden Abend. Leute tranken, stießen an und lachten. Gundi servierte uns drei Helle und beäugte Nathan misstrauisch. Doch Agnes winkte schon ab.

»Der junge Mann war heute eine große Hilfe. Wir hätten ohne ihn die Torte für Tessa Forster und Jürgen Hollerbach nie fertigbekommen«, sagte sie.

In der ganzen Straße wusste man inzwischen, dass das Promi-Paar sich morgen das Ja-Wort geben wollte. Entsprechend stolz waren auch alle, dass die Braut aus dem Löwensteg stammte und hier ein Geschäft betrieb. Ja, es wurde sogar vorübergehend die kleine Feindschaft zwischen Oberen und Unterem Löwensteg vergessen, weil dieses Großereignis so viel Aufmerksamkeit auf sich zog.

Tatsächlich hatte das Paar auch ein paar Nachbarinnen und Nachbarn zu dem Fest eingeladen. Auch das hatte sich überall herumgesprochen.

»Oh, ist das so?«, fragte Gundi und schenkte Nathan ein anerkennendes Lächeln, drückte ihm die Schulter.

»Nun, ich war nur einer von mehreren Helfern«, erklärte er lachend.

»Aber du müsstest mal sehen, was wir heute kreiert haben.«

Ich zeigte Gundi ein Bild der Torte auf meinem Handy, und sie schlug begeistert die Hände zusammen. »Wunderschön!«

»Das ist die Torte von Elvis und Priscilla«, ergänzte ich.

»Ach wirklich? Deswegen kommt die mir so bekannt vor«, sagte sie zwinkernd.

»Was haben Sie denn nun eigentlich vor, Nathan?«, hakte Agnes nach, nachdem wir alle einen Schluck genommen hatten und Gundi sich wieder ihren Gästen widmete. »Ich meine, Sie sind ein guter Konditor, wollen Sie denn nicht bei Kuchen & Meer einsteigen? Das böte sich doch an.«

Nathan schüttelte den Kopf. »Ich kann mir das nicht mehr vorstellen. Nicht nur, dass ich das Arbeitsklima nicht besonders mag, in einer Großbackstube zu stehen und im Grunde Fabrikarbeit zu leisten, ist nicht das, was ich mir unter dem Beruf des Konditors vorstelle. Und würde ich eine leitende Position einnehmen, würde ich nicht mehr backen können. Sie wissen ja sicher, dass die Kuchen & Meer-Filialen gar keine Backstube haben, sondern von unserer Großbackstube beliefert werden. So hat man gar keinen Kontakt zur Kundschaft, und es wird auch nur nach Programm gebacken, keine Sonderwünsche. Selbst bei Hochzeits- und Geburtstagstorten läuft alles nach Schema F. Dafür ist es ja auch günstiger. Außerdem hat mein Stiefvater mehr als eine rote Linie überschritten mit all seinen Intrigen. Glauben Sie mir, unter ihm hatten schon viele kleine Konditoreien zu leiden. Aber was mich angeht, ich träume seit jeher davon, ein eigenes kleines Geschäft zu eröffnen. Ähnlich wie Sie es gemacht haben. Derzeit suche ich nach Finanzierungsmöglichkeiten, um diesen Traum wahr werden zu lassen.«

»Da wünsche ich Ihnen alles Gute«, sagte Agnes. »Das ist ein schönes Ziel. Aber bis Sie es erreicht haben, könnten Sie ja genauso gut in der Backstube des Fräulein Zucker arbeiten.«

Nathan und ich hielten abrupt inne. Schlug Tante Agnes gerade vor, dass ich ihn als Konditor einstellen sollte?

»Nun, ich reise bald ab, es wird jemand gebraucht, der dich unterstützt. Ist es nicht so, Nova?«

»Schon ...« Deswegen plante ich ja auch eine weitere Stellenausschreibung.

»Und Nathan ist ein sehr guter Konditor.«

Vielleicht wäre es tatsächlich naheliegend, zusammenzuarbeiten? Vorhin hatte es mir jedenfalls unglaublich viel Spaß gemacht.

Nathan und ich sahen uns an und verfingen uns in unseren Blicken. Meine Wangen glühten, und ich konnte erkennen, seine waren auch leicht gerötet.

In dem Moment fiel mir der Leuchtalarm auf, der wie verrückt im unteren Geschoss des Ladens aufzuckte. Rote und grüne Lichtsignale wurden ausgesandt, reflektierten überall.

»Was ist denn da los?«, stellte Nathan die Frage, die mir auch durch den Kopf ging. Wieso war das Leuchtsignal an? Das sollte doch nur der Fall sein, wenn ...

»Da ist jemand in den Kühlraum eingebrochen«, schreckte ich hoch.

Agnes, die mit dem Rücken zum Geschäft saß, fuhr ebenfalls herum. Das Fräulein Zucker blinkte und leuchtete wie zu Weihnachten.

»Verdammt, die Torte!«, wurde mir klar, was hier los war.

»Soll ich die Polizei rufen?«, fragte Gundi, die alles mitbekommen hatte, und hielt schon den Hörer in der Hand.

»Ja, das ist ganz bestimmt Fabiana!«

»Bist du dir sicher?«, fragte Agnes erstaunt.

Ich nickte. Das war ich. Absolut! Hatte sie vielleicht einen Zweitschlüssel in ihren Besitz gebracht? Wie auch immer sie in das Haus eingedrungen war, jetzt hatte ich die Beweise, die ich brauchte, um sie festzunageln.

»Diesmal ist sie zu weit gegangen.«

Gundi fing schon an zu wählen, aber Agnes sprang auf.

»Nicht doch, das lässt sich auch anders regeln. Keine Polizei, ich bitte euch. Das ist ein junges Mädchen.«

Das dauernd Ärger machte ...

Aber gut, wir mussten handeln, denn Fabiana saß in der Kühlkammer fest.

»Okay, vorerst keine Polizei. Verlieren wir keine Zeit«, sagte ich daher und rannte rüber. Agnes und Nathan folgten mir.

Fabiana ging endgültig zu weit, schoss es mir durch den Kopf, als ich das Fräulein Zucker betrat. Und es war auch völlig klar, welches Ziel sie verfolgte. Sie hatte es auf die Torte abgesehen. Eine kaputte Hochzeitstorte würde nicht nur Tessas schönsten Tag im Leben ruinieren, es würde auch schlechte Publicity für das Fräulein Zucker bedeuten. Wahrscheinlich hatte Roald Mertens sie dazu angestiftet. Die beiden waren von einem ähnlichen Schlag, auch wenn Agnes das nicht wahrhaben wollte. Wenn wir sie nun auf frischer Tat ertappten, hätten wir endlich etwas gegen sie in der Hand. Nun war auch der Alarm zu hören, der immer losging, wenn jemand den Notfallknopf in der Kühlkammer betätigte. Eigenartig, dass Fabiana nicht daran gedacht hatte, dass sie nicht ohne Weiteres aus der Kammer herauskam, wenn die Tür erst hinter ihr zugefallen war. Deswegen musste man immer den Türstopper dazwischenschieben, wenn man hineinwollte. Sie hätte das doch wissen müssen.

Die Verordnungen sahen zwar vor, dass eine Kühlkammer ab einer bestimmten Größe und einer Mindesttieftemperatur auch von innen zu öffnen sein musste, unsere Kammer war jedoch kleiner und hatte daher nicht diese Vorschrift zu befolgen. Stattdessen hatte Agnes vor einiger Zeit eine Notfallanlage einbauen lassen, mit deren Hilfe man auf sich aufmerksam machen konnte, wenn man versehentlich eingesperrt wurde. Und genau das war offenbar passiert.

Ich atmete tief durch. Dann bereitete ich Nathan und Agnes vor, Fabiana gleich festzuhalten, sobald ich die Tür öffnete und sie türmen wollte, und drückte die Klinke von außen herunter. Zugleich hoffte ich, dass diese Verrückte die Torte nicht völlig zerstört hatte. Aber viel Hoffnung hatte ich nicht. Ich hatte wohl keine andere Wahl, als die Polizei zu rufen, sobald wir sie befreit hatten. Auch wenn Agnes das nicht gefallen würde.

Mein Herz trommelt wild in meiner Brust, während ich die Tür aufzog, doch es kam keine Fabiana herausgestürmt, wie ich es erwartet hatte. Es kam … niemand?

»Oh mein Gott«, hörte ich stattdessen Agnes raunen, und als ich hinter der schweren Tür vorkam, um selbst einen Blick in den Kühlraum zu werfen, sah ich das Schreckliche: Nicht nur, dass die Torte unwiederbringlich zerstört war, ich stieß einen leisen Schrei aus, als ich am Boden einen Mann erblickte.

Er war nicht bei Bewusstsein und lag mit dem Gesicht nach unten.

»Schnell, ruft einen Notarzt!«, sagte ich geistesgegenwärtig zu Agnes, die sofort ihr Handy hervorholte, während ich Nathan half, den Bewusstlosen umzudrehen.

Ich sah Bestürzung und Schrecken in seinem Gesicht, als er den Eindringling erkannte. Mir ging es nicht anders. Es war Roald Mertens.

Ich konnte es nicht fassen. Wir trugen ihn gemeinsam aus dem Raum. Nathan hielt ihn unter den Armen, ich packte ihn bei den Füßen. Vorsichtig legten wir ihn im Flur hinter der Backstube ab.

»Der Notarzt ist gleich hier«, sagte Agnes und organisierte eine Decke. Roalds Körper war nicht unterkühlt, dafür war es in der Kammer nicht kalt genug, und er war vermutlich auch nicht lange genug drin gewesen. Wie lange er allerdings tatsächlich in der Kammer gewesen war, war unklar. Fest stand nur, dass er zwischen unserem Aufbruch zum Gasthaus und der Betätigung des Notfallknopfs eingedrungen sein musste, und das eröffnete einen Zeitraum von gut zwei Stunden. Nur, wie hatte er es geschafft in unser Geschäft einzudringen, ohne dass der Hausalarm losgegangen war? Ich bat Agnes, bei der Hintertür nachzusehen, denn ich hatte eine Ahnung, was geschehen war.

»Er hat den Glasbereich der Tür zertrümmert«, erklärte sie. »Die Scherben liegen alle im Innenbereich.«

Durch die so entstandene Öffnung musste er gestiegen sein, ohne den Alarmsensor der Tür auszulösen. Anschließend war er in die Kühlkammer gelangt. Alles in allem war ich fassungslos.

Wahrscheinlich hatte Roald erst die Torte zerstört und dann gemerkt, dass er gefangen war. Was allerdings für den Kreislaufzusammenbruch gesorgt hatte, wusste ich nicht zu sagen. Vielleicht hatte er noch versucht, sich selbst zu befreien und schließlich mit letzter Kraft den roten Knopf gedrückt, der ja auch mit dem Begriff ›Notfallalarm‹ gekennzeichnet war.

Vorsichtig tastete ich nach seinem Puls, den ich nicht fand. »Verdammt«, keuchte ich, zog sein Jackett auf und begann mit einer Herzdruckmassage, wie Lucas es mir in einem seiner Kurse gezeigt hatte. Ich hätte nicht gedacht, dass ich das je würde anwenden müssen, und dann auch noch bei Roald Mertens. Aber jetzt war ich tatsächlich dankbar dafür, den Kurs bei Lucas besucht zu haben.

»Er hat einen Kreislaufzusammenbruch erlitten«, vermutete ich und zählte in Gedanken die Druckmassage mit, beamtete ihn, um dann erneut anzusetzen. In der Ferne hörte ich bereits die Sirenen.

»Vater, kannst du mich hören? Komm zu dir!«, rief Nathan voller Sorge. Endlich spürte ich den Puls wieder.

Roald Mertens rollte mit den Augen, wurde dann aber wieder bewusstlos, jedoch schien er nun stabil. Sein Puls ging gleichmäßig. Ich brachte ihn sicherheitshalber in die stabile Seitenlage. Dann traf der Rettungswagen ein. Aufgrund von

Agnes' Schilderungen war auch ein Notarzt mitgekommen, der Roalds Zustand untersuchte und mich lobte, dass ich so schnell reagiert hatte. Aber ich stand vor Aufregung neben mir. Es ging alles so schnell, als hätte jemand die Fast-Forward-Taste gedrückt.

»Der Patient ist zwar stabil, aber nicht ansprechbar. Er muss ins Krankenhaus.« Schon brachten die Rettungsleute eine Trage herein, auf die Roald gehievt wurde. Ich spürte Nathans Hand, die sich um meine legte. Er war so aufgeregt, dass er viel zu schnell atmete. Aber ich drückte ihn sanft an mich, damit er verstand, dass er in diesem schweren Moment nicht allein war. Roald Mertens wurde zum Rettungswagen gebracht.

»Was passiert jetzt mit ihm?«, wollte Nathan wissen.

»Wir bringen ihn ins nächste Krankenhaus. Sie können mitfahren«, erklärte der Arzt, der sich auch zum Wagen begab.

Das wollte Nathan unbedingt, und ich wollte ihn begleiten, denn ich merkte, wie fertig er mit den Nerven war. Trotz aller Meinungsverschiedenheiten war ihm sein Stiefvater wichtig.

»Ich kümmere mich um den Kuchen«, sagte Agnes. Doch ich wusste, dass er nicht zu reparieren war. Wir mussten ihn neu machen, das würde Agnes aber nicht allein schaffen. »Ich komme so schnell wie möglich wieder her«, sagte ich zu ihr.

»Natürlich, Kind. Ich fange schon mal an«, erwiderte Agnes.

38. Kapitel

Im Krankenhaus war Warten angesagt. Wir saßen nebeneinander, sagten jedoch kein Wort. Man hatte Roald Mertens in der Notaufnahme untersucht und schließlich auf Station gebracht, wo er über Nacht bleiben sollte. Vielleicht auch länger. Die Krankenpflegerin, mit der wir kurz gesprochen hatten, hatte nur vage Andeutungen gemacht. Jetzt warteten wir auf einen Arzt, der uns mehr erzählen konnte. Aber das dauerte. Es schien eine Ewigkeit zu vergehen und zugleich die Zeit stillzustehen, denn wann immer ich auf die riesige Wanduhr sah, hatte sich der große Zeiger kaum bewegt.

Noch während der Fahrt hatte Nathan den Rest der Familie verständigt, nun warteten wir auch auf deren Eintreffen. Er blickte geradeaus auf die weiße Wand vor uns, gebannt, als liefe dort ein interessanter Film.

»Ich … kann das alles noch immer nicht glauben. Dass er bei euch eingebrochen ist …«

Seine Hände fuhren durch sein Haar, dabei beugte er sich leicht vor. »Schon gut, das ist doch nicht deine Schuld.« Ich strich ihm über die Schulter.

Es hatte auch mich erstaunt, dass Roald Mertens keinen Handlanger geschickt hatte. Er hatte das Geld, solche Leute, die die Drecksarbeit für ihn machten, zu bezahlen. Aber er hatte es vorgezogen, sich selbst die Hände schmutzig zu machen. Was für mich ein Zeichen war, dass es eben eine persönliche Sache für ihn war. Seine Rache. An uns, dem Fräulein Zucker. Es hätte ihm nicht dieselbe Genugtuung verschafft, wenn er jemand anderen die Torte hätte zerstören lassen. Aufgrund der dramatischen Umstände verspürte ich jedoch keine Wut, vielleicht war sie da, nur im Hintergrund. Doch jetzt machte ich mir vor allem Sorgen um Nathan.

»Ich kann nur hoffen, dass er sich wieder fängt«, meinte Nathan leise. »Das Letzte, was ich zu ihm gesagt habe, war, dass ich ihn schon lange nicht mehr als Vorbild sehen kann. Und ich habe ihm angemerkt, dass ihn meine Worte geschmerzt haben. Ich bin vielleicht nur sein Stiefsohn, aber gleichgültig bin ich ihm nicht.«

»Natürlich nicht.« Roald hatte Nathan immerhin großgezogen.

»Ich will ihm sagen, dass er mir auch wichtig ist.«

»Das wirst du, ganz bestimmt.«

»Vielleicht.« Er atmete tief ein. »Doch selbst wenn, es wird nichts zwischen uns verändern. Er wird mich immer noch als das schwarze Schaf der Familie ansehen und weiter glauben, dass die Mertens und die Böhmes verfeindet sein müssen. Ich kann … nicht glauben, was er da getan hat. Dass er so weit gegangen ist, ist unfassbar.« Er schüttelte den Kopf.

»Jetzt ist erst mal wichtig, dass er wieder zu sich kommt. Alles andere regeln wir später«, redete ich auf ihn ein.

»Ja, das ist wohl das Beste …«

Da bemerkte ich drei Männer aus dem Augenwinkel, die plötzlich in der breiten Tür des Warteraums standen und uns ansahen, sich dabei aber nicht regten.

Ich hob den Kopf und erkannte Nathans jüngere Halbbrüder, die genauso aussahen wie auf den Bildern in der Zentrale.

»Was macht die denn hier?«, fauchte der Größte und deutete auf mich. Obwohl wir uns noch nie begegnet waren, wusste er, wer ich war. Vermutlich war er der Leiter des Kuchen & Meer gegenüber und hatte mich schon ein paar Mal gesehen, während ich ihn nicht weiter bemerkt hatte. Doch nun blitzte Feindseligkeit in seinen Augen auf. Das ging ja gut los. Wollten die denn niemals das Kriegsbeil begraben? Nicht mal unter diesen Umständen?

Nathan schob sich vor mich, als wollte er mich beschützen. »Nova hat Vater gerettet«, erklärte er.

»Ach ja? Wie das?«

»Das kann er dir selbst erzählen, Christoph, sobald er zu sich kommt. Und am besten vergisst er nicht zu erwähnen, wie er überhaupt in diese Lage gekommen ist.«

Christoph schnaubte verächtlich in meine Richtung, dann setzten sich die drei Männer auf eine der Wartebänke auf der anderen Seite des Raums. Möglichst weit weg von uns. Aber ihre feindseligen Blicke durchbohrten mich. Ich versuchte sie zu ignorieren.

Mehr Worte wurden nicht gewechselt. Ich merkte der Familie an, dass vieles im Argen lag. Aber es einte sie zumindest, dass sie sich um ihr Familienoberhaupt sorgten.

»Danke, dass du mir beigestanden hast«, flüsterte ich Nathan zu.

»Das würde ich immer tun. Außerdem ist es die Wahrheit, du hast Roald gerettet«, meinte er angespannt, sein Kiefermuskel zuckte immer wieder. Steif saß er neben mir, ich tastete nach seiner Hand. Überrascht sah er mich an. Doch ich wollte ihm zu verstehen geben, dass er nicht allein, dass ich an seiner Seite war, so wie er immer für mich da gewesen war. Und ganz kurz huschte ein kleines Lächeln über seine Lippen.

Irgendwann kam der Arzt, auf den alle sehnsüchtig gewartet hatten. Wie einstudiert erhoben sich alle Anwesenden gleichzeitig.

»Was gibt es Neues von unserem Vater?«, wollte Christoph wissen.

»Herrn Mertens geht es den Umständen entsprechend gut. Es sähe anders aus, wenn nicht so schnell mit einer Herzdruckmassage reagiert worden wäre.«

Nathan drückte meine Hand fester.

»Wir behalten ihn für ein paar Tage hier, um ein paar Tests zu machen. Sie können nun zu ihm.«

Die drei leiblichen Söhne drängelten sich sofort vor und eilten zu den Patientenzimmern.

Nathan ließ sie gewähren. »Lass sie nur. Sie sind es nicht anders gewöhnt.« Nathans Blick fing meinen auf. Ich nahm ihn in die Arme. Es fühlte sich so richtig an. Nach: Hier gehöre ich hin. Nathan legte ganz vorsichtig ebenfalls seine Arme um mich, fast, als fürchtete er, dass das alles nur ein schöner Traum war, aus dem man allzu leicht wieder erwachen konnte. Aber die Umarmung war echt.

»Er will dich zuerst sehen, was mich erstaunt, nach eurem letzten Streit«, meinte plötzlich Christoph und riss uns aus dem Moment, er schaute Nathan kühl an. Da standen sie wieder, wie die Orgelpfeifen in Anzügen im Warteraum, sichtlich unzufrieden, dass sie vom Vater weggeschickt worden waren.

»Kommst du mit?«, fragte Nathan mich.

»Natürlich.« Ich ließ ihn doch jetzt nicht allein.

Nathan nickte, nahm meine Hand und führte mich in das Krankenzimmer von Roald Mertens. Als dieser mich sah, wich er beschämt meinem Blick aus. Er war gleich an mehrere Geräte angeschlossen, die eigenartig blubberten und piepten. Offenbar war auch ein Herzmonitor darunter, denn sein Puls wurde regelmäßig gemessen.

»Du wolltest mich sehen?«

Roald Mertens atmete tief ein, was ihm nicht besonders leicht zu fallen schien.

»Setz dich … Junge … und Sie … Frau Böhme, bitte auch«, sagte er angestrengt.

Ich war erstaunt, dass er mich duldete. Irgendwie hatte ich erwartet, dass er mich sofort wieder rausschicken würde.

»Der Arzt hat … mir erzählt, was geschehen ist«, erklärte er mit schwacher Stimme. »Ich … erinnere mich nicht an vieles, nur dass mir plötzlich übel wurde, mein Herz hat gerast, als ich … die Torte …« Er fuhr sich mit einer Hand übers Gesicht. Vielleicht, so überlegte ich, hatte er im Innern gewusst, wie verwerflich sein Plan gewesen war. Immerhin war er bei uns eingebrochen, hatte uns ruinieren wollen. Die Aufregung musste sich auf sein Herz ausgewirkt haben. Hinzu kam gewiss der Stress, den das Leben eines Geschäftsmannes mit sich brachte. Die vielen Termine, das drohende Scheitern der neuen Kuchen & Meer-Filiale.

»… die Torte … was ist nur in mich gefahren?«, sagte er plötzlich.

Überrascht hörte ich dem geschwächten Herrn Mertens zu, der mit einem Mal so reflektiert schien. Doch angesichts dessen, was ihm widerfahren war, sah er die Situation nun womöglich anders.

Tatsächlich blickte er mich nun an. Scham lag in diesem sonst so hochmütigen Blick.

»Sie haben mich gerettet, Frau Böhme, obwohl … ich Ihnen schaden wollte. Sie hätten … nichts zu tun brauchen. Aber stattdessen … haben Sie mir geholfen.«

Eigentlich war das selbstverständlich gewesen. Ich hätte es für jeden getan. Selbst für den Mann, der gerade meinen Großauftrag zerstört hatte. Aber jemanden, der Hilfe benötigte, im Stich zu lassen, wäre nie infrage gekommen.

»Wissen Sie … wenn man … wie ich … dem Tod ins Auge blickt … dann macht das was … mit einem. Mein Vater hat mir, als er … auf dem Sterbebett lag, gesagt … dass sein Leben eine Lüge war.«

Ich horchte auf. Was meinte Roald Mertens?

»Er sagte … das Rezept für die Ostseeträume sei nie von ihm gewesen … er hat das nur behauptet, weil Sophia seine Avancen nie erwidert hat und Kuchen & Meer damals scheiterte. Mit Verbitterung hat er mir all die Geschichten erzählt, als ich selbst noch ein kleiner Junge war, meinen Wunsch nach einer Revanche geschürt. Ich habe sie für wahr gehalten und an ihnen festgehalten. Den Stolz der Mertens habe ich mit der Muttermilch aufgesogen. Doch als mein Vater alles gestanden hat, dachte ich … dass er halluzinieren würde, ich wollte es nicht hören, ihm nicht glauben …« Er hustete, keuchte angestrengt, dass es ihn am ganzen Körper zittern ließ. Doch es schien ihm wichtig, alles zu offenbaren. Die Wahrheit über das Rezept endlich ans Licht zu bringen. Wieder sah er mich an. »Nun … da ich auch in dieser Situation war … verstehe ich warum er das gesagt hat … In so einem Moment möchte man alles bereinigen, bevor man gehen muss … Vielleicht hat er mir das alles aber auch gesagt, weil er verhindern wollte, dass ich werde wie er. Aber dafür war es schon zu spät.« Erneut schüttelte ihn ein Husten.

»Es ist nicht zu spät, Vater«, sagte Nathan beruhigend. »Es war knapp, aber sie kriegen dich wieder hin. Du hast die Chance, alles anders zu machen.«

Ein schwaches Lächeln umspielte Roalds Mertens' Lippen, sein Blick wanderte zu mir.

»Nova, es … tut mir leid …« Er kniff die Augen gequält zusammen. Der Monitor, der seinen Puls maß, zeigte einen erhöhten Wert an.

»Ganz ruhig, wir haben verstanden«, sagte Nathan. Er streckte die Hand aus und legte sie auf die von seinem Stiefvater.

»Wir reden zu einem anderen Zeitpunkt über alles. Aber jetzt ruhst du dich erst mal aus.« Roalds Puls ging wieder runter.

Nathan ließ von ihm ab, trat an meine Seite.

Sein Vater schaute auf Nathans und meine Hände, die sich erneut hielten. Ein kleines Lächeln umspielte seine Mundwinkel.

»Ich mache es wieder gut. Sie haben nichts mehr von der Familie Mertens zu befürchten, die Produktion der Meerschaumträume wird eingestellt«, hörte ich ihn sagen und war beeindruckt, schien er es doch völlig ernst zu meinen. Seine Stimme war nur ein Hauchen, doch es schien ihm wichtig, das noch loszuwerden, bevor wir gingen. »Diese alte Fehde aus grauer Vorzeit … muss ein Ende haben.«

»Das wird sie«, versprach Nathan.

Wir wollten uns zum Gehen wenden, aber Roald Mertens hielt uns abermals auf.

»Nathan …«

Wir drehten uns um.

»Ich … hab auch dir Unrecht getan … es tut mir leid. Du warst nie … das schwarze Schafe der Familie, sondern … ich war es. Die ganze Zeit …«

Nathan sah erst Roald, dann mich überrascht an. Offenbar hatte er nicht damit gerechnet, dass Roald an diesem Abend noch mehr Einsicht zeigen würde, als er es bereits getan hatte.

»All die Jahre war ich nicht gerecht zu dir … ich habe es nicht mal bemerkt, doch jetzt … weiß ich, dass ich dir kein guter Vater war … Ich will … es von jetzt an besser machen. Wenn du mich lässt. Wenn du mir … verzeihen kannst.«

Nathan ließ mich kurz los, beugte sich über Roald und küsste ihn auf die Stirn, als wäre dies seine Antwort. »Ich komme morgen wieder zu dir, und dann reden wir über alles, wenn es dir wieder besser geht«, flüsterte er, ehe er zu mir zurückkehrte.

Roald Mertens nickte. Ich sah ihm an, wie erschöpft er war. Seine Haut wirkte fahl, immer wieder fielen ihm die Augen zu. Er tat mir leid, trotz allem, was geschehen war.

Wir verließen das Krankenzimmer, passierten den Wartesaal und unterrichteten die Brüder, dass der Vater nun schlief.

»Dann sind wir ganz umsonst hergekommen?«, fluchte Christoph.

»Ihr könnt hier warten, bis er wieder aufwacht«, meinte Nathan nur, dann verließen wir das Hospital und suchten uns ein Taxi, das uns zurückbrachte.

»Das war ein erstaunlich gutes Gespräch«, sagte ich leise.

»Wer hätte gedacht, dass Roald Mertens sein Herz wiederfindet?«, meinte Nathan.

Ich konnte nur zustimmen und ließ mich in den Sitz zurücksinken, aber an Ausruhen war nicht zu denken, obwohl ich inzwischen sehr müde war.

»Ich muss zurück in den Laden und Agnes helfen. Sie schafft das alles nicht allein. Wir müssen … die Torte noch mal backen.« Zum Glück hatte Nathans Vater die Erdbeertörtchen verschont. Wahrscheinlich hatte er sein Augenmerk einzig auf die Elvis-und-Priscilla-Torte gerichtet. Ob wir überhaupt genügend Zutaten hatten? Ob die Zeit reichte? Es würde sehr eng werden.

»Die Zutaten habt ihr auf jeden Fall da. Ich komme mit und helfe euch. Und was fehlt, holen wir uns aus dem Kuchen & Meer, wenn es sein muss«, sagte Nathan und drückte meine Hand.

39. Kapitel

Erstaunlich, was man in einer Nacht schaffen konnte. Es wurde Teig angerührt und gebacken, Sahne geschlagen, Creme aufgetragen und Fondant zum Dekorieren verwendet. Marzipanrosen wurden geformt, ein Brautpaar zum Anknabbern ebenso.

Mit ihm in der Backstube zu stehen, war einfach nur wunderschön und machte Spaß. Und vielleicht war Agnes' Vorschlag, dass er als Konditor bei mir anfing, gar nicht so verkehrt. Seite an Seite kneteten wir, formten und kreierten.

So entstand eine zweite sechsstöckige Hochzeitstorte bis zum Morgengrauen, weil Agnes, Nathan und ich Hand in Hand arbeiteten und das Unmögliche möglich machten. Genau rechtzeitig, um sie am nächsten Vormittag auszuliefern.

»Ihr Lieben … das hätte Oma Sophia nicht besser gemacht«, raunte meine Tante. Ich hatte auch ein bisschen das Gefühl, dass uns die Magie des Fräulein Zucker geholfen hatte, diese riesige Torte fertigzubekommen.

Agnes war nun so müde, dass ihr die Augen immer wieder zufielen.

»Leg dich doch besser hin, Nathan und ich bringen die Torte und die Erdbeerkuchen zum Timmendorfer Strand«, schlug ich vor.

»Ach, Kind, das ist lieb von dir. Ich fürchte, ich wäre im Moment ohnehin keine große Hilfe. Am Ende stolpere ich nur und falle mit dem Gesicht voran in die Torte, dann wäre alle Arbeit umsonst.«

Ich musste schmunzeln. Immerhin hatte Agnes ihren Humor trotz all des Stresses nicht verloren. Sie legte sich hin, während Nathan und ich die Großbestellung in Caddy verstauten, auf deren Außenhülle nicht mehr *Bei Agnes*, sondern stattdessen nun *Fräulein Zucker* stand, und zum Timmendorfer Strand brachten. Es war so hell draußen, der Tag schon längst erwacht, mein Zeitgefühl aber war inzwischen so durcheinander, dass es sich für mich immer noch wie Nacht anfühlte. Weil ich so müde war, hatte sich Nathan hinters Steuer gesetzt. Während ich auf dem Beifahrersitz saß, schlief ich sogar noch mal ein.

»Wir sind da«, weckte mich Nathan mit samtener Stimme.

Müde blinzelte ich, stellte erneut überrascht fest, wie hell es draußen war und richtete dann meinen Blick aus dem Beifahrerfenster auf den Strand.

Die Location sah einfach zauberhaft aus. Mehrere weiße Zelte waren bereits aufgebaut worden, überall entdeckte ich Blumendeko. Sogar eine kleine Bühne befand sich gegenüber den rauschenden Wellen, die verspielt an den weißen Sandstrand rollten. Überall liefen Leute umher, die organisierten und dekorierten. Einer der Hochzeitsorganisatoren hatte uns entdeckt, als wir gerade ausstiegen und die Torte von der Rückbank nahmen. »Ah, Sie sind von der Konditorei, nicht wahr?« Ich nickte und er hakte etwas auf seiner Liste ab. Dann winkte er ein paar Helfer zu uns, die uns die Kisten mit den Kuchen und die Torte abnahmen. Diese verschwand in einem der Zelte, somit war unser Auftrag doch noch zufriedenstellend erfüllt. Ein riesiger Stein fiel mir vom Herzen.

Ich war stolz auf uns, aber auch unendlich müde.

»Ich will jetzt nur noch schlafen«, sagte ich.

»Dann solltest du dich besser hinlegen. Komm, ich fahre dich zurück.«

Nathan hielt mir die Beifahrertür auf, ich setzte mich in den Wagen, und er fuhr mich heim.

Aber bevor wir dort eintrafen, erreichte mich eine ganze Anzahl an Nachrichten auf meinem Handy. Eine App hatte mich benachrichtigt, dass viele Bilder von der Trauung im Standesamt auf Tessas Instagram-Seite hochgeladen worden waren. Und da ich nun doch recht neugierig war, sah ich nach. Tessa trug ein traumhaftes Kleid und wirkte unendlich glücklich, Jürgen stand dem in nichts nach. Ein Traumpaar, ohne Zweifel. Nathan parkte derweil Caddy vor dem Fräulein Zucker. Heute würde der Laden erst später aufmachen, so viel stand fest.

»Sieh mal«, sagte ich zu Nathan und hielt ihm mein Handy mit einem Foto des Paares vor die Nase. »Die sehen echt glücklich zusammen aus, oder?«

Er lächelte. Dann sah er jedoch mich an, als wollte er sagen, dass er sich im Moment mindestens genauso glücklich fühlte wie das Hochzeitspaar, was ein Kribbeln in meiner Brust verursachte.

Wieder gab die App Signal, dass ein Foto hochgeladen worden war.

Im Nu hatten all die tollen Bilder Tausende Likes. Aber Tessa hatte mir auch eine Privatnachricht geschickt. Offenbar hatte sie bereits die Elvis-Priscilla-Torte entdeckt.

»Danke für die tolle Arbeit, ich bin verliebt in deine Kunst. Ich hoffe, ich sehe dich und dein Team heute Abend auf der Feier am Strand«, las ich laut vor.

»Das ist aber nett, dass sie uns einlädt.«

Ich lachte. »Soweit ich weiß, hat sie die halbe Straße eingeladen. Ich denke nicht, dass ich hingehe. Ich eigne mich nicht als Gast auf einer Hochzeit.«

»Ach, und wieso nicht?«

»Ich bin ein bisschen langweilig, stehe in der Ecke herum, und keine zehn Pferde bringen mich auf die Tanzfläche.« Oder in diesem Fall in den Sand.

Nathan schnallte sich ab und legte den Kopf schief. »Du hast einen Standardtanz-Experten vor dir, falls du dich erinnerst. Das sollte also das kleinste Problem sein, ich werde dich führen.«

Ach ja, richtig, das hatte sogar in seinem Lebenslauf gestanden.

Ich lachte, schüttelte aber den Kopf.

»Gib dir einen Ruck, Tanzen macht Spaß.«

Meine Wangen fingen unwillkürlich an zu glühen. Meinte er das ernst? Er wollte mit mir tanzen?

»Das ist auch ein bisschen deine Feier, weißt du? Immerhin hast du das Wunder vollbracht, zwei Hochzeitstorten an einem Tag zu backen und dich mit Roald Mertens zu versöhnen. Somit hast du eine sechzig Jahre alte Familien-Fehde beendet. Wenn das kein Sieg auf ganzer Linie ist. Das muss doch auch gefeiert werden.« Er zwinkerte.

»Ja, wenn du das so formulierst, fühlte ich mich ja schon geradezu verpflichtet. Also schön. Ich gehe hin. Aber jetzt will ich erst mal nur eins: ins Bett.« Ich zwinkerte, und Nathan lachte.

Wir stiegen aus, er lief ein Stück die Straße runter zu seinem eigenen Wagen.

»Schön, ich fahre noch zu Roald, hau mich danach für ein paar Stündchen aufs Ohr und hole dich heute Abend ab, einverstanden? Es wird nicht gekniffen.«

Ich nickte und hob den Daumen.

40. Kapitel

Wieso hatte ich mich nur dazu überreden lassen, dachte ich, als Nathan und ich am Abend gemeinsam den Strand erreichten und sich vor uns eine Schar tanzender Menschen auftat. Sie feierten ausgelassen, hielten Sektgläser in der Hand und bewegten sich zum Rhythmus der Musik. Agnes hatte nicht mitkommen wollen, sie war früh zu Bett gegangen, um morgen ebenso früh nach Sonderburg aufbrechen zu können. »Allmählich wird es Zeit für mich«, hatte sie gesagt.

Im Hintergrund der weißen Pavillons rollten die Wellen der Ostsee an. Die Sonne war schon im Begriff unterzugehen, für Licht sorgten daher bunte Lichterketten, die von einem Zelt zum nächsten gespannt waren. Vor einem anderen Pavillon entdeckten wir unseren Kuchen, der schon angeschnitten war, und ein kleines Buffet mit allerlei Köstlichkeiten, darunter auch unsere Erdbeertörtchen.

Tessa hatte keine Kosten und Mühen gescheut, diesen Tag einzigartig werden zu lassen. Und viele Freunde aus dem Löwensteg waren auch dort. Unter anderem Stella und Sam sowie Mandy und Emilie. Als sie Nathan und mich bemerkten, kamen sie auf uns zu und schauten uns neugierig an, denn mit großer Wahrscheinlichkeit hatte ihnen Gundi schon vom Alarm im Fräulein Zucker gestern Abend erzählt, und ich klärte sie auf, was noch alles geschehen war.

»Unglaublich, und das alles ist letzte Nacht passiert?«, hakte Em nach.

»Ja, und noch viel mehr.« Wenn man nur bedachte, dass Roald Mertens sich mit mir, einer Böhme, versöhnt hatte … das war schon mindestens die Kategorie achtes Weltwunder.

Vielleicht gelang es uns, dass unsere Konditoreien doch nebeneinander bestehen konnten. Schließlich waren sie inzwischen vom Konzept her völlig unterschiedlich, sodass wir uns kaum noch Konkurrenz machten.

Von der kleinen Bühne drang Live-Musik.

»Los kommt, Leute, lasst uns nicht nur herumstehen …«, sagte Mandy und zog Em mit sich zu den Tanzenden. Stella und Sam folgten ihnen, wo sie in ihrem Element waren – ganz im Gegensatz zu mir.

»Wollen wir?«, fragte Nathan und hielt mir die Hand hin.

Ich schüttelte den Kopf. »Ich hab mir noch nicht genug Mut angetrunken.«

»Das lässt sich ja ändern.«

Er organisierte uns Sektgläser. Ich nippte an meinem, schaute aufs Meer hinaus, dann zu Tessa und Jürgen, die ebenfalls im Sand tanzten und so glücklich miteinander wirkten. So glücklich wollte ich irgendwann auch sein. Und vielleicht war ich auf dem Weg dorthin, ganz bestimmt sogar. Ich schaute zu Nathan, und mein Herz klopfte schneller, dachte ich nur daran, was inzwischen alles geschehen war. Auch zwischen uns. Eine Zerreißprobe. Und doch waren wir jetzt hier …

Etwas später am Abend saßen Nathan und ich im Sand und beobachteten immer noch die Leute, die tanzten, da reichte er mir abermals seine Hand.

»Also? Sonst ist der Abend bald vorbei.«

Ich lachte leise. Irgendwie war mir immer noch nicht so sehr nach tanzen zumute, doch als er mich lachend auf die Beine und zugleich an sich zog, spürte ich wieder dieses sehnsüchtige Ziehen in meinem ganzen Körper. Die Sängerin stimmte *Strawberry Fields forever* an.

Nathan bewegte sich sanft mit mir zum Rhythmus der Musik, und ich legte meinen Kopf an seine Schulter. Ich fühlte mich so unendlich wohl, dass ich wollte, dass der Abend niemals endete.

Seine Nähe fühlte sich richtig an, wie etwas, das ich fast verloren und dann doch wieder gefunden hatte. Und ein bisschen auch, als hätte das Schicksal alle Register gezogen, damit wir an diesem Abend hier landeten. Denn wären all die aufregenden Dinge der letzten Zeit nicht passiert, wären wir gar nicht hier.

Sacht strich er mir eine Strähne aus dem Gesicht. Ich ließ es zu, bereit, mich darauf einzulassen, was immer nun kommen möge. Zuneigung funkelte in seinen Augen.

»Ich kann es nicht länger verschweigen, Nova. Ich mag dich immer noch, und ich glaube, dir geht es auch so. Du ahnst nicht, wie gerne ich dich jetzt küssen würde«, raunte er mir ins Ohr und sorgte dafür, dass mein Herz noch schneller schlug.

Ich schaute zu ihm hoch, sah das intensiver werdende Leuchten seiner Augen und spürte, wie meine Lippen vibrierten.

»Ich will dich nie mehr loslassen«, sagte er.

Und ich wünschte ebenso, dass der Tanz für immer andauern würde.

»Ich hatte viel Zeit zum Nachdenken. Doch ich komme immer wieder auf dasselbe Ergebnis: Wir gehören zusammen, das finde ich zumindest. Aber wenn du das anders siehst …«

Ich schüttelte den Kopf. Das tat ich nicht. Nein, ganz und gar nicht. Das mit uns war anders als alles, was ich kannte. Es war größer und bedeutsamer.

Ganz langsam beugte er sich plötzlich zu mir runter. Wie in Zeitlupe. Meine Knie wurden nur noch weicher, ich war froh, dass er mich hielt. Während ich noch mit meinem Verstand darum rang, ob das alles gerade wirklich passierte, berührten seine Lippen sanft meine.

Ich hielt den Atem an, spürte seinen weichen Mund, seinen sinnlich-herben Geschmack und wie mir ein angenehmer Schauer den Rücken hinunterjagte. Ganz von selbst legten sich meine Hände um seinen Hals. Mein Körper reagierte mit einem fernen Beben. Ich schloss die Augen, gab mich dem Moment und diesem wundervollen Geschmack seiner Lippen hin, erwiderte den Kuss erst vorsichtig, dann mit wachsendem Selbstbewusstsein.

Nichts hatte sich je besser angefühlt als dieser Moment. Ich spürte noch den Rhythmus im Blut, schmiegte mich enger an ihn. Seine Hände legten sich um meine Wangen, ein zweiter Kuss folgte und ein dritter.

»Du bist wunderschön«, flüsterte er.

Ich lachte leise.

»Doch, das bist du, Nova«, betonte er. »Für mich. Und ich danke dir, dass du mir noch eine Chance gibst.«

Ich fühlte mich unendlich wohl und glücklich.

»Ich glaube, es kommen von jetzt an gute Zeiten auf uns zu«, raunte er mir ins Ohr. Und das glaubte ich auch.

41. Kapitel

Ein paar Wochen später …

Tessas Hochzeitsfeier und ihre Werbekampagne auf Instagram für unsere Hochzeitstorte hatte uns weitere Kundschaft beschert. Das Fräulein Zucker blühte und gedieh. Ich wünschte, meine Oma hätte das miterleben können. Ich war mir sicher, sie wäre stolz auf uns gewesen, auch darauf, dass die Leute wieder ihre Backwaren kannten, dass sie nicht in Vergessenheit geraten waren und immer noch geliebt wurden.

Nathan arbeitete inzwischen mit mir in der Backstube, wir hatten uns darauf geeinigt, dass das eine gute, wenn auch nur vorübergehende Lösung sei. Irgendwann, das war nach wie vor sein Plan, wollte er seine eigene Konditorei eröffnen. Aber bis dahin gehörte die Backstube des Fräulein Zucker uns.

Lotta leitete rüstig wie eh und je den Verkauf, glücklich darüber, wieder eine Aufgabe zu haben. »Ich bleibe, so lange ihr mich hier haben wollt«, hatte sie gesagt.

Tante Agnes war inzwischen nach Dänemark zurückgekehrt, um bei Jerrik zu sein. Und wie sie verkündete, hatte dieser noch mehr Fortschritte gemacht, weswegen die beiden ihre lang ersehnte kleine Ostsee-Kreuzfahrt in Erwägung zogen.

»Man lebt schließlich nur einmal«, hatte Agnes am Telefon gesagt.

Doch damit war es nicht genug. Sie hatte einen Brief bekommen, den Gundi ihr geschickt, aber Fabiana geschrieben hatte. Wohl weil Letztere die Adresse in Sonderburg nicht kannte.

Darin fand meine Tante eine kryptische Entschuldigung Fabianas für all die Probleme, die sie verursacht hatte.

»Gundi hat ihr den Kopf gewaschen. Sie hat ihr erzählt, dass ich an sie geglaubt habe und auch gegen einen Polizeieinsatz war, als wir dachten, sie wäre bei uns eingebrochen. Das hat sie zum Nachdenken angeregt. Und nicht nur das, sie hat mir auch geschrieben, dass sie, wenn sie das Foto mit dem Rezept der Ostseeträume tatsächlich gemacht hätte, es ihr nun sehr leidtun würde.«

Das war zwar erneut kein richtiges Geständnis, aber man konnte wohl davon ausgehen, dass sie es mit der Entschuldigung – irgendwie – ernst meinte. Auf ihre eigene verquere Weise.

»Siehst du, Nova, es ist genau so, wie ich es dir gesagt habe. Fabiana hat das Herz trotz allem am rechten Fleck.«

»Ach, Agnes … Du bist zu gut für diese Welt.«

»Du doch auch, Kind. Denk daran, du hast bei Roald Mertens auch Milde walten lassen.«

»Stimmt«, gab ich zu.

»Und das ist auch richtig so. Man lebt nur einmal«, wiederholte Agnes. »Wir sollten daher an das Gute glauben, denn das Böse vermiest einem sonst den Tag, und das will keiner.«

Roald Mertens hatte wohl auch erkannt, dass das Leben kurz war, weswegen er zwei Wochen später in unserem Laden stand. Er wirkte immer noch geläutert, fast bescheiden. Ich erkannte ihn nicht wieder, hatte er doch sogar auf seinen teuren Anzug verzichtet und wirkte richtig nahbar, fast wie ein Freund.

Er bat um ein Gespräch, und wir setzten uns mit ihm ins Büro, neugierig, was er zu erzählen hatte.

»Man lebt doch nur einmal«, sagte er und verwendete, ohne es zu wissen, genau Agnes' Worte. »Ich habe mich verrannt und großen Schaden angerichtet, aber Nathan hat mir erzählt, dass Sie, Frau Böhme, von einer Anzeige absehen wollen. Das ist eine Großzügigkeit, für die ich mich gerne revanchieren würde. Ich hatte Zeit, über mich und mein Leben nachzudenken, über das Kuchen & Meer, über den Stress, den die Leitung einer großen Kette mit sich bringt. Ich bin nicht länger bereit, mein Leben danach auszurichten. Deswegen übertrage ich jedem meiner Söhne einen der drei Läden, die wir hier in Lübeck haben.«

»Aber es sind doch vier Läden«, wunderte ich mich.

»Den gegenüber lasse ich schließen, für immer.«

Mein Blick fiel auf Nathan. Wollte Roald seinem Stiefsohn als Einzigem kein Geschäft übertragen? Hatte er doch nichts dazugelernt? Ich fürchtete schon, dass die große Versöhnung zwischen Stiefvater und Stiefsohn vielleicht doch nur heiße Luft gewesen war.

»Keine Sorge, Nova, ich habe das mit meinem Vater im Vorfeld besprochen. Ich möchte das Geschäft gegenüber nicht führen und auch kein anderes. Ich bin hier, im Fräulein Zucker, sehr glücklich und möchte mit dir zusammen das nostalgische Angebot erweitern.« Ich fand die Vorstellung wunderschön. Aber sein Plan war doch ein anderer gewesen? Seine eigene Konditorei!

»Was nützt mir ein eigener Laden, wenn du nicht dort bist, um mit mir zu backen?«, fragte er, und ich lachte. »Es sei denn, ich gehe dir so sehr auf die Nerven, dass du mich schnell wieder loswerden willst?«

»Nein! Überhaupt nicht! Ich kann mir nichts Schöneres vorstellen als wir zwei und das Fräulein Zucker.«

Das war eine unschlagbare Kombination. Ich hauchte einen Kuss auf seine Wange.

»Dann lasst mich euch den Erlös, den ich aus dem Verkauf der Filiale gegenüber erhalte, zumindest übertragen, denn wegen mir hattet ihr ja viele Einbußen«, schlug Roald Mertens vor.

»Das ist … doch nicht nötig«, meinte ich überrascht.

Aber Roald Mertens bestand darauf. »Es ist mein Friedensangebot. Ich würde mich geehrt fühlen, wenn *du* es annehmen würdest.«

Es kam so ehrlich rüber, dass es mich ergriff.

»Einverstanden, Herr Mertens.«

»Bitte, nenne mich Roald. Du gehörst doch nun schon so gut wie zur Familie, oder?«, sagte er mit einem Lächeln.

Und das war sein letztes Wort, bevor er ging.

Nathan und ich aber sahen uns an, überrascht und erfreut zugleich. Roald Mertens hatte etwas festgestellt, das auch in meinen Augen wahr war: Nathan und ich gehörten zusammen, und somit hatte die Fehde ein Ende, denn dadurch waren auch unsere beiden Familien in gewisser Weise vereint.

Wir zogen uns in die Backstube zurück, gingen unsere Liste mit Bestellungen durch, um einfach das zu tun, was wir beide über alles liebten. Backen. »Zwei Elvis-und-Priscilla-Torten«, las er vor. Diesen Trend hatten wir ganz klar Tessa zu verdanken. »Bis zum Wochenende. Kriegen wir das hin?«

Ich beugte mich zu ihm vor. »Auf jeden Fall. Zu zweit ist das zu schaffen. Du willst also hierbleiben und mit mir das Geschäft führen?«

»Wenn du mich lässt?«

Ich schlang die Arme um ihn und küsste ihn zärtlich zur Antwort.

ENDE